KB118312

시차와 시대착오

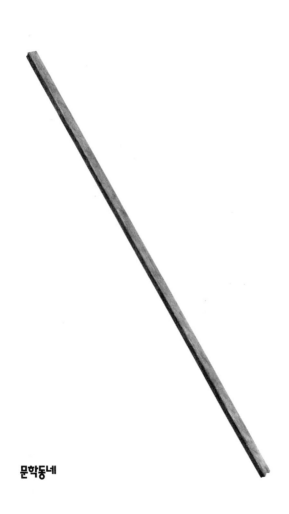

시
차
와
시
대
착
오

전하영 소설

문학동네

차례

검은 일기

얼마 전 나는 이상한 요구를 전해 받게 되었다. 그것은 어느 한 사람의 일기를 소설로 써달라는 부탁의 형식으로 시작되었다. 그런 말을 내게 전한 사람은 의뢰인의 대리인에게 고용된 문학평론가 C로, 그는 내 세번째 소설에 대해 호감을 바탕으로 너그러운 서평을 써준 유일한 업계 사람이었다. 그때까지 실제로 C를 만난 적은 없었기에 나는 집 앞까지 찾아온 그를 알아보지 못하고 그냥 지나칠 뻔했다. 막 산책을 나가려던 참이었다. 걷지 않으면 자살이라도 하고 싶을 정도로 우울한 일요일 오후였다. 정원을 가로질러 나갈 때 한 남자가 건너편 도로에 차를 세우고 내리는 것을 의식하지 않을 수 없었다. 이 동네에 사람이 돌아다닌다는 건 그다지 좋은 신호가 아니었으므로 나는 그에게 눈길 한 번 주지 않고 해변으로 이어지는 숲길을 향해 곧장 걸어갔다. 현관문을 제대로 닫았는지 스치듯 생각해봤던 것 같기도 하다.

C가 내 이름을 불렀다. 나는 무의식적으로 뒤를 돌아보았다. 눈이 마주치자 그가 확신에 찬 태도로 다가왔다. 처음에 나는 C를 다른 사람으로 착각했다가 그가 무언가 소설과 관련된 얘기를 하는 중이라는 것을 알아차리고서야 C의 이름을 떠올릴 수 있었다. 그의 글을 좋아했고 안면을 트고 지내면 좋겠다는 정도로 어렴풋하게 그 사람의 존재를 인지하고 있던 터였다. 그는 나에게 어떤 일을 제안하고 싶다고 조심스럽게 말했다. 나중에야 안 사실이지만 그는 어떤 프로젝트를 수행하는 중이었고 나뿐만 아니라 여러 명의 작가에게 비슷한 방식으로 접근했으며 그 모든 과정은 비밀스럽게 진행되었다. C에 관해서라면 알코올의존증으로 여러 번 문제를 일으키는 바람에 대학에서 자리를 잡지 못하고 수상쩍은 아르바이트나 하며 생계를 유지한다는 소문을 얼핏 들은 적이 있었다. 그런 세간의 평판 따위는 안중에도 없는 모양인지 C는 자기가 하는 일에 대해 별로 수치심을 느끼는 것 같지 않았다. 예상치 못한 대화가 펼쳐져서 나는 더디게 그의 말을 이해했다. 미리 문자나 전화라도 한 통 넣어줄 것이지, 왜 이런 식으로 급작스럽게 일 처리를 하는지 좀 짜증이 일었고 무척이나 피곤해졌다. 멱살이라도 잡을 듯 몰아세워야 겨우 경청할 인간이라는, 그런 편견을 내가 심어주고 있었던 것은 아닌가. 나는 밀린 고지서라도 되는

듯 C의 등장을 언짢아하고 있었다.

"일기라고요?"

"그렇습니다. 제공되는 일기를 1차 자료로 사용해 소설을 쓰시면 됩니다."

자서전 같은 걸 의미하는 걸까, 나는 따분하다고 생각하며 물었다.

"누가 쓴 것이죠?"

"말한다고 알 만한 사람은 아닙니다. 그저 유족의 뜻을 따르는 일일 뿐입니다."

"유족이라……"

그가 고개를 끄덕거렸다. 어쩐지 의미심장하게 느껴지는 움직임이었다.

"죽은 사람의 일기로군요."

"맞습니다."

희미하게 미소가 비친 얼굴로 그가 나를 비스듬히 올려다봤다.

잠시 침묵이 흘렀다.

나로 말하자면, 그 '일기-소설' 전환 프로젝트에 딱히 관심이 가는 건 아니었지만, 그가 여기까지 찾아왔다는 데에는 분명 예사롭지 않은 점이 있다고 느꼈다. 차분한 태도 속에 감춰진 절박함을 감지했다고나 할까. 석연치 않은 사연이 연루되어 있을지 모른다는 찝찝함과 함께 어떤 모험에 대한 예감이 나의 호기심을 자극

했다.

삼 년 전, 나는 도시 생활을 정리하고 연고지가 없는 시골에 세를 얻었다. 첫 일 년 정도는 그런 돌연한 행방이 궁금증을 자아냈는지 지인들이 종종 방문해서 하루이틀 지내다 가곤 하는 일이 잦았지만, 집필을 핑계로 잠수를 타자 점차 연락하는 이가 줄었고 어느새 다들 나의 존재를 까마득히 잊은 채 한때 나 역시 흠모해 마지않던 도시의 광폭한 속도 속으로 휘말려들어가 멀어져 있었다. 내가 세상에서 잊히는 데에는 그리 오랜 시간이 걸리지 않았다. 원하던 바이긴 했다. 그 무렵의 내가 찾던 것은 고요함과 순수한 몰두였고, 무언가를 하고 있다는 착각이 들게끔 하는 쓸데없는 술자리와 허무한 연애로부터의 완전한 격리였다. 나의 시도는 대략 성공적이라고 판명난 듯했는데, C가 나타날 무렵에는 잡상인이나 지방공무원 정도만이 가끔 찾아와서 귀찮게 굴 따름이었다.

나는 한 걸음 뒤로 물러섰다. C가 내게 너무 가까이 다가섰다는 생각이 들어서였다. 거리를 두자 얼굴만 떠 있는 것 같았던 C의 전체적인 모습을 더 잘 관찰할 수 있었다. 초여름인데도 그는 단벌 신사처럼 짙은 색의 긴소매 정장을 착용한 상태였다. 낡았지만 작은 디테일이 제대로 잡힌 좋은 옷이었다. 기성복이 아니라 맞춤 정장일지도 모르겠다는 생각이 들었다. 그의 실물은 자주 보던 유일한 사진에서와 마찬가지로 옛날 소설에 나오는 가난한 시골 목사나 전성기가 막 지난 성격파 노배우를 연상시키는 분위기를 풍겼다. 최고의 시절은 지나갔다 하더라도 여전히 품위를 간직하고 있는 듯한 느낌의 남자였다. 다만 한 가지, C가 그동안 내 마음속에서 꽤 거대한 존재감을 지닌 채로 기억됐기 때문에, 이 왜소한 초로의 신사가 바로 그와 동일 인물이라는 점이 다소 낯설게 느껴졌다.

"어떤 대단한 작자이길래 일기를?"

덜 냉소적으로 들릴 수 있게, 나는 내 나름의 부드러운 미소를 지으며 말했다. 엑스의 말에 따르면 의도와는 다르게 어딘가 야비한 인상을 줘버린다는 그 미소……

"지금은 그걸 알려드릴 수 없군요. 약간은 규칙이랄 게 있습니다만."

"규칙?"

"일종의 규칙입니다."

"또 누구한테 제안이 갔습니까?"

나는 C가 선호한다고 알려진 몇몇 작가를 떠올리며 물었다. 하마터면 실제로 그 이름들을 입 밖에 내뱉을 뻔했으나 머릿속에서만 빠르게 가상의 리스트를 작성해보는 데서 그쳤다. 나는 그 리스트의 제일 하단에 있었다. 처음 입문했을 때는 잘 몰랐지만, 다른 모든 업계와 마찬가지로 이쪽 세계 역시 기본적으로 사람에 의해 움직여지는 사회라 중요한 일들은 대개 인맥을 기반으로 돌아갔다. 국문과나 문예창작과 출신이 아닌, 근본적으로 외부인일 수

밖에 없는 나로서는 그런 측면에서 다소 손해를 입고 있다고 생각하는 쪽이었다. 그저 이류 작가의 피해 의식일 수도 있겠지만.

"D씨에게 거절당했나요?"

"다른 참여자들을 알려고 하지 마십시오."

내가 에둘러 떠보자 그가 단호하게 선을 그었다. 그리고 이어지는 어색한 침묵. 순간 C의 눈빛에 언뜻 무언가가 스쳤고, 곧 시무룩한 표정으로 나지도 않은 땀을 닦으려는 듯 손을 들어 이마를 훔치는 시늉을 했다. 그가 미안한 표정을 지으려고 했다는 것을 알아차려서 마음이 좀 상했다. 세번째 소설마저 망한 다음 패배 의식에 젖어 있던 나는 그저 내가 어떤 '급'으로 다루어지고 있는지가 궁금했을 뿐이었다. 내가 그의 몇번째 선택지일지, 또다른 누군가에게 먼저 그 제안이 간 후 당사자가 수락했는지 혹은 거절했는지, 그런 배경과 맥락에 좀더 신경을 쓰며 살았어야 했다고 나 자신을 다그치던 터였기에 나도 모르게 그런 실없는 속내를 여실히 드러내버렸다. 그가 내 마음을 짐작하겠다는 듯 충고하는 어조로 말을 이었다.

"모두가 공평하게 정보를 제공받지 않습니다. 그게 게임의 법칙이지요."

말투에는 권위가 깃들어 있었다. 다시 표정 없는 얼굴로 돌아온 C를 바라보며, 이번에는 흑백영화에 나오는 누아르적 인물들을 떠올렸다. 지금 모습에서 중절모만 추가되면 완벽하겠다. 이를

테면 험프리 보가트, 다만 얼굴은 더 둥그스름한…… 평소에 보아왔던 그 사진에서도 C가 탐정 같은 행색이었다는 게 새삼 의식됐다. 사진을 찍을 때나 그런 인상을 연출했겠거니 생각했는데 실제와도 크게 다르지 않았다. 안색이 창백하고 문어체 말투를 쓰는 것도 어쩐지 설정처럼 느껴졌다. 그 사람을 따라 나 자신도 문어체 말투를 섞어 쓰고 있었다는 것을 그제야 의식했다. 그러자 문득 내가 어떤 인위적인 장소에 놓인 듯한 기분이 들었다. 누군가가 쓰고 있는 장면의 시원찮은 소품처럼 등장하는 인물. 그런 게 바로 내가 직업병처럼 앓고 있는 소설가병이라고 엑스는 투덜거렸다. 살아 있는 인간을 캐릭터처럼 생각하는 나쁜 버릇. 그 버릇을 온전히 즐기면서 C에 대해 부연하자면, 이자는 우연히 과거에서 미래로 시간 여행을 온 다음 되돌아갈 길을 찾지 못한 채 몸에 맞지 않는 시간대에 머물며 여전히 자기 시대의 불편한 차림새를 선호하는 영국 신사처럼 보였다. 미련하지만 믿을 수 있는 남자. 그게 그에 대한 나의 전반적인 인상이었다. 유행과는 거리가 먼, 좋은 의미로 촌스러운 사람. 나는 나도 모르게 내 유일한 지지자의 외모에 대해서 비판적인 품평을 이어나가려다 약간의 수치심을 느끼며 의식적으로 생각을 멈추고 그의 말에 귀 기울이려 노력했다.

"작가들이 서로에 대해 알지 못해야 한다는 게 의뢰인이 내건 조건입니다. 만약 규정을 어길 시 계약은 파기됩니다. 의도했든,

의도하지 않았든 간에 말이지요."

"아, 의뢰인이요."

나는 일순간 웃음이 터져나오려는 것을 참으며 알겠다는 의미로 고개를 끄덕였다.

"대리인은 누군가요?"

"그것 역시 밝힐 수 없습니다."

"알고는 있는 건가요?"

C는 대답 없이 차분한 얼굴로 나를 바라보기만 했다.

갑자기 이 남자가 딱하게 여겨졌다. 누군가의 일기를 프로 작가에게 의뢰해 소설로 다시 쓴다는 발상이 사춘기 여자아이에게서나 나올 법한 아이디어처럼 느껴졌기 때문이었다. C가 나름대로 이 업계의 베테랑이라는 데에서 약간의 비애감이 들기도 했다. 사람들이 C의 부업에 대해 수군대던 고상하지 못한 일이라는 게 대략 짐작이 갔다. 돈 많고 해괴한 취미를 가진 자들의 노리개가 되는 것.

"규정이니 규칙이니 하는 게 좀 갑작스럽군요. 먼저 이메일로 검토할 내용을 보내주셨으면 좋겠습니다. 일요일 오후에 이렇게 불쑥 나타나는 것보다 바람직한 방법은 많았을 겁니다."

"그렇군요."

C가 공손하게 수긍했다.

"그런 게 '요즘' 방식이긴 하지요."

요즘이라니! 아니요. 아닙니다. 그것은 이십 년도 더 된 오래된 관습입니다. 이제는 모두의 디폴트값이 된 커뮤니케이션 방식이지요. 나는 짜증이 나서 그렇게 반박하고 싶은 마음이 일었으나 갑자기 황당한 생각이 하나 떠올라 그만 입을 다물었다. 그러니까 지금 내 눈앞에 있는 이 남자가 실은 C 본인이 아니라 C와 똑같이 생긴 더블, 즉 겉모습이 같은 또다른 존재라는 생각 말이다. 이메일 같은 기초적인 현대 문명을 사용할 줄 모르는 옛 시대의 사람, SNS로 상대방의 근황을 살피는 대신 굳이 집 앞까지 찾아와서 직접 안부를 묻는 사람, 워드나 한글 프로그램 대신 종이 원고지 위에 휘갈긴 손 글씨로 초고를 작성하는 사람……

말이 안 되는 이야기지. 말이 안 되고말고. 멀쩡한 듯 보일지라도 나는 오전 내내 술을 마신 바람에 여전히 취해 있는 상태였다. 잠이 안 와서 마시기 시작한 술이 해가 중천을 넘어서도록 이어졌다. 그럭저럭 버티고는 있었으나 어딘가에 머리를 대기만 하면 곧 기절해버릴 것 같은 기분이었다. 기절한다면 해변에서 하고 싶었는데. 어쩐지 방해받은 기분이라 나도 모르게 얼굴이 일그러졌다.

"작가님, '거절할 수 없는 제안'이라는 말, 혹시 들어보셨습니까?"

C는 상대방이 노골적으로 드러내는 불쾌감에 전혀 상처받지 않는다는 얼굴로 물었다. 영혼을 팔지 않겠느냐는 제안이라도 받은 듯 나는 떨떠름한 표정으로 그를 바라봤다. 그의 말은 계속됐다.

"저라면 이 일에 그런 표현을 적용하고 싶군요."

"거절할 수 없는 제안이라고요?"

나는 미심쩍은 마음을 숨길 수 없었다. C가 은근히 상체를 내 쪽으로 기울이며 목소리를 낮췄다.

"보수를 들으면 수긍하실 겁니다."

보수……

나도 모르게 눈이 번쩍 뜨였다. 부탁이 아니라 청탁이었다. 원고 청탁. 정신을 차려야만 했다. 없는 인맥을 탓하며 구시렁거릴 게 아니라 들어오는 행운도 차버리는 이 습관적인 반감을 그만 떨쳐버려야만 했다. 그런데 문득, 이런 구도가 어쩐지 낯익다는 생각이 난데없이 끼어들었다. 나는 강렬한 데자뷔를 느끼며 멍하니 서 있었다. 지금의 상황은 어렸을 때 종종 공상하던 바로 그 장면과 유사했다. 경험하지 않은 일이 분명한데도 내 기억 속에서 생생히 벌어진 사건이었다. 어느 화창한 날 오후, 누군가의 대리인, 아마도 변호사처럼 보이는 반듯한 노신사가 불현듯 내 평범한 일상에 등장해서 나와는 일절 교류가 없었던 먼 친척 어른이 돌아가셨고, 내가 바로 그가 지목한 유일한 유산 상속자라는 소식을 전달하는, 그런 음침한 동화 같은 얘기 속의 행운처럼 말이다. 이어서 밝혀지는 사실은 내 부모가 실은 친부모가 아니었고 단지 돈을 받고 나를 맡아준 고용인에 불과했으며 내 원래 신분은 아주 지체 높은 집안의 자제였다든가 하는……

참고로 당시 내 재정 상태에 관해 언급하자면 당장 월세가 밀릴 정도는 아니었지만 앞으로 육 개월가량 수입이 없는 상태가 지속된다면 노가다든 노상강도든 무어라도 하지 않고는 곧 나락으로 떨어져버릴 만큼 곤란한 처지였다.

진즉 거기서부터 말씀하셨어야지요, 하는 표정으로, 아니 그게 너무 적나라하게 드러나지 않았기를 바라며, 정신이 환기된 나는 그만 예의범절에까지 신경을 쓰게 되었고 이제껏 우리의 대화가 도로와 가까운 뜰―잡풀이 가득한―한구석에서 쭉 이루어졌다는 사실에 엄청난 실수라도 저지른 것처럼 심장이 쿵쾅거리기 시작했다.

"잠시 안으로 들어오시겠습니까?"

나는 내 등뒤에 버티고 선 귀신 나올 것 같은 이층집을 고갯짓으로 가리키며 물었다. 지금은 비록 이런 몰골이지만 서울에 사는 기업인이 접대 장소로 쓰기 위해 지었다는 여름 별장이었던 만큼 한때는 지중해식 외관이 꽤 그럴듯해 보였을 건물이었다. 포크로 앞부분을 허물어도 케이크는 여전히 케이크인 것처럼, 전혀 관리가 되지 않아 엉망인 상태여도 견고한 기본 디자인만큼은 나름의 카리스마를 유지하고 있었다. 처음 이 집이 내 마음을 사로잡은 것도 그런 이유에서였다. 몰락한 부유함의 상징은 그것만이 아니었다. C와 내가 서 있는 곳의 대각선 방향에는 오랫동안 방치된 수영장이 하나 있었고, 비가 올 때마다 풀 안으로 흘러들어온 더러운 흙탕물이 온갖 잡동사니와 함께 하염없이 썩어갔다. 만약 지옥의 풍경을 체험하고 싶다면 흐린 날 우리집 수영장 바닥에 고개를 처박고 있으면 가능하지 않을까.

C는 잠시 무언가를 저울질하는 듯했다. 그는 저도 모르게 멀찍감치 세워져 있는 낡은 볼보에 시선을 주며 고개를 한쪽으로 기울였다. 그가 이다음 상황을 충분히 시뮬레이션해보지 않은 게 분명했다. 차 안에서 얘기할 셈이었나. 집에서 차를 타고 오 분 정도 나가면 해변의 번화가까지 갈 수도 있었다. 커피값이 더 나가긴 하겠지만 말이다. 내가 대안을 제시하자 그가 바로 결정을 내리지 못하고 고민의 늪에 빠졌다. 의외로 왜소한데다 의외로 허술한 사람일지도. 갑자기 그를 관찰하는 게 즐거워졌다. 어쩌면 내가 그의 첫번째 작가일지도 모르겠다는 기대감에 잠시 우쭐했다. 그러나 겨우 사춘기 여자아이의 프로젝트에 초대된 것일 뿐이라고 생각하자 이내 기분이 시들해졌다. '보수'라는 말에 즉각적으로 눈을 빛낸 것도 부끄럽게 여겨졌다. 작가로서 최소한의 품위를 유지하자는 마음가짐으로 C가 결정을 내릴 때까지 최대한 인내심을 발휘하여 기다리기로 했다. C는 음산한 이층집과 벌겋게 상기된 알코올의존자의 불안한 기색을 번갈아 빠르게 살피더니 보일락 말락 어깨를 한 번 들썩였다. 나는 그걸 긍정의 뜻으로 받아들이고 문 쪽으로 손을 뻗어 손님을 맞이하는 시늉을 해 보였다.

"좀더 설명을 듣고 싶군요."

"물론이죠."

"들어가실까요?"

"죄송합니다만 계약서를 차에 두고 온 것 같습니다."

"계약서?"

"필요할 것 같군요."

"그럼, 가져오시죠. 천천히."

내가 은둔한 살인범처럼 이를 드러내고 웃자 C가 조용히 몸서리치더니 보이지 않는 중절모를 들었다 놓는 것처럼 좁은 앞이마를 한차례 만지작거렸다.

"그럼 실례하겠습니다."

C가 낮은 목소리로 웅얼거리며 차 쪽으로 발걸음을 뗐다. 허둥대는 뒷모습만 보면 그대로 내빼 도망가려는가 싶었지만, 그는 진짜로 차로 돌아가서 정직해 보이는 서류 봉투 하나를 꺼내 오더니 순순히 나를 따라 집으로 들어왔다.

그로스 맨션.

엘리슨은 내 시골집을 그로스 맨션이라 불렀다. 혼자 살기엔 너무 크고, 너무 역겨운 히스토리를 갖고 있다는 이유에서였다. 이 집에서 이사 나가지 않으면 다시는 나를 보러 오지 않겠다고도 말했다.

혼자 살기엔 확실히 큰 집이었다. 쫓겨나듯 도시에서 탈출한 나는 넓은 공간을 점유하고 싶었다. 그렇게 하면 나의 후퇴가 정당성 있는 행위로 포장되리라 믿는 사람처럼 말이다. 그런 면에서 이 집은 내 욕망을 충족시켜주는 곳이었다. 부동산 중개인은 내가 도시에서 매달 내던 좁디좁은 스튜디오의 렌트비를 듣더니 꽤 다양한 옵션을 제시해주었는데, 내가 소설가임을 알게 되자 다른 모든 선택지를 제쳐두고 이 집을 강력히 추천했다. 집의 특별함을 실감한 건 이사온 후 얼마 지나지 않아서였다. 처음엔 긴가민가했다. 그러다 차츰 확신을 갖게 되었다. 이 집은 사람 수에 따라 자동 맞춤으로 사이즈가 조절되는 것처럼 손님이 찾아올 시엔 나 혼자 있을 때보다 내부가 교묘하게 더 넓어졌다. 고무로 만들어진 집처럼 말이다. 방문객과 있을 때는 대개 취해 있었고 변화라고 해봤자 아주 미세한 정도에 불과했으므로 나는 내 발견을 술김에라도 다른 누군가에게 떠벌리거나 하진 않았다. 그러나 한번은 부정할 수 없을 만큼의 변화가 일어나서 사뭇 당황한 적이 있었는데, 마치 집이 살아 있는 생명체처럼 흥분한 것 같았다. 원래 알고 지내던 사람이 아니라 처음 보는 이들을 집에 데려왔기 때문이었을까……

아무튼. 그날 오후는 여느 때와 마찬가지로 글이 잘 풀리지 않아 집에서 삼십 분 정도 떨어진 해변까지 걸어나갔다가 내 또래 서퍼 둘과 우연히 말을 섞게 되었다. 오랜만에 도시에서 온 사람들과 얘기하니 머리에 피가 돌았다. 보통 때와 달리 적확한 단어들이 마구 떠올랐고 말하는 틈틈이 메모장을 열어 튀어나오는 문장을 적어내려갔다. 나는 기분이 고조된 나머지 이 동네에 얽힌 기괴한 에피소드 몇 가지를 약간의 소설적 과장을 덧입혀 이야기해주었고, 그 보답으로 그들에게 회와 술을 얻어먹었다. 날이 어두워지면서 비가 오기 시작했고 빗줄기가 점차 더 거세졌다. 그날 밤 텐트에서 잘 계획이라는 두 사람에게 남는 게스트 룸이 있다는 그럴듯하고 현실적인 이유를 대고 집까지 데려와서 함께 술을 더 마셨다. 지금은 기억나지 않는 온갖 것에 대해 시끌벅적한 말을 주고받으며 기분좋은 시간을 보냈던 것 같다. 종종 번개가 쳤는데 그것까지도 즐거운 구경거리가 되었다. 밤이 깊어가며 나는 아끼던 와인을 꺼냈고 자정이 한참 넘었을 무렵엔 다 함께 파티 룸으로 가서 창문을 열어놓고 빗소리를 들으며 더 마셨다. 그렇다. 파티 룸. 이 집엔 그런 공간이 있었다. 혼자서는 잘 들어가지 않는 방이었다. 한쪽 벽의 전면이 거울로 뒤덮여서 실제 인원수보다 더 많은 사람이 실내를 채우는 기분이 드는 곳이었다. 이 집을 소개해준 중개인이 퍽 자랑스럽게 여기던 공간이기도 했는데, 그에 따르면 바로 그곳이 국회의원과 지방 유지들이 와서 술 파티를 벌이던 메인 장소였다. 그 파티에 어린 여자애들을 데려오는 바람에, 그리고 그애들이 훗날 유출된 영상에 찍히는 바람에 집주인이던 기업인 남자는 교도소에 갇혔고 집은 다른 사람에게 넘어갔다. 내게 세를 준 사람은 거기서도 한번 더 '손바뀜'이 된 후의 소유자였다. 원래 그런 사연은 세입자들이 꺼림칙하게 여기므로 숨기는 편인데, 나는 아무래도 소설가니까 흥미로운 소재를 지닌 이 집이야말로 더없이 완벽한 환경이지 않겠느냐는 게 중개인의 의견이었다.

각설하고, 다시 그날 밤의 일로 돌아가자면, 어쩌다가 수영장 얘기가 나왔는지 모르겠는데, 서퍼 중 한 명이 폐쇄된 수영장 안으로 내려가보겠다는 걸 말리려고 옥신각신하다가 그만 누군가가 잔을 와장창 깨뜨려버렸다. 나는 여분의 잔을 가져오려고 부엌으로 나왔다가 술판을 벌였던 파티 룸을 찾아가지 못해 그만 온 집 안을 헤매게 되었는데 결국 한참을 가도 거기까지 도달할 수가 없어서 그대로 침실 바닥에 쓰러져 잠들어버렸다. 정오가 거의 다 되어 깨어나니 손님들은 이미 자취를 감춘 뒤였다. 내게는 아무 말도 없이 집을 떠난 것이었다. 이상한 느낌이 들어 집을 뒤져보았고 비상금으로 두었던 얼마 되지 않는 현금과 몇 달 전 해변에서 주운 병 속에 든 편지를 도난당했음을 알게 되었다. 편지는 고대 유물이라도 발견한 듯 소중히 여기며 특별한 이벤트가 있을 때 열어보려고 간직하고 있던 것이었다. 아마 술김에 내가 그것을 떠벌리기라도 했던 모양이었다. 그들의 다음 행적을 알게 된 것은 이튿날 오후였다. 동네 사람들의 말에 따르면 한 남자가 전날 오전 아홉시 무렵 바다에 들어갔다가 익사 사고를 당했는데, 숙취에도 불구하고 무리하게 파도를 타려다가 그만 이안류에 휩쓸려 빠져나오지 못한 것이라고 했다. 죽은 사람의 인상착의가 술을 마신 두 사람과 비슷해서 나는 거의 틀림없다고 생각했다. 좀도둑으로 드러났다 하더라도 이미 안면을 튼 사이인데다가 죽기엔 너무나 젊은 사람이어서 나는 비통한 마음으로 나머지 한 명의 안부를 염려하며 그를 찾았다. 그런데 한 가지 기묘한 점은 내가 자주 가는 횟집 사장님이 죽은 서퍼에게 일행이 없었다고 말한 것이었다. 나를 걱정시키지 않기 위해서였을까. 혹은 전날 밤 내가 그들과 함께 경쟁업체에 들렀던 것을 알아차리고 그에 대해 품은 불만스러운 마음을 우회적으로 드러냈던 것일까. 나는 죽지 않은 나머지 한 사람의 행방을 알아내려고 마을을 헤집어봤으나 별다른 정보를 얻지 못한 채 발걸음을 돌렸다. 돈도 편지도 되찾지 못했다. 집으로 돌아오는 길에는 죽은 남자에 대해 생각했다. 내가 본 두 사람 중 누가 죽었는지는 영영 알아내지 못하겠지만 직감적으로 죽은 서퍼가 돈을 훔쳤고, 나머지 한 명은 그 행위에 가담하지 않았을 거란 생각이 들었다.

바다와 근접한 삶의 쓸쓸한 측면에 대해 더 얘기하고 싶다. 어디서부터 시작해야 할까. 이곳에 오기 전까지는 물에 빠져 죽는 사람이 이렇게나 많은지 알지 못했다. 한 주가 멀다 하고 들려오는 사고 소식은 외지 사람들에게까지 전달되지 않는 모양인지, 아무런 위협이 되지 못하는 듯했다. 다들 해맑은 얼굴로 도착해서 자신들이 얼마나 운좋은 하루를 보냈는지 깨닫지 못하고 다시 해맑은 얼굴로 떠났다. 무심하게 달려드는 저 검은 액체 안에 바로 전날까지 무엇이 담겨 있었는지 잘 알지도 못하면서 누구보다 소중할 그들의 어린아이들이 자유롭게 물속에 들어가 놀도록 허락했다. 인간이 자신의 운명에 얼마나 무지한 종인지, 그후로도 나는 종종 생각했다. 글을 쓰고 있다가도 새삼스럽게 불길한 전조를 감지할 때면 즐거운 관광객으로 가득한 해변에 나가서 그들의 천진한 웃음에 치를 떨며 홀로 모래밭을 정처 없이 떠돌다가 해 질 무렵 터덜터덜 발걸음을 돌리곤 했다. 아무도 죽지 않은 걸 확인하면 그럭저럭 글이 잘 써졌다. 누군가 죽은 날에는 술을 마셨다. 그런 날에는 글을 쓰지 않아도 어쩐지 나 자신의 작은 세계 안에서 허우적대는 것 같지 않고 더 거대한 비극적 서사의 일부가 된 것처럼 공허함이 덜했다. 그럴 때면 언젠가 내가 이 집에 대한 소설을 쓰게 되리란 것을 예감했다. 집은 내 편이라는 게 나의 기본적인 생각이었다. 집은 나를 해치지 않을 것이다. 나는 이상한 확신이 있었다. 어떤 현상이 내 주변에서, 통제할 수 있는 영역 바깥에서 이미 벌어지고 말았다는 느낌은 나를 괴롭게 만들었지만 나는 그것을 그 자체로서만 받아들이기로 했다. 더이상의 해석은 하지 않았다. 이해할 수 없는 것과는 싸우려 들지 말라, 그것이 내 신조였다.

"생각보다 길군요."

C가 현관에서 실내로 이어지는 좁은 복도를 걸어가며 말했다.

소리가 벽에 흡수되어 C의 목소리가 밖에서보다 가냘프게 들렸다. 나는 어느 순간부터 그를 작은 남자라고 생각하고 있었다. 작은 키, 작은 손, 작은 발 그러나 그에 비해 머리가 커서 사진을 찍었을 땐 실제보다 더 커 보이는 작은 남자……

"동감이에요."

"특수한 목적으로 설계된 집이 분명합니다."

그가 잠시 멈춰 벽을 더듬었다. 그의 작은 손이 벽에 얹어진 것을 나는 보았다. 젊은 여자의 손처럼 가늘고 하얬다. 문득 어떤 영화의 이미지가 떠올랐는데 자세한 제목은 기억나지 않았다. R로 시작하는 한 단어로 된 제목이었고 카트린 드뇌브가 나온다는 것만 생각났다. 알코올성 조기 치매가 시작된 게 분명해. 엑스라면 분명히 그렇게 말했을 것이다.

"내부를 더 건조하게 유지할 필요가 있겠습니다."

"그런가요?"

나는 C가 은근히 말이 많은 사람이라고 거슬려하고 있었다.

"집 투어라도 먼저 시켜드릴까요?"

"아닙니다. 하던 이야기를 먼저 마치는 게 좋겠군요."

"그렇습니다. 헛걸음해서는 안 되죠."

나는 종종거리듯 뒤따라오는 C를 거실 겸 서재로 쓰는 공간으로 데려가 가장 편한 소파로 안내했다. 그는 바로 앉지 않고 창 쪽으로 가서 밖을 바라보았다. 그새 비가 올 것처럼 날이 어두워졌다. 오전에도 내내 흐리더니 한차례 비가 왔다가 잠시 해가 떴는데 산책을 위한 그 절호의 순간을 C 때문에 놓쳐버렸다는 생각이 들었다.

"커피 괜찮으시죠?"

"따듯한 물 한 잔이면 충분할 것 같습니다."

"물이라고요?"

나는 말도 안 된다는 표정을 지어 보였다. 그가 나를 쳐다보고 있지 않아서 내가 지은 표정은 아무 의미가 없어졌고, 머쓱했지만 그편이 낫다는 생각이 들었다. 나는 더이상의 권유를 포기하고 부엌으로 가서 전기 포트에 물을 올렸다. 오이샌드위치와 함께 샴페인을 마시면 좋을 날씨라는 생각을 하다가 나는 다시 C가 보이는 곳까지 나와 물었다.

"그럼 이건 어때요?"

내가 사분의 일쯤 남은 위스키 병을 흔들어 보였다. C는 휑한 책장 앞에서 허리를 굽히고 몇 안 되는 책등을 들여다보고 있다가 몸을 세웠다.

"저는 물이 좋겠습니다."

"아, 근무중이시죠. 깜빡했어요."

나의 어설픈 농담에 별다른 반응을 보이지 않은 그는 천천히 소파로 가서 앉더니 진지한 태도로 실내를 둘러보았다. 그가 평론가여서 방을 둘러보는 것만으로도 내 영혼에 대한 평가가 내려지는 기분이었다. 다행히 얼마 전 가지고 있던 책의 상당량을 헌책방에 처분해서 거실은 그럭저럭 인간이 사는 공간의 꼴을 하고 있었다. 전 주인이 쓰던, 만지면 바로 떨어질 것 같은 낡은 녹색 벨벳 커튼을 떼어낸 것도 정말 잘한 일이었다.

나는 C에게 적응할 시간을 주려고 부엌으로 돌아가 말없이 커피를 내렸다. 나에게는 카페인이 필요했다. 실내로 들어온 다음부터 축축한 공기 때문인지 현기증이 나는 것처럼 멍했고 언제 기절해도 이상하지 않을 것처럼 노곤해졌다. 긴장이 풀어져서 하품이 나왔다. 하품과 함께 영혼마저 조금 빠져나간 듯 내가 나 자신과 분리된 느낌이 들었다. 새벽에 본 유튜브 채널에 나온 한 의사의 말에 따르면, 인간의 기본적인 상태는 깨어 있는 것에 있지 않고 잠을 자는 것에 있다고 한다. 일어나 움직이는 때가 이례적인 상황이고, 정신을 잃고 누워 미동도 하지 않는 수면 상태가 더 자연스러운 생명 활동이라는 말이었다. 그러므로 의식적으로 행동하는 모든 것은 그저 수면중의 정신 작용—꿈—을 만들기 위한 준비 행동에 불과하다고 그는 강조했다. 단지 머릿속에 잔상으로만 남을 어떤 환영을 만들기 위해 우리는 부단히 잠으로부터 빠져나와 꾸역꾸역 주어진 시간을 채워나가야 하는 운명에 처해 있다고 말이다.

"볼수록 특이한 집입니다."

내가 다소곳한 가정부처럼 트레이 위에 커피와 따듯한 물을 각각 담은 두 개의 머그잔을 들고 나타나자 못마땅한 얼굴을 하고 있던 C가 표정을 펴며 입을 열었다. 나는 소파에 앉아 아첨하고 싶은 마음이 티나지 않도록 신경쓰며 그의 감상에 동의를 표했다. 그렇죠. 평범한 집은 아닙니다. 한 사람이 살기엔 너무 넓은 곳이죠. 이곳 기준은 도시와는 좀 다르니까요. 모든 게 넉넉한 편입니다. 블라블라……

"그런데 제가 조언 하나 할게요. 여기서는 아무것도 훔치지 않는 게 좋을 겁니다."

내가 애써 유쾌한 척 말을 이었다.

"이 집엔 인격이 있거든요."

C가 의아한 얼굴로 나를 바라봤다.

"가끔은 살아 있는 유기체 같다는 생각이 들죠."

내가 목소리를 낮추어 속삭이듯 말했다. 마치 집이 우리 얘기를 몰래 엿듣기라도 할 것처럼 말이다. 그 정도쯤에서 멈춰줬으면 좋았을 텐데 나는 우리집에서 물건을 훔쳤다가 목숨을 잃게 된 가련한 좀도둑 서퍼의 이야기를 짧게 들려주었다.

"새로운 이야기를 구상중이신가요?"

"네?"

"방금 하신 말씀 말입니다."

"무슨 말씀이신지?"

"집 말입니다."

"집이요?"

"네."

"아, 그럼요. 써야죠. 쓸 겁니다."

내가 정신을 차리고 어영부영 대답했다.

"집의 인격. 흥미롭군요."

전혀 흥미를 느끼지 못하는 표정으로 C가 나를 격려했다.

이번에는 내 쪽에서 대화의 흐름을 바꿀 차례였다. 집 얘기를 계속했다간 파티 룸뿐만 아니라 지하실에 대해서까지 언급해버릴지 몰랐다.

"자, 그럼 본격적인 주제로 넘어가실까요?"

"좋습니다."

C는 차에서 가져온 봉투 속에서 상장처럼 두껍고 위엄 있는 표지를 두른 서류철 두 개를 꺼내 펼쳤다.

"읽어보시죠."

C의 말투가 한결 편해진 것을 느꼈다. 나는 그가 내민 서류를 순순히 받아들었다. 계약서 형식을 띤 문서였다.

"썩 괜찮은 조건입니다."

그가 달래는 듯한 말투로 부드럽게 말했다.

두 페이지밖에 되지 않는 간결한 서류에는 작은 글씨로 '일기-소설' 프로젝트에 관한 내용이 적혀 있었다. 안경을 쓰고 있지 않아서 글자를 하나하나 꼼꼼히 검토하기 어려웠으나 대략적인 요점 정도는 금세 파악할 수 있었다. 의뢰인—갑—에 대한 작가—을—의 호기심을 경계하려는 태도 외에 별다른 까다로운 점은 찾을 수 없었다. 오히려 무척 호의적인 계약서였다. 특히 내가 가지게 될 자유에 대해 언급한 점이 인상적이었다. '일기'를 받으면 그것을 소재로 글을 쓰되, 일기의 내용을 인용하거나 인용하지 않는 것 모두 허용됐고, 직접적으로 각색하는 방향 혹은 원래 글과 긴밀한 상관관계가 없더라도 거기서 받은 영감을 바탕으로 완전히 새로운 글을 써나가는 방식 역시 허락됐다. 즉, 마음 가는 대로 하라는 말이었다. 게다가 기한이 따로 없었다. 완성이 곧 마감이었다. 꽤 여유 있는 조건이었다. 이해타산이 빠른 사람들에게 지쳐 있던 나로서는 곧바로 이 관대하기 짝이 없는 제안이 사기가 아닐지 의심해보아야 한다는 생각이 본능적으로 떠오를 정도였다. 누가, 어째서 나에게……

"일기를 쓴 이는 어떤 사람입니까?"

"죽은 사람입니다."

"그러니까, 죽기 전에 말입니다."

"작가라더군요. 젊은 여성 작가. 거기까지만 말할 수 있을 것 같습니다."

"여성이라……"

갑자기 자신감이 쪼그라들었다. 그도 그럴 것이 최근 발표한 내

소설은 여성 캐릭터에 대한 이해가 철저히 부족하다는 비판을 받았던 터였다. 현실 속의 여자라고 볼 수 없는 '필요 이상으로 매혹적인' 여자들이 가볍고 비정하고 개연성 없는 태도로 오직 남자 주인공의 성적 대상이 되거나 그들의 운명을 더욱 극적으로 만드는 서사적 장치 정도로만 등장할 뿐이라고들 했다. 나는 온라인에 떠도는 끔찍한 리뷰를 반복해서 읽었고, 그것들은 모두 비수처럼 내 심장에 박혔다. 이미 죽었는데도 몇 번씩이나 더 찔리는 심정이었다. 나처럼 인지도 없는 작가에게도 그렇게나 많은 리뷰가 생성된다는 현실이 공포스러웠다. 그렇게들…… 할일이 없나?

"두번째 장도 있습니다. 넘겨보시죠."

C가 말했다.

종이를 넘기고 내용을 훑다가 나는 깜짝 놀라서 C를 쳐다봤다. C가 옅은 웃음기를 머금고 나를 바라보고 있다가 고개를 끄덕였다.

"숫자가 이게 맞나요?"

나도 모르게 목소리가 떨리며 나왔다. 그도 그럴 것이 원고료의 단위가 믿을 수 없게 높았다. 작가들이 단편소설을 써서 받는 보통의 원고료보다 스무 배가량 많았다. 분량을 최소로 한다면 그 이상의 차이가 날 만큼 큰 액수였다. 나는 몇 차례나 숫자를 확인했다.

"단편소설이…… 맞죠?"

목소리가 여전히 떨렸다. 이 정도라면 지금껏 받은 세 편의 장편소설 인세와 첫번째 소설로 받은 상금을 다 합친 것보다 더 많은 액수였다. 나는 의심하는 마음으로 평범하고 얇디얇은 A4 용지를 뒤집어 자세히 살펴보았다. 아무것도 적혀 있지 않았다. 한 구석에 깨알 같은 글씨로 '만약 이 계약이 성립된다면 당신은 당신 영혼의 백분의 일 정도는 내주어야 합니다' 같은 말이 적혀 있거나 하는 속임수는 없었다.

"존 치버는 『새터데이 이브닝 포스트』로부터 이만사천 달러의 원고료를 제안받았습니다. 물론 단편소설로요. 불가능한 얘기는 아닙니다."

"이만사천 달러."

나는 머릿속으로 그게 원화로는 얼마만큼일지를 가늠해보았다.

"게다가 그때는 무려 1964년이었죠. 이만사천 달러를 현재 화폐가치로 환산하면 도대체 얼마일까요?"

"글쎄요…… 혹시 의뢰인은 외국인인가요? 해외 거주자?"

C는 그게 포인트가 아니라는 듯 고개를 절레절레 흔들었다.

"그러나 어쨌든 존 치버의 선택은 『뉴요커』였습니다."

나는 이게 다 무슨 소린가 싶어 어리둥절한 표정으로 그의 말을 듣고만 있었다.

"존 치버는 겨우 이천오백 달러를 받고 「더 스위머」를 『뉴요커』에 넘겼죠."

"어째서죠? 어째서 그런 바보 같은 선택을……"

"아니요. 문제는 그게 아닙니다. 문제는 지금 여기, 당신에게 아주 좋은 기회가 주어졌다는 사실입니다."

내 말을 중간에서 끊으며 C가 검지와 중지로 테이블을 두 차례 가볍게 두들겼다.

"그렇군요……"

나는 갑자기 머리가 나빠진 사람처럼 멍하니 있다가 한참 만에 정신을 차렸다. 어쩐지 속고 있다는 생각이 들었다.

"뭘 원하는 거죠? 도대체 누굽니까, 그 의뢰인이라는 사람은?"

나는 소리치듯 말하며 벌떡 일어섰다. 술은 완전히 깬 것 같았다.

문학평론가가 은근히 혼내는 표정으로 나를 올려다봤다. 이마가 구겨져서 깊은 주름이 생겼다. 시작도 하기 전에 벌써 조건을 몇 번이나 어긴 것인지 모른다. 나는 돈 생각이 났고, C에게 급히 사과했다. 내 눈앞에 앉아 있는 C가 바로 나의 얼굴 없는 엄격한 의뢰인이기라도 하다는 듯이, 얼굴을 붉히며.

키다리 아저씨 흉내라도 내려는 것인가.

나는 맥없이 풀썩 자리에 도로 앉았다. 얼굴 없는 의뢰인이 누구든 간에 그가 '후원'하려는 건 열여덟 살의 풋풋한 문학소녀가 아니라 이미 몇 차례나 인생의 쓴맛을 본, 키다리 아저씨와 비슷한 연배의 삼십대 남자였다. 야심에 비해 재능이 부족하다는 현실을 궁지에 몰려서야 서서히 인식해나가고 있는. 나는 쓴웃음을 지었다. C도 충분히 예상했겠지만, 여기까지 온 이상 나에게는 다른 선택의 여지가 없었다.

"소설을 다 쓰면 어떻게 되나요? 저작권을 양도하나요?"

내가 씁쓸한 어조로 물었다.

"아닙니다. 제 말씀을 잘못 이해하셨군요. 저작권은 당연히 작가에게 있습니다. 대신, 권장 사항이 하나 있습니다."

"권장 사항?"

"그렇게 말씀드리고는 있지만 필수 조건에 가깝다고 할 수 있겠습니다. 소설을 쓰는 동안에는 반드시 작업 일지를 작성해야 합니다."

"작업 일지요?"

"내키는 대로 하루에 한 줄, 일주일에 한 페이지…… 분량은 편하실 대로. 작업 과정도 좋고 개인적인 일상, 상념 등 내용은 아무거나 상관없습니다. 단지 완성된 소설과 함께 작가님 본인이 그 소설을 썼다는 증거로 제출할 만한 글을 따로 작성하시면 됩니다."

"일기를 쓰라는 말인가요?"

"……"

"그런 거죠?"

내가 재차 물었다.

C는 헛기침을 하더니 신중하게 입을 열었다.

"저라면 그걸 그렇게 부르고 싶진 않을 것 같군요."

나는 C를 현관으로 안내했다. C는 계약을 성사시켜서 기분이 좋은 듯했다. 내 쪽에서 봐도 전혀 나쁠 것은 없었다. 아니, 정말이지 굉장한 기회여서 실감이 나지 않았다. 일 년 정도는 풍족하게 지내면서 느긋하게 글을 써볼 수 있는 것이다. 나는 얼떨떨한 기분으로 어두운 복도를 걸었다. 현관문에 거의 다다르자 눈이 어둠에 적응하여 실내의 윤곽이 뚜렷하게 시야에 들어왔다.

"아하, 이게 여기 있었군요."

C가 현관문 옆 옷걸이에 걸려 있던 중절모를 잡아 들어 머리에 썼다. 원래 주인을 찾은 것처럼 꼭 맞게 어울리는 모자였다.

"아끼는 것이라서요."

C가 눈을 한 번 찡긋했다. 그는 연기가 끝난 뒤 배역에서 벗어나 자기 자신의 모습으로 돌아간 배우처럼 홀가분해 보였다. 나는 어리둥절한 채로 서 있다가 C가 나갈 수 있도록 문을 열어주었다.

"피곤해 보이시는데, 마중나올 필요 없습니다."

문턱을 넘어서며 C가 말했다.

"좀 지치는군요. 티가 많이 났던가요?"

"전혀요. 만나서 반가웠습니다."

C가 중절모를 살짝 들어 보이며 인사했다. 상상 속의 모자가 형체를 얻은 것 같아 나는 이상한 기분이 들었다.

"그런데, 정말 기억을 못 하시는군요."

"네?"

"아닙니다."

C는 꿰뚫는 듯한 시선으로 나를 한번 훑어보더니 이내 몸을 돌려 뜰 밖으로 향했다.

"방금 무슨 말씀이셨던 거죠?"

나는 그의 등에다 대고 물었다.

C는 돌아보지 않고 그대로 한 손을 들어 인사하고 그의 낡은 볼보가 세워져 있는 도로 쪽으로 성큼성큼 걸어갔다.

~

창문을 활짝 열고 책상 앞에 앉았다. 오랜만에 머리가 개운한 느낌이었다. 커피도, 위스키도, 아무것도 마시지 않은 상태로 노트북을 열었다. 나는 엘리슨에 대해 생각했다. 엘리슨은 이모가 미국 남자와 만났을 때 낳은 사촌이었다. 알 수 없는 이유로 이모가 갑자기 돌아가신 다음 엘리슨은 어머니에게 맡겨졌다. 우리는 남매처럼 한집에서 함께 자랐다. 엘리슨은 내 과거를 모두 알고 있었다. 만약 소설이라는 게 작가의 갈망과 수치심을 언어와 서사 속에 아름답게 숨기는 장르라 말할 수 있다면 엘리슨은 내 소설의 가장 밑바닥까지 이미 다 읽은 거나 마찬가지였다. 나 역시 엘리슨이라는 소설의 유일한 독자였다. 나는 엘리슨이고, 엘리슨은 나였다. 우리는 한 사람이 두 사람으로 쪼개진 것 같았다. 오직 둘밖에 존재하지 않던 것 같은 어린 시절을 떠올리자면 나는 우리가 무사히 살아남아 삼십대가 되었다는 것만으로도 몹시 대단한 일을 해낸 것처럼 뿌듯한 감정이 밀려온다. 그리고 오지 않을 미래 속에 내던져진 사람처럼 어른의 삶에, 새로이 펼쳐지는 이 세계에 압도당한 상태로 어쩔 줄 모르는 심정이 되어버려 멍해진다. 엘리슨은 더이상 한국에 살지 않는다. 나의 엘리슨은 오 년 전 일리노이주 출신의 남자와 결혼하면서 진짜 미국인이 되었다. 엘리슨의 미국인 시어머니는 미시간호수 근처에 있는 진짜 '맨션'을 소유하고 있었다. 그 대저택은 내가 어렸을 때 꿈꾸던 그대로 먼 친척 어른에게서 물려받은 유산이었다. 엘리슨은 그 집을 싫어했다. 내가 사는 집을 싫어하던 것과 마찬가지로. 그곳은 유령이 나오는 것으로 악명 높았다. 밤에 몰래 잠입해서 심령 현상을 포착하려는 유튜버를 신고하는 일도 드물지 않았다. 어렸을 때 엘리슨과 나는 우리 앞에 만약 유령이 나타난다면 그건 분명히 나의 이모, 엘리슨의 엄마일 거라고 믿어왔다. 그건 엘리슨이 엘리슨이라 불리지 않았던 시절의 이야기였다. 나는 자리에 앉은 채로 창밖의 목가적인 풍경을 한동안 바라보다가 내가 사는 이곳이 한국의 시골 마을이 아니라 미시간호수 부근의 어느 저택이라고 상상해보았다. 그 저택에는 유령이 출몰하고, 아름답지만 역겨운 히스토리가 숨겨져 있다. 나는 그대로 앉아서 아직은 정체가 불분명한 한 인물이 저택 앞에 도착하는 장면을 썼다. 세 페이지를 쉼없이 쓰고 저녁에는 해변에 나가서 별을 봤다.

남
쪽
에
서

커피를 마시면 머리가 나빠진다. 어른들의 커피를 탐낼 때마다 내가 엄마에게 들었던 말이다. 그 말이 그땐 왜 그렇게 위협적으로 느껴졌는지 모르겠다. 엄마 몰래 혼자 커피를 타 마실 때조차 머리가 나빠지더라도 너무 나빠지진 않도록 꼭 두세 모금을 남겨 버리고 컵을 씻어놓았다. 이다음에 어른이 되면 많이 마실 수 있어. 네가 싫어도 마시게 될 거야. 엄마는 그렇게도 말했던가? 엄마와의 추억이 그다지 많지는 않다. 한번은 중학생 때인가 가출한 적이 있었는데, 아마도 엄마가 떠난 지 일 년쯤 지난 무렵이었을 것이다. 대략 그랬을 것이다. 그때 나는 내가 충분히 다 컸다고 생각했다. 호기롭게 집을 나오긴 했으나 갈 데가 없었기 때문에, 무작정 서울역으로 가서 제일 빨리 출발하는 기차를 탔다. 가장 먼 곳으로 가는 기차였다. 가장 먼 곳. 어렵지 않게 그곳에 도착했지만, 막상 내려서는 아무것도 할 수 없었다. 역 바깥으로 몇 걸음 내딛지 않았는데도 낯선 냄새가 나는 이 도시에서 나 혼자만의 힘으로는 결코 살아남지 못하리라는 현실을 부정할 수 없었다. 항상 죽고 싶다고 생각했는데 웬일인지 죽고 싶지도 않았다. 슬퍼할 사람이 하나도 없는데 죽는다고 뭐가 달라질까. 그래도 그냥 돌아가고 싶진 않았던 모양인지 나는 역내 커피숍에 들어가서 커피 한 잔을 주문해 마셨다. 그것만으로도 몹시 힘겹게 느껴졌다. 검은 찻잔 속에서 이리저리 흩어지는 얼굴을 내려다보며, 애초에 내게 선택지 따윈 없었지, 하고 주억거렸던 기억이 난다. 그날 아마도 찜질방에선가 하룻밤을 뜬눈으로 지새우며 버티다가 다음날 오후 늦게 다시 집으로 돌아갔다. 평소보다 좀더 두들겨맞는 것으로 무단결석과 외박, 훔친 이십만원에 대한 죗값을 치러내고 이 작은 해프닝은 막을 내렸다.

부산행 기차에 오르다가 난데없이 그때의 감각이 생생히 떠올라 멈칫했다. 인생의 중요한 일들은 이미 모두 다 지나가버렸고 이제 남은 것은 특별한 반전 없는 시시한 결말뿐이라는 생각이 들었다. 내 한숨이 꽤 컸던 모양인지 앞서가던 탑승자가 힐끔 뒤를 돌아봤다. 나도 모르게 아무 일도 아니라는 내색을 하려고 순간적으로 입술 양끝에 힘을 주어 온화한 표정을 지어 보였다. 평일 오후의 기차는 한산하기 그지없었다. 막 두기 시작한 바둑처럼 띄엄 띄엄 검고 하얀 옷을 입은 사람 서너 명이 얌전히 자기 좌석을 지키고 앉아 있었다. 나는 꽤 묵직한 캐리어를 간신히 들어올려 선반 위에 얹어놓았다. 순간이었지만 과도하게 애를 썼고, 우스꽝스러울 정도로 휘청댄 것 같았다. 이 짓에 또 발을 들이다니…… 그렇게 당하고도 또다시 손감독의 어설픈 계략에 넘어가고 말았다는 자괴감에 그저 헛웃음만 나왔다.

두 달 전, 손감독은 안부 인사도 없이 다짜고짜 부산에 갈 수 있겠냐고 물어왔다. 그것도 한 달씩이나. 휴대폰 너머로 들리는 탁한 목소리는 간만에 사냥에 성공한 야생동물마냥 의기양양하게 격앙돼 있었다. 다소 불안감을 느끼며 그에게 무슨 꿍꿍이냐고 되묻자, 손감독은「아름다운 행진」이 부산영화재단에서 주관하는 영상 콘텐츠 스토리 융합 어쩌구 하는 사업에 지원 작품으로 선정됐다며 흥분된 어조로 대답했다.

"아니 무슨 칸영화제라도 간 줄 알겠어."

나는 심드렁하게 일단 그게 뭔지나 설명해보라고 손감독을 진정시켰다. 횡설수설하는 손감독의 말을 대충 들어보니, 예전에 운영하던 시나리오 기획개발지원사업을 이름만 바꿔 확장한 것이었다. 부산영화재단은 부산시를 배경으로 하는 영화 제작을 장려한답시고 문어발식으로 시나리오를 선정한 다음 제휴 호텔 숙박권이란 걸 제공했는데, 적게 잡아도 전국에 5,752개쯤은 될 법한 지

방자치단체의 뻔한 문화예술진흥정책 중 하나였다. 생색은 내되, 책임지지 않는.

「아름다운 행진」은 1990년대를 시대적 배경으로 하는 청춘 범죄물로, 손감독과 나는 오랜 기간 그 시나리오에 매여 있었다. 우리의 삼십대 절반을 고스란히 갈아넣은 셈이었다. 아이템을 시작할 당시에는 제목이 단순하게 '행진'이었지만, 열네번째 수정고를 작업할 때쯤 충무로에 영화인들이 자주 드나드는 동명의 유흥주점이 있다는 얘기를 듣고 '아름다운 행진'으로 타이틀을 바꾸었다.

29고가 나오기까지 시나리오는 연이어 거절당했다. 처음에는 여자가 주인공이라는 점이 '치명적인 문제'로 지적되었다. 여성 캐릭터가 메인인 영화를 가져왔다고 아마추어 취급을 받기도 했다. 독립영화로 찍을 것이지 왜 순진하게 여기서 기웃거리냐는 식이었다. 이야기를 완전히 뒤집어서 어렵사리 주인공 성별을 남자로 바꿔 갔을 때는, "이야기는 좋아. 다 좋은데……" 하고 말끝이 흐려지더니 손감독의 데뷔작 스코어가 트집잡혔다. 이야기가 좋다는 말은 분명 면피성 발언에 불과했을 테지만, 그저 간절했던 우리는 그 말을 믿고 싶었다. 더이상 거절당할 투자배급사가 없어지자, 손감독은 지푸라기라도 잡듯이 매니지먼트 회사를 찾아다니며 제본한 시나리오를 돌렸다. 괜찮은 배우가 붙으면 시나리오를 살릴 수 있을지도 모른다며 그는 못내 희망을 놓지 않고 낙관했다. 누군가는 알아볼 거야. 누군가는. 어느 시점에선가 우리의 시나리오가 너무 많은 사람들에게 노출되어버린 것은 아닌가 하고 좀 불안해지기는 했지만, 그때 우리는 그렇게라도 뭔가를 해야만 했다.

그러는 사이 동일한 소재를 다룬 이야기가 유명 감독의 손을 거쳐 비밀리에 영화화되었다. 떠들썩하게 개봉한 그 작품은 어느새 한 편의 영화를 넘어 사회현상이 되어가는 중이었다. 우리의 예상대로 '행진'의 콘셉트는 썩 쓸 만했던 게 틀림없었다. 유명 감독은 공중파 저녁 뉴스에까지 등장하며 천만 관객 달성을 눈앞에 둔 소회를 밝혔다. 나는 꽤 오래 버티긴 했지만 결국 극장으로 가서 그 천만 영화의 실체를 확인했다. 영화는 나쁘지 않았다. 아니, 기대 이상으로 좋았다. 두 눈을 치켜뜨고 어떻게든 단점을 찾아내려는 삐딱한 마음으로 앉아 있었지만, 영화가 끝나고 극장 밖으로 나올 무렵에는 입안 가득히 모래알처럼 들이차는 패배감을 곰곰이 곱씹을 수밖에 없었다. 지난 몇 년간 내가 완전히 헛짓거리를 했다는 사실을 겸허히 받아들이는 편이 현명해 보였다.

나와 달리 손감독은 아직도 그 천만 영화를 보지 않았고, 패배를 인정하지도 않았다. 내가 그렇게 포기가 빠른 사람인 줄 몰랐다고 손감독은 말했다. 거기에 대해선 나도 할말이 없진 않았지만. 아무튼 간에,

"그 시나리오를 또 냈다고?"

"난 학기중이라 수업 나가야 되잖아. 어차피 글은 남작가가 쓰

니까 한 번만 더 수정해보자."

"그러니까 그 행진이 그 '행진'이냐는 거잖아, 내 말은."

"몇 달 전에 신청하고 잊어버렸는데, 오늘 연락 받았어."

손감독은 그제야 내 반응이 시원찮다는 걸 깨닫고 항변하듯 대
꾸했다.

"시나리오에 부산이 어디 나온다고 부산엘 가?"

나는 어이없어하며 손감독에게 물었다.

"그거는, 강릉 장면을 대충 부산으로 바꿔서 제출해봤지. 열다
섯 신밖에 안 되더라고."

손감독의 말을 듣자마자 나는 탄식하듯 한숨을 내뱉었고, 이어
서 어색한 침묵이 흘렀다. 손감독이 조금 노여워하고 있음을 느꼈
다. 그래서 뭐, 어떡할 건데.

"갈 거야, 말 거야. 한 달 동안 호텔이라는데……"

물론, 호텔이라는 말에 몹시 마음이 흔들렸다. 마지막으로 호
텔에 묵었던 게 언제더라. 오 년 전 도쿄, 아니 그게 육 년 전인
가……

"그래서, 호텔이 어딘데?"

"몰라. 부산영화재단에서 해주는 곳이니까 괜찮겠지."

손감독이 건성으로 대답했고, 나도 모르게 확 짜증이 일었다.
만약 시간을 과거로 돌릴 수 있어서 몇 년 전의 나를 만난다면, 손
감독 같은 유형의 인간과는 절대, 네버, 함께 일하지 말라고 당부

할 것이다. 안전해 보이지만 어딘가 도움이 필요하다고 느껴지는 남자, 그들을 피해야 인생이 덜 피곤해진다. 매사에 두루뭉술한 손감독이 상업영화로 데뷔했다니, 그저 운이 좋았다고밖에는 설명이 안 되었다. 아니, 당시 사귀던 여자친구가 데뷔작 시나리오를 다 써줬다는 소문이 돌았는데, 대체로 사실일 것이다.

"취소도 안 되고, 노쇼하면 오 년 동안 페널티 준대……"

손감독은 다소 누그러진 말투로, 그러나 섭섭한 여운을 확실하게 남기며 덧붙였다.

"미친. 거기 경쟁률 진짜 낮았나보다."

나는 있는 힘껏 기분 나쁜 목소리로 빈정거렸다. 하지만 말이란 게 습관대로 퉁명스럽게 나가긴 했어도 어떤 가능성이라는 것에 불을 지핀 이상 이미 마음은 부산에 어느 정도 가 있었고, 머릿속에서는 한 달 치 스케줄을 어떻게 조정하면 좋을지 재빨리 가늠하고 있었다. 충분히 너덜너덜한 이야기라 더 고칠 게 있을는지는 잘 모르겠지만…… 왠지 부산에 가고 싶었다. 거길 가야만 했다.

부산은 나의 부모님이 결혼 전후에 잠시 살았던 곳으로, 내가 태어난 도시이기도 했다. 어쩌면 내 기억 속에 남아 있지 않은 그 짧은 기간이 우리 가족에게는 가장 행복했던 시절이었을 것이다. 열차에 오르고 나서야 비로소 그 사실이 의미심장하게 다가왔고, 영화 속 장면들도 강릉이 아니라 부산이었어야 했다는 깨달음에 가까운 생각이 들었다. 그토록 오랫동안 시나리오를 붙잡고 있으면서도 그 생각을 도무지 하지 못했다는 게 이상하게 여겨질 정도였다. 어느새, 나는 손감독에 대한 원망의 마음을 까마득히 잊은 채 차창 밖으로 쏟아지는 풍경 속에서, 부산스레 오르내리는 승객들의 차림 속에서, 나쁜 습관을 버릴 수 없는 사람처럼 혹시라도 '행진'에 써먹을 거리를 발견할 수 있진 않을지 바지런히 눈을 굴리고 있었다.

11월 중순이라 날은 금세 어둑해졌다. 체크인을 하기 전에 먼저 바다를 보고 싶었지만 미친듯이 서둘러야 겨우 해 지기 전 도착할까 말까 한 애매한 시간이었다. 시간, 아직 내게는 한 달이 남아 있었다. 그걸 깨닫고는 일부러 행동을 천천히 늦추면서 이건 여행이고 최대한 지금 이 순간을 즐겨, 하고 마음을 다잡았다.

호텔은 해운대역 근방에 있었다. 입구에서 올려다보니 끝이 안 보일 정도로 높은 건물이었다. 나는 약간 기가 죽은 채로 프런트에 가서 카드키를 건네받은 다음 엘리베이터에 올랐다. 배정된 방은 삼십육층에 있는 3607호실이었는데, 카드키를 찍어야만 가고자 하는 층의 버튼을 누를 수 있었다. 엘리베이터는 놀라운 속도로 순식간에 삼십육층까지 솟구쳤다. 멈추기 직전에는 순간적으로 귀가 멍해지며 몸이 미세하게 찌그러지는 느낌이 들었다. 나는 나만 알 수 있을 정도로 휘청거렸다. 한 달이나 이런 식으로 고통받겠구나 생각하니 우울해졌다.

객실 복도는 두 갈래로 나뉘었는데, 3607호가 있는 라인은 오션 뷰가 아니라 시내 쪽을 바라보는 북향이었다. 실망스런 마음으로 흘끔 창밖을 내려다보니 삼십육층의 높이가 과히 심란했다. 지상 보도블록은 보이지도 않았고, 하늘 높이 공중에 붕 떠 있는 듯한 기분이 들었다. 맞은편에 보이는 산봉우리의 고도가 내가 서 있는 높이보다 더 낮아 보일 지경이었다.

호텔방 내부는 내가 사는 집보다 면적이 넓어 보였는데, 양쪽으로 길게 펼쳐진 원 베드룸 구조였다. 입구를 기준으로 왼편에는 주방과 응접실 기능을 하는 아담한 거실이 있었고, 화장실로 연결되는 중간 복도를 통과하여 오른편으로 가면 싱글베드 두 개와 커다란 빌트인 클로짓이 설치된 넉넉한 침실이 나왔다. 침실에는 심지어 작은 발코니도 딸려 있었다. 나는 문이란 문은 다 열어보고, 연신 감탄하며 사진을 찍어댔다.

현에게 내가 이런 대접을 받는다는 자랑을 하고 싶어 찍은 사진을 메시지로 연달아 보냈다. 한 달간 부산에 가게 되었다는 말을 처음 꺼냈을 때, 그는 바로 '팔자 좋다' 하는 표정을 지어 보였다. 현은 내가 처음으로 사귀어보는 직장인이었다. 그는 망한 시나리오를 쓴다는 게 어떤 건지 잘 몰랐다. 망한 시나리오란…… 그 자체로는 완결되지 못한 무엇. 프로젝트가 엎어지면 아무것도 아닌 게 되어버리는 허공의 다이얼로그들. 그걸 어떡하면 좀 덜 비참하게 설명할 수 있을까를 고심하다가 아 정말이지 내가 망해버렸구나 하는 생각이 들어 나는 그만 입을 다물고 말았다. 이해받지 못한다는 것은 잔잔한 고통으로 다가왔지만 만약 현이 직장인이 아니었더라면 애초에 내가 그와 사귀는 일도 없었을 것이었다. 나이도 나이인 만큼 둘 중 한 사람이라도 안정적인 직장을 가져야 한다는 생각에 삼십대 중반이 되면서 나는 동종업계 사람과는 만나지 않기로 마음먹었다. 그리고 이런 말까지 현에게 한 적은 없지만 어쩐지 그가 내게 온 마지막 기회라는 생각도 들었다. 이번을 놓치면 어떤 대열에서 영영 이탈할 것 같은 그런 초조함이 있었다.

호텔 사진에 미적지근한 반응을 보이던 현은 불쑥 주말에 나를 보러 내려오겠다고 말했다. 우리는 몇 달간 헤어졌다가 서너 달 전부터 다시 만나기 시작했는데, 기념 여행을 가자는 얘기가 나온 후 공교롭게도 둘 다 일이 바빠지는 바람에 계획을 계속 미루어온 터였다. 현은 오키나와나 블라디보스토크처럼 부담이 적은 해외로 가고 싶어했지만, 나는 비행공포증이 있는데다 해외여행을 할 만큼 사정이 넉넉하지 않아서 일 핑계를 대며 밍기적거려왔었다. 나는 이참에 잘됐다 싶어 흔쾌히 부산 맛집을 알아보고 있겠노라고 대답했다.

주방의 아일랜드 테이블 위에는 호텔 측에서 마련한 웰컴 와인과 심플한 구성의 과일 바구니가 놓여 있었다. 싸구려 와인인 듯했지만 기분이 좋아서 바로 의자에 걸터앉아 한 잔을 마셨다. 돈을 내고 이 방에 묵으려면 얼마를 지불해야 하는지가 궁금해져서 인터넷으로 검색해보았다. 장기 투숙임을 감안하여 평일 가격으로 얼추 계산해보았는데도 사백만원이 훌쩍 넘었다. 세상엔 참 눈먼 돈이 많은데. 나는 더욱 가난해진 기분으로 와인을 몇 잔 더 마셨다. 이따금 바람이 큰 파도처럼 창밖을 때리고 지나갔다. 그럴 리 없다고 나를 설득해봤지만, 갑자기 건물이 흔들리는 것 같아 영 불안해졌다. 공짜 손님이니만큼 있는 듯 없는 듯 조용히 지내는 편이 좋을 것이었지만, 나는 건물이 흔들리는 것 같다는 생각을 삼십 분째 계속하다가 그래도 이건 아니다 싶어 오늘밤만 여기서 지내고 내일 아침엔 방을 바꿔야겠다고 다짐했다. 그러지 않으면 여기서 지내는 내내 삼십육층에 떠 있다는 사실을 의식하고 괴로워할 게 뻔했다.

높이도 높이지만 방의 방향도 문제였다. 나는 북향집에 대해 그리 좋지 않은 기억을 갖고 있었다. '행진' 초고를 뽑아내기 위해 안간힘을 쓰던 때였다. 일과 시나리오를 병행하는 것이 힘들어서 일 년 정도는 통장 잔고를 빼먹으며 살기로 했고, 살던 집의 반의반도 안 되는 보증금으로 작은 원룸을 얻었다. 파주 원룸은 처음 살아보는 북향집이었다. 그 집에서는 내내 묘한 기류가 감지되었는데, 화장실에서 이를 닦을 때면 거울 속의 내가 나와 똑같이 행동하지 않을지도 모른다는 섬뜩한 기분이 들었고, 자려고 누우면 옆에서 느껴지는 서늘한 기운 때문에 새벽까지 끝내 돌아눕지 못하고 잠을 설치는 등 제대로 설명하기조차 힘든 이유로 피로와 우울감에 사로잡혔었다. 3607호도 북향이라 그런지 갑자기 그 시절이 생각났다. 파주에서 시나리오를 4고까지 쓰고 나서 나는 다시 서울로 돌아왔다. 그때부터 그럭저럭 아르바이트로 연명하며 시나리오를 수정하고, 거절당하고, 다시 수정하기를 반복했다. 그사이 손감독은 부업으로 시작한 강의를 전업으로 하게 되었다.

보조등을 켜놓아서인지 쉽사리 잠들지 못했다. 방이 넓고 옆 침대가 온전히 비어 있으니 무서워서 등을 끌 수도 없었다. 어느 지점에 몸을 뉘어야 가장 편안할지 좁은 침대 안에서 끊임없이 뒤척이며 자세를 바꾸어보았다.

언젠가 실험영화제에서 영원히 돌아눕지 못하는 여자가 나오는 영화를 본 적이 있다. 필름으로 영사되는 귀한 작품인데다가 한 편의 시라고 봐도 부족함이 없는 강렬한 시놉시스를 읽고 영화를 보기도 전에 이미 마음을 빼앗겨버렸는데, 극단적인 슬로모션으로 진행되는 모호한 흑백 이미지를 넋 놓고 바라보다가 그만 도중에 정신을 잃고 말았다. 정신을 잃는 와중에도 그에 저항하며 드문드문 이어지는 내레이션을 놓치지 않으려 기를 썼다. 그 영화의 상영 시간은 사십 분인가 좀 더 됐던가 했었는데, 어느 순간 소스라치듯 깨어났으나, 이미 다른 영화로 순서가 넘어가버린 뒤였다. 함께 영화를 본 친구가 전해주기를, 그 여자는 결국 몸을 상당 부분 돌리긴 하는데 끝까지 돌아누울까 말까 하는 와중에 프레임 위쪽에서 마른 나뭇가지 같은 길고 가는 손이 천천히 내려왔고, 그러면서 여자는 머리카락 끝부터 화염에 휩싸이는 것 같았는데, 그게 정말 불이었는지, 필름이 타는 것이었는지, 아니면 세계 그 자체가 불타버린 것인지, 자기도 잘 모르겠다고 했다. 그랬었지. 그랬었다. 그 영화를 본다면 잘 잘 수 있을 텐데, 바로 푹 잠들 텐데……

 십 분 간격으로 맞춰놓은 알람이 네 번쯤 울렸을 때 겨우 몸을 일으켰다. 방을 바꾸기 위해 프런트에 들렀다가 바로 식당으로 향했다. 평일이라 그런지 식당 안은 한적했고, 투숙객들은 대개 후다닥 아침을 먹고 자리를 뜨는 편이었다. 식사하는 사람보다 일하는 사람이 더 많았다. 서버들이 앞치마 형태의 유니폼을 입은 젊은 남자들인 점이 눈길을 끌었다. 두세 명씩 구석에 모여 잡담을 나누다가 테이블을 떠나는 사람이 있으면 부리나케 몰려가 접시를 치웠다. 못된 짓을 하고 도망 다니는 '행진'의 주인공 또래였으나, 그들은 그저 선량해 보이기만 했다. 멍하니 그 친구들을 보다가 문득 내 이야기의 주인공이 원래대로 여자애였으면 어땠을까 하는 생각이 들었다. 그 버전을 쓴 게 너무 오래전이어서 머릿속이 하얘졌다. 다만 기억나는 건 주요 캐릭터가 여자아이였을 때 이야기가 훨씬 좋았다는 사실뿐이었다. 애초에 성별을 바꾼다면 더 나빠질 일만 남은 그런 서사였다. 어쩌면 손감독 말대로 나는 포기가 빠른 사람인 걸까?

　다른 객실로 옮기는 것은 역시 이후에나 가능하다고 해서 나는 여유를 부리며 스크램블드에그와 구운 베이컨, 아스파라거스, 해시 브라운, 버터 바른 토스트, 오렌지와 청포도를 되도록 천천히 먹고, 조식 마감 전까지 느긋하게 커피를 마시며 제임스 엘로이의 책을 읽었다. 직원들이 가끔 나를 주시한다고 느꼈기 때문에 더 고개를 파묻고 책에 집중하려 했다. 꽤 사치스러운 일이다. 불행하고 끔찍한 이야기를 읽으며 푸짐한 아침을 먹는다는 것은. 내가 발 디딘 지금 이곳의 안전을 재차 확인하려는 이기적인 방식의 위안이다. 악취미라 생각하면서도 나는 그렇게 했다. 작업에 도움이 될 거라는 핑계를 대면서.

　낮은 층으로 방을 바꿀 수 있는지 프런트에 문의했을 때, "좀더 낮은 층으로요?" 하고 프런트 직원이 진심이냐는 듯, 눈을 동그랗게 뜨며 재차 물어 확인했다. 그도 그럴 것이 이 호텔의 주된 마케팅 포인트가 '하늘을 걷는 듯한' 확 트인 고층 뷰였기 때문이었다. 그녀는 약간 당황한 표정으로 키보드를 두들기더니 사무적으로 활짝 웃으며 이십사층이 가능하다고 말해주었다. 나는 더 낮은 층이 아니어서 실망했지만 그나마 다행이라 여기며 이십사층으로 가겠다고 대답했다.

　현에게 전화해서 방을 바꾼다고 말하자, 그가 고개를 설레설레 가로저었다. 눈에 보이지 않아도 나는 알았다. 그 정도까지 알고 싶지는 않았지만, 우리는 때때로 서로에 대해 불필요할 정도로 많은 것을 알았다.

현과 내가 그저 알고 지내는 사이에서 관계의 경계선을 조금씩 넘나들 때, 그가 책에서 읽었다면서 '예민한 사람들'에 관해 이야기해주었다. 인류의 약 십오 퍼센트 정도는 남들보다 조금 더 예민한 감각을 지니는데, 이들이야말로 세계를 위해 실질적으로 필요한 일을 해내는 특별한, 아니 유의미한 사람들이라는 내용이었다. 우리는 둘 다 예민하니 분명히 십오 퍼센트 안에 들 거라고 현은 확신에 차서 말했다. 그 숫자 속에 뭔가 대단한 의미라도 숨겨져 있는 듯이 눈을 반짝거리면서. 한때 그런 시절도 있었지만, 이제 그런 예민함은 나의 잉여로움에 그 근거를 더할 뿐 의미가 퇴색해가는 중이었다. 현도 나의 커리어에 희망찬 기운이라곤 하나도 없다는 걸 서서히 알아차렸다. 나는 이미 한참 전에 '십오 퍼센트' 밖으로 밀려났는지 몰랐다. 하지만 애당초 십오 퍼센트라는 범위는 좀 너무 넓지 않은가. 그것이 누군가의 특별함을 강조하는 수치라면 더더욱.

비관적인 쪽으로 계속 생각이 기울 것 같아서 나는 억지로라도 좋은 생각 하나만 떠올리자 하다가, 엘리베이터에서 본 아쿠아리움 광고를 생각해냈다. '투숙객 전원에게 아쿠아리움 입장권 40% 특별할인'. 현에게 광고를 찍은 사진을 전송했다. 나는 어서 그가 부산에 왔으면 했다.

카드키를 교환하고 이십사층으로 올라갔다. 이십사층은 훨씬 안정적이었다. 엘리베이터가 멈출 때면 여전히 귀에 압박이 느껴졌지만, 현기증이 날 정도는 아니었다. 창밖을 내려다보면 땅이 보였고 시야도 산봉우리 밑이었다. 북향인 것은 똑같았지만 마음이 훨씬 가벼워졌다. 두번째 방이었으므로 나는 익숙하게 2407호 문을 열고 들어갔다. 그리고 아주 잠깐이었지만 순식간에 깨끗해져버린 3607호에 다시 들어온 게 아닌가 하는 착각에 빠졌다. 2407호는 구조뿐만 아니라 아쿠아색 소파와 반쯤 열린 회색 커튼, 감색 카펫, 그리고 TV 리모컨과 슬리퍼, 티슈 박스 등 작은 사물의 배치마저 처음 들어갔을 때의 3607호와 똑같이 닮아 있었다. 삶을 엉망으로 살고 나서 어느 날 아침 갑자기 예전의 자신으로 돌아간다면 이런 기분이지 않을까 하는 생각이 불현듯 들었다. 순식간에 열두 살 정도를 건너뛴다면……

만약 십이 년 전으로 돌아간다면, 그래도 영화를 했을지 스스로에게 물어보았다. 그때 나는 어떤 확신으로 가득차 있었다. 심지어 자신의 재능을 의심하며 업계를 떠나는 친구들을 이상하게 여길 정도였다. 만들고 싶은 영화의 아이디어가 넘쳐흘러서, 무엇 하나에 집중해야 하는 상황이 오히려 혼란스럽고 힘들었다. 그런 사람이 나였다. 내가 재능 비슷한 것을 낭비하는 동안 친구들은 내가 모르는 어른의 삶 속으로 하나둘 사라졌다.

어른이라는 블랙홀.

다들 그 안으로 빨려들어간다. 이제는 내 차례일까.

실내가 건조하고 추워서 뜨거운 물을 틀어놓고 난방 온도를 높였다. 2407호에는 와인 잔이 없어서 흰 머그잔에 어제 먹던 와인을 부어 마저 마셨다. 소파에 앉아 물소리를 들으며, 이십사층부터 삼십육층까지 이 방과 정확히 일치하는 형태의 공간에 앉아 있을 어떤 사람들을 생각했다.

금요일 아침은 평일과 달리 식당이 북적거렸다. 모여 서서 히죽거리던 남자 직원들이 평소보다 길어 보이는 팔다리로 수선하게 다니며 접시를 처리했다. 나는 그들과 되도록 눈을 마주치지 않으려 노력했다. 하루이틀 묵을 것이 아니니 거리를 두는 쪽이 편할 것 같았다. 그래, 나는 장기 투숙자니까. 장기 투숙자라는 낯선 신분이 왠지 나를 기쁘게 했다. 진짜 작가가 된 기분도 들었다. 글이 막혀서 고통받는 고독한 소설가. 시나리오는 전혀 고치지 않고 있었지만, 하나도 죄책감이 들지 않았다.

손감독은 둘째 주 주말쯤 부산에 내려오겠다고 말했다. 그는 여전히 의기양양했다. 시나리오 회의도 하고 오랜만에 술 한잔 하자면서, 늘 그렇듯 좋은 게 좋은 호인의 목소리로 넉살 좋게, 곰살궂게 굴었다. 손감독의 카톡 프로필에는 "끝날 때까지 끝난 게 아니다!"라고 쓰여 있었다. 왜 또 그게 눈에 띄었는지, 나는 좀 질색이라 생각했고 이번에야말로 손감독과의 관계를 정리해야겠다고 결심했다.

오후에는 현이 반차를 내고 부산까지 차를 끌고 올 예정이었다. 금요일 오후부터 전국적으로 비가 많이 온다는 예보를 들은 터라 안전하게 기차를 타고 왔으면 했지만, 그는 오랜만에 장거리 운전을 하고 싶다며 끝끝내 고집을 부렸다.

만난 지 얼마 되지 않았을 무렵, 무척이나 비가 많이 왔던 그 계절에 현은 종종 엄청난 폭우 속에서 두 시간이 넘도록 운전을 해서 나를 집까지 데려다주었다. 겁에 질린 나를 가벼운 농담으로 웃게 하고 아주 능숙하게 핸들을 돌리고 수동 기어를 움직였다. 그때 나는 그가 좀 멋있다고 생각했다. 한 치 앞이 보이지 않는데도 방향감각을 잃지 않고 그 와중에 유머감각까지 발휘했으니, 내 주변에 있는 예술 나부랭이들과는 차원이 달라 보였다. 어쩌면 서울에서 부산까지 차를 몰고 오는 것은 내가 생각하는 것만큼 큰일이 아닐지도 몰랐다. 큰일이라…… 큰일이 아닌 것은 그뿐만은 아니었고, 나의 시나리오 역시 마찬가지였다. 부산에 그저 놀러가는 셈이라고 가볍게 말했지만, 현이 시나리오에 관해 정말로, 진정으로 아무것도 묻지 않아서 나는 계속 신경이 쓰였다. 나도 그도 내 시나리오를 지긋지긋하게 여겼다.

프런트에 가서 차 번호를 등록하고 현을 기다렸다. 역시나 도로가 막히는 바람에 예정보다 한참이나 늦은 시각에 도착할 것 같다고 문자가 왔다. 나는 방에 돌아와 TV를 틀어놓고 어영부영 시간을 때우다가 도착 예정 시간쯤 다시 로비로 내려가 테마별로 구비된 부산 지도를 펼치고 보는 둥 마는 둥 하고 있었다. 그가 기차를 탔더라면 부산에 도착해서 커피 한 잔을 마시고 다시 서울로 돌아가고도 남을 만큼의 시간이 지났다. 그제야 배낭을 멘 현이 지친 모습으로 나타났다. 우리는 닮아서 남매 같다는 이야기를 종종 들었다. 내가 남자였으면 현처럼 생겼을 거라고, 사람들은 그런 얘기를 참 쉽게 했다.

헤어졌던 기간에 현은 탈모 치료를 받기 시작했다. 경과가 꽤 좋았던지라 다시 관계가 시작됐을 때는 그의 자신감이 눈에 띄게—조금 거슬릴 정도로—상승해 있었다. 처음 현을 만났을 때 그의 머리숱이 적다는 점이 신경에 거슬리지 않은 것은 아니었다. 나는 남자에 관해서라면 외모지상주의자이기 때문이었다. 아무튼 다른 것들은 괜찮았으므로 조금 가난한 듯한 뒤통수 정도는 아쉽지만 너그럽게 봐주자 싶었고, 그러면서도 나도 모르게 정수리가 동그랗게 비어 있는 아시시의 성 프란치스코 머리 스타일을 떠올릴 수밖에 없었는데, 이상하게도 그 점이 상냥하고 애틋하게 느껴져서 아, 이렇게 내 세계가 또 확장되는구나, 하는 생각까지 들곤 했었다. 그런데 이제는 뭐랄까, 좀 무성하네 싶은 낯선 머리통을 볼 때마다 나는 자꾸 성 프란치스코가 그리워졌다.

우리는 대학생처럼 보이는 풋풋한 커플과 함께 엘리베이터에 올랐다. 그들은 각자 카드키를 하나씩 손에 들고 삼십칠층의 오션

뷰를 기대하며 마냥 설레어했다. 뒤편에서 벽에 몸을 기대고 있던 현이 나와 시선이 마주치자 괜히 눈을 찡긋거렸다. 나도 아무 말 없이 그의 얼굴을 보며 한쪽 눈썹을 슬쩍 올렸다가 내렸다. 우리가 각자 무슨 의도로 그렇게 했는지 정확히 말할 순 없지만, 무언가 비밀을 공유한 기분이 들었다. 엘리베이터는 금세 이십삼층, 그리고 이십사층에 이르렀고, 정지하기 위해 슬며시 브레이크가 걸렸다. 안에 있던 네 사람은 각자만 느낄 수 있는 정도로 휘청거렸다. 현이 고개를 조금 숙이며 눈을 크게 뜨더니 나를 바라봤다. 엘리베이터가 멈췄다.

"정말 귀가 멍해지네."

현이 귀 언저리를 문지르며 발을 내디뎠다.

"삼십육층에 비하면 그래도 견딜 만해."

나는 전학생 대하듯 여유 있게 그에게 대꾸했다. 이십사층으로 방을 옮긴 일은 작게나마 우리에게 큰일로 여겨졌다.

주말이 되었지만, 또 혼자 아침을 먹었다. 식당 안은 사람들로 가득차서 평소에 파티션으로 가려놓던 곳까지 넓게 터놓아져 있었다. 나는 입구에 서서 빈자리를 찾아 잠시 두리번거리다가 창가 쪽의 바 테이블에 가서 앉았다. 습관적으로 손에 들고 온 제임스 엘로이의 책은 펼치지 않았다. 살인사건 리포트를 읽기엔 날씨가 너무 좋았으니까.

그날 아침, 나는 첫번째 알람 소리를 듣고 바로 잠에서 깼다. 삼십 분 동안 현이 일어나기를 기다렸지만, 네번째 알람이 울릴 때까지도 그는 잠을 떨치지 못했다. 나는 왼손으로 머리를 괴고 내쪽으로 모로 누운 그를 바라보았다. 그의 얼굴과 어깨와 팔을, 다시 얼굴을, 짙은 눈썹을 손가락으로 쓰다듬었다. 그다음엔 몸을 기울여 그의 어깨에 입술을 가져다댔다. 어깨가 넓은 편인데도 옆으로 돌아 누워 있으니 현이 아이처럼 작게 느껴졌다. 다시금 그를 깨워보았지만 결국 그는 눈도 제대로 뜨지 못한 채 아침을 거르겠다고 몽롱한 목소리로 웅얼거렸다. 현은 내년이면 마흔이었다. 몸이 예전 같지 않다고 자주 말하곤 했다. 나는 그런 그를 이해했다.

그와 다시 만나기로 하면서 나는 많은 생각을 정리했다. 예를 들어 결혼이라든가, 아이를 갖는다든가 하는 문제. 우리는 둘 다 너무 예민해서 결혼 제도에 적합하지 않은 사람들이다. 나는 아이를 낳고 싶지 않지만, 그래도 자식을 갖지 않는다는 건 조금 슬픈 일이라고 생각했다. 슬프다고 해서 누가 내게 그런 생각을 강요한 건 아니었다. 그러나 그저 그럴 수 있기 때문에, 나는 종종 나의 '개념적인 아이'에 대해 생각하곤 했다. 현실 속의 살아 숨쉬는 아이가 아니라, 세상에 태어날 수도 있었지만, 없는, 없을, 관념적으로만 존재하는 나를 닮은 아이……

한번은 나의 개념적인 아이가 죽는 꿈을 꾸었다.

나는 누군가를 진정으로 사랑하면, 반드시 그 사람이 죽는 꿈을 꿨다. 아직 현이 죽는 꿈은 꾸지 못했다. 심지어 손감독이 죽는 바람에 다른 사람에게 울면서 시나리오를 파는 꿈도 꿨음에도, 현이 죽는 꿈은 꾸지 않았다.

조금 죄책감이 느껴져서, 그와 아침을 먹었다면 했을 법한 이야기를 열심히 생각해보았다. 창밖 공기가 촉촉하고 산이 가깝게 보였다. 내 시야보다 훨씬 높은 곳에 산봉우리가 있다는 당연한 사실이 다행스럽게 여겨졌다. 산 밑으로는 작은 동네가 하나 있었다. 길 건너편에는 재개발 추진중이라는 현수막을 온몸에 휘감은 폐역이 휑댕그렁하니 서 있었는데, 그 뒤로 산자락까지 낮게 펼쳐지는 낡은 건물들이 그 동네의 전부였다. 호텔에서 조금 떨어진 해수욕장에도 폐역이 하나 더 있었다. 며칠 전에는 버스를 타고 그 근처까지 일부러 가보았는데, 철로를 따라 걷는 동안 가족처럼 보이는 고양이 무리를 만났다. 그중에서 노란 무늬의 고양이가 꼬리를 빳빳하게 세우고 나를 한참이나 쫓아왔다. 덩치가 크고 제일 순해 보이는 아이였다. 어디까지 따라오나 간간이 뒤를 돌아보며 걸었는데, 잠시 현과 통화를 하고 나니 노란 고양이는 어디론가 사라지고 없었다.

내가 아침을 먹고 방으로 올라온 뒤에도 현은 한참을 더 잤다. 나는 거실 소파에 앉아 커피를 마시며 책을 읽었다. 제임스 엘로이가 애써 냉정함을 유지하며 어머니의 죽음에 대한 진실을 쫓고 있었다. 그의 어머니가 실제로 살인사건의 피해자였다는 사실을 나는 처음 알았다. 애도는…… 언제 끝날까. 결국 글을 쓰는 것 외에는 별도리가 없을 것이다. 이따금 책에서 눈을 떼고 현이 코고는 소리를 들었다. 저렇게 깊이 잠든 것은 탈모 약 때문이라는 추측을 해보았다. 빌어먹을 탈모 약. 차라리 대머리가 돼서 나타나지 그랬나, 그럼 좀더 마음이 누그러졌을 텐데 싶다가도, 대머리는 대머리대로 싫어져서 괜히 머리를 내저었다. 문밖에서는 클리닝 카트가 바삐 복도를 스쳐지나가는 소리가 들렸다. 지금껏 호텔 메이드하고는 한 번도 마주치지 않았다. 매일 어딘가로 나갔다 돌아오면 내가 흩뜨려놓았던 자리가 처음처럼 깨끗해져 있을 뿐이었다.

서울과 비교하면 무척이나 따뜻한 11월이었지만 일주일 만에도 날이 더 짧아졌다는 것을 확연히 느낄 수 있었다. 점심을 먹었을 뿐인데 이미 하늘에는 분홍색 기운이 잔잔히 퍼져 있었다. 날이 지기 전에 구시가지를 둘러보고 싶어 굼뜨게 움직이는 현을 재촉하고, 차에 타자마자 내비게이션에 목적지를 입력했다. 현은 부산의 도로가 좁고 구불구불하다며 짜증을 냈다. 무심코 욕을 한마디 내뱉었다가 주워 담기를 반복했다.

차를 타고 다녀보니, 부산은 어딜 가든 바다가 보이는 이상한 도시였다. 언덕을 오르나 싶다가도 어느새 바다가 빼꼼 얼굴을 들이밀었다. 그게 귀엽게 느껴져서 "귀여워……"라고 중얼거렸는데, 현이 운전하다가 그 말을 들었는지, 한결같이 따듯한 그 손을 더듬거려 내 손을 잡았다. 나는 아무런 부연 설명을 하지 않고 그냥 가만히 있었다.

우리는 주차할 곳을 찾아 국제시장 주변을 빙빙 돌았다. 내가 귀엽다고 한 다음부터 현은 부산에 한층 더 관대해졌다. 나는 호텔에서 가져온 지도와 현재 위치를 비교하느라 지도를 좌우로 돌려보고 고개를 위아래로 끄덕거리며 가려는 방향을 찾았다.

"책방 골목 뒤쪽이 좀 한산할 것 같은데……"

나는 갑자기 책을 사고 싶어져서 괜히 책방 골목을 들먹거렸다.

유명세에 비하면 책방 골목은 그리 길지 않았고 몇 걸음 만에 곧 골목 끄트머리에 다다랐다. 우리는 주인이 자리를 비운 듯 보이는 한가한 헌책방 안으로 들어갔다. 몇몇 사람들이 입구에서 책을 만지작거리다가 한두 권 골라 들고 두리번거렸으나, 주인이 나타나지 않아 책을 제자리에 내려놓고 다른 서점으로 향했다. 헌책방 내부는 밖에서 보는 것보다 넓었다. 나는 부스럭거리면서 안쪽으로 들어가 책장 앞을 서성였다. 소설을, 번역되지 않은 말로 쓰인 한국소설을 읽고 싶었다. 교과서에서 본 이름 몇몇이 눈에 박혔는데, 따분하다는 생각이 들어 좀더 안쪽으로 들어갔다.

"찾는 게 있어요?"

갑자기 뒤에서 주인이 말을 걸어와 나는 깜짝 놀랐다.

"소설요."

"외국소설요, 한국소설요?"

"한국소설요."

헌책방 주인은 무심하게 팔을 뻗어 K작가의 책을 꺼내려 했다. 책방 골목 어디든 K작가의 책은 수십 권씩 꽂혀 있었다. 책등 디자인만 봐도 알아볼 수 있을 정도였다. 소설을 잘 알지 못하고, K작가의 책도 읽어본 적 없지만, 이 상황이 식상해서 괜스레 화가 났다. 아니, 한국에 작가가 K 하나밖에 없나. 우리나라는 죄다 획일적이어서 틀려먹었어. 내가 실망어린 탄식을 내놓자 어느새 내 옆에 다가온 현이 큰 의미 없는 웃음을 지어 보였다. 그의 손에는 꽤 상태가 좋은 록 음악 잡지 몇 권이 들려 있었다. 그가 고른 잡지가 내가 중학생 때 즐겨 보던 잡지여서, 그리고 내 시나리오의 배경인 90년대에 나온 것이어서 마음이 좀 아팠다.

헌책방 주인이 나를 좀더 안쪽으로 부르더니 구석에 높다랗게 쌓인 책더미를 가리켰다. 처음 듣는—아마도 지금은 망해서 없어진—출판사에서 나온 다양한 전집 시리즈가 바리케이드처럼 굳건히 자리를 지키고 있었다. 나는 사다리를 두세 계단 밟고 올라가 한국소설전집을 몇 권 뽑았다. 조심했는데도 눈에 보이지 않는 먼지가 함께 쏠려나와 마른기침이 나왔다.

전집 책은 한 권 한 권이 상당히 묵직했다. 겉표지로는 성이 안 찼는지 각 권에 케이스까지 씌운 것으로 보아 책이 귀하던 시절에 제작된 것임을 알 수 있었다. 어릴 적 내내 집 한 귀퉁이를 차지하다가 어느샌가 없어진 양장본의 세계문학전집과 비슷했다. 책을 펼쳐보니 가느다란 본문 글자가 촘촘히 박혀 있었고, 종이는 세월에 누렇게 바래어 안쪽에서 바깥쪽으로 옅게 그러데이션이 되어 있었다.

표지에는 소설가의 이름이 금박으로 진지하게 새겨져 있었다. 한자를 읽지 못해서 작가의 사진들을 살펴봤다. 내가 꺼낸 세 권의 책 중 하나는 남자 작가의 단편선이어서 제일 먼저 내려놓았다. 나머지 두 권 중 어떤 책을 살까 고민하는데, 작가 이력을 훑어보다가 두 여자 작가 중 한 명의 생일이 나와 같음을 발견하고 그 작가의 책으로 마음이 기울었다. 수십 년 전 작품인데도 요즘 소설처럼 제목이 세련됐다는 점도 좋았다.

한자로 적힌 소설가의 이름 위에는 성긴 해상도의 흑백사진이 한 장 있었는데, 인상에서 풍기는 희미한 광기 때문인지 시선을 떼기가 어려웠다. 일부러 포즈를 취하지 않고 어쩌다 찍혀버린 각도로 카메라를 무심히 바라보는 작가의 눈빛이 강렬했다. 머리카락에 반쯤 가려진 기다란 손가락이 셔터 스피드를 기다리지 않고 유령처럼 흩어져 있었다. 사진 속의 작가가 나와 비슷한 나이이거나 조금 어려 보인다는 생각이 들었다. 내가 그 사진을 가만히 보고 있자, "너랑 좀 닮았네" 하고 현이 지나가듯 말을 던졌다.

현이 서울로 돌아간 후에도 나는 매일 같은 시간에 조식을 먹으러 식당에 내려갔다. 그것 외에는 중요한 일이 없는 사람처럼. 그래야 삶이 무너지지 않을 거라고 믿는 사람처럼.

여전히 엘리베이터 벽면에는 컬러 프린트된 아쿠아리움 광고가 붙어 있었다. 매일 광고 이미지를 보다보니 이미 그곳에 갔다 온 기분이 든다고 내가 현에게 얘기했을 때, 그는 곁눈으로 광고지를 흘깃 보더니 "솔직히 아쿠아리움은 애들이나 가는 곳이라고 생각해"라고 말했다. 나는 현의 말에 잠시 멈칫했다가 가만히 고개를 끄덕였다. 우리는 결혼도 하지 않고 아이도 없을 테니 평생 아쿠아리움에 가지 않는 삶을 살게 될 거야. 단지 속으로만 그렇게 대꾸했을 뿐.

식당에서 일하는 남자애들이 이제 나를 알아보는 눈치였다. 나는 제일 구석진 테이블에 자리를 잡고 현이 두고 간 90년대 음악 잡지를 읽었다. 이것을 읽던 시절에 내가 고작 중학생이었다는 사실이 믿기지 않았다. 몇몇 순간은 여전히 생생하게 기억되고, 내가 나를 의식하는 감각도 별반 다를 게 없었다. 아마 지금으로부터 이십 년이 지나도 똑같은 생각을 하고 있을 텐데, 그 반복이 좀 끔찍해서 몸을 움츠렸다. 나는 자주, 내가 살고 있는 지금 이 시간에 대해, 그것의 의미를 전혀 알지 못한다는 느낌 때문에 외로워졌다.

즉흥적으로 하루하루를 보냈다. 지도를 훑다가 눈에 띄는 곳이 있으면 버스와 지하철을 이용해 다녀왔고, 하루에 한 군데 이상은 방문하지 않았다. 그 외에는 딱히 일정이 없었고, 아무것도 하지 않으니 오히려 시간이 금방 갔다. 몇 번인가 노트북을 열어보긴 했지만 다시 시나리오를 읽고 싶지 않아 그대로 덮어버렸다.

어느 날인가엔 우리 가족이 잠시 해운대주공아파트에 살았었다는 이야기를 들은 것이 생각나 달맞이고개에 가보았다. 주공아파트는 이미 재건축되어 흔적도 찾을 수 없었고, 그 자리에 다른 아파트가 들어선 지도 오래였다. 다만 언덕 자락에 있는 낡은 버스 정류장에서 '주공아파트 앞'이라고 쓰인 표지판을 하나 발견하고 돌아 나왔다.

나는 겨우 한 살이었기 때문에 당시의 기억은 없지만, 흰옷을 입은 내가—지나치게 어려서 나처럼 보이지 않았다—해운대해수욕장의 모래사장 위에서, 무게중심을 제대로 잡지 못한 채 기우뚱 앉은 모습으로 찍힌 사진을 기억한다. 옆에는 지금의 나보다 열 살이나 어린 젊은 엄마가 나를 내려다보며 웃고 있다. 햇빛 때문에 갈색에 더 가까워 보이는 그녀의 머리카락이 이마 위에서 헝클어져 바람을 맞는다. 그녀는 한 손으로 내 등을 받치고, 다른 손으로는 머리카락을 귀 뒤로 넘기려 한다. 엄마, 카메라를 봐요. 내가 엄마 얼굴을 볼 수 있게…… 나는 내 기억 속의 사진을 보며 이렇게 속삭인다.

뜨거운 물로 샤워를 마치고 멍하니 TV를 보고 있었다. 집에 TV가 없으니 여기서 보는 모든 프로그램이 새로웠다. 드라마가 참 많았고, 그 많은 이야기의 주인공이 여자들이라는 점도 새삼 낯설게 느껴졌다.

영화학교를 다닐 때 들었던 수업에서 몇 차례 특강을 나온 어떤 감독이 TV 방송을 많이 보면 좋은 영화를 만들 수 없을 것이라고 단언한 적이 있었다. 그후로 나는 아예 TV를 집에 들여놓지 않았다. 그 감독은 또 서른 살이 되기 전에 이스탄불을 경험해보지 않으면 영화를 잘 만들 수 없을 것이라는 말도 했었다. 나는 그때 이십대 중반에 불과했기 때문에 그 말을 유념해서 새겨들었다. 서른 살이 되기 전에 이스탄불에는 꼭 가야겠구나, 하고. 그땐 그게 별로 어려운 일처럼 생각되지 않았다. 내가 결국 영화계에서 잘 풀리지 않은 이유는 여태 이스탄불에 가보지 못했기 때문일까…… 그런 생각을 하고 있는데 손감독에게서 전화가 왔다. 왠지 전화를 받고 싶지 않아서 벨소리가 울리지 않게 해두고 휴대폰을 바라봤다. 영화학교 선배인 손감독도 분명 그 감독의 수업을 들었을 것이다. 손감독의 집에는 TV가 있을까. 손감독이 이스탄불에 가봤는지도 궁금했다. 휴대폰은 이내 알림을 멈추었고 부재중 전화 기록을 남겼다. 손감독에게서 다시 전화가 걸려오진 않았다.

다음날 오후 늦게 나는 손감독에게 전화했다. 호텔 안에서는 통화하기가 싫어서, 사람 구경을 하며 시간을 보내곤 하던 길 맞은

편의 폐역 앞 공터로 나갔다. 거기서 내가 좋아하는 벤치에 앉아 전화를 걸었다. 손감독의 통화 연결음은 오랫동안 〈아비정전〉의 테마곡이었는데 그사이에 바뀌었는지 그저 두르르르 하는 소리가 반복될 뿐이었다.

"남작가, 봤어 나."

"뭘?"

"……"

"뭘 봤는데."

"어제 그 영화……"

"영화 뭐."

"그 천만 영화……"

손감독은 꺼낸 말을 잇지 못했다.

나는 가만히 있었다.

수십 초가 흘렀는데 아무도 아무 말을 하지 않았다. 저편에서 한 번도 들어보지 못한 소리가 들려왔다. 설마 하는 마음이 스쳤다.

"손감독, 너 지금 우냐?"

그러자 손감독이 침착하고자 노력하며 "아니" 하고 말을 이으려다가, 다시 입을 닫고 규칙적이지 않은 숨만 쉬었다. 보지 않아도 눈물 콧물을 닦고 있을 게 뻔했다. 손감독이 우는 것을 딱 한 번 본 적 있었다. 자기 아버지 장례식장에서. 그때는 손감독이 데뷔작을 찍기 전이었고, 백수였다.

"울긴 왜 울어."

"……"

좀 지겨웠다. 이제 한숨 같은 건 그만 쉬고 싶었다.

"그래, 다 끝났어…… 행진은 끝난 거야."

나는 말했다.

이 순간을 잊지 못하게 되리란 것도 알았다.

내 말에 손감독은 울음을 숨기고 싶지도 않다는 듯 더 소리 내어 흐느꼈다. 손감독이 바보 같다고 생각하며 나도 휴대폰을 붙들고 울었다. 우리는 태어나지 못한 아이를 잃은 부부 같았다.

손감독은 부산에 오지 않겠다고 했다. 돈이 있느냐고 묻길래, 나는 있다고 대답했다. 손감독이 미안하다는 말 비슷한 소리를 중얼거렸다. 부산영화재단에 제출해야 하는 결과보고서와 시나리오 수정본은 내가 해결하기로 했다. 담당자에게 문의해보니 제출 기한을 지키면 한 글자만 바꿔서 보내도 무방하다고 했다. 내가 그동안 이런 업계에 있었던 것이다.

그날 밤 꿈에 현이 나왔다. 꿈에서 나는 그를 붙잡고 왜 우리는 결혼하지 않느냐고 통곡했고, 현이 미안하다면서 시나리오를 찢더니 높은 곳에서 뛰어내렸다. 처음엔 빌딩 옥상이었는데, 나중에는 한강 다리 위에서였다. 그가 사라진 허공을 바라보며 주저앉아 다시 엉엉 울다가, 우는 게 힘들어서 잠에서 깼다. 죽은 것이 시나리오인지 현인지 알 수 없었다.

아직 알람이 울리기 전의 새벽녘이었다.

방이 어두웠다.

이 방이 북향이라고 생각하니 무서워져서 이불 속으로 머리를 묻었다.

어느새 다시 잠들었는지, 일어났을 땐 이미 조식 시간이 한참이나 지나 있었다. 알람 소리를 듣지 못했으므로 잠결에 알람을 꺼버린 건지 아직 꿈속인 건지 몽롱해하는 와중에, 기계적으로 한구석에 놓인 옷을 주워 꿰입었다. 거실 쪽에서 TV 소리가 들렸다. 분명 끄고 잤던 것 같은데, 하고 의아해하며 머릿속을 더듬다가 차츰 정신이 또렷해지면서, 거실에 다른 사람이 있으며 그가 분주히 움직이고 있다는 사실을 깨달았다. 사태를 정확히 파악하기 위해서는 거실로 나가는 것이 가장 빠른 방법임을 알았지만, 몸이 굳어 움직일 수 없었다. 대신 엉거주춤 침실 한가운데 서서 이 상황을 이해하려 애썼다.

거실 청소를 마친 메이드는 내가 여전히 방에 있는 줄도 모르고 TV에서 나오는 음악 소리에 맞춰 노래를 흥얼거리며 침실로 들어왔다. 서로의 모습을 보고 우리는 둘 다 소스라치게 놀랐다. 네이비색 유니폼을 입은 그녀는 한국어가 서툴렀는데, 그 때문에 상대방이 더 당황한다고 생각했는지 자신은 베트남에서 왔다고 친절히 설명해주었다. 두 손을 모아쥐고 거듭 미안해하는 그녀에게 나도 고개를 몇 번이나 숙이며 평소보다 늦게까지 방에 남아 있던 것을 사과하고 허둥지둥 밖으로 나왔다.

거의 정오가 되었는데 빈속이었다. 우선 커피를 마셔야 정신이 들 것 같아 해수욕장 입구 맞은편의 커피숍에 들어갔다. 항상 사람들로 가득차 번잡해 보이던 가게였는데, 그날따라 창가 쪽 자리가 비어 있었다. 나는 커피를 받아들고 바닷가를 바라보는 통창 앞 테이블 한편에 자리를 잡았다.

헌책방에서 구한 책을 펼쳤다. 한자가 많아서 도통 손이 안 갔는데, 나오면서 보니 어느샌가 내 손에 들려 있었다. 창으로 강하게 들어오는 햇빛 때문에 꾹꾹 눌려 박힌 글자의 선이 더 깊어 보였다. 차례에 나열된 스무 편이 조금 넘는 소설 중에 '검은 바다'라는 제목이 눈에 들어와 그것을 읽었다. 젊은 여자와 나이든 여자의 이야기였다. 선후배인 두 사람이 프랑스 시골 마을에서 두런두런 별 의미 없는 대화를 나누는 것이 내용의 전부였다. 그 짧은 이야기가 너무 좋아서, 몸속에 흩어진 조각들이 맞춰지는 듯한 기분이 들었다. 이런 이야기를 쓰는 여자가 있었다. 내가 모르게. 무언가를 쓰고, 사라진 여자들이 있다.

단편소설을 한 편 읽었을 뿐인데 아직도 그녀의 이름을 모른다는 것이 어색하게 느껴졌다. 한자로만 쓰인 소설가의 이름을 알아내기 위해, 인터넷 사전을 열어 한 자씩 손가락으로 글자를 그려나갔다. 획이 많고 복잡했다.

소설가에 대한 정보가 있을까 싶어 포털 사이트에 이름을 검색하자 그녀의 이력과 출간된 책 목록이 바로 튀어나왔다. 죽거나 사라졌을 줄 알았던 그 소설가는 놀랍게도 전집이 출간된 지 수십 년이 지난 지금까지도 소설을 쓰고 있었다. 많은 책이 절판됐지만, 바로 몇 년 전까지도 드물게 그녀의 신간이 나왔다.

나를 닮은 소설가에 대해 너무나 손쉽게 알 수 있었다. 나를 닮았지만, 전혀 닮지 않은 그녀가 성큼 다가왔다. 시간을 거슬러. 작은 상자 안에 몸을 싣고 중력을 거스르던 순간처럼, 나는 나만 알수 있을 정도로 찌그러지고 멍해졌다.

수직으로 내리꽂히는 정오의 햇살이 4차선 도로를 지나는 차량 행렬에 반사되어 번쩍였다. 나는 눈을 감고 한 사람이 무언가를 쓰고 있는 장면을 상상했다. 사십 년이 넘도록, 아니 평생에 걸쳐 쓰는 삶에 대해서. 보이지 않아도 쓰이는 어떤 삶을. 어딘가에 존재하는 질서를. 그 깊고 어두운 세계를.

나는 배고픔도 잊은 채 오래도록 그 자리에 머물렀다.

영향

오하이오에서 한국으로 돌아온 후, 육 년 동안 난희는 돈을 한 푼도 벌지 않았다.

첫 일이 년은 그런대로 견딜 만했다. 한동안은 해야 할 일들이 있었다. 누가 뭐래도 그건 분명 일이었다. 난희는 대학원 졸업 작품으로 만든 다큐멘터리 영화를 온갖 영화제에 출품하고 결과를 기다렸다. 그녀는 미지의 관객과 만나기를 간절히 바랐다. 한 편의 영화가 최종적으로 완성되는 시점은 어디까지나 관객과의 만남 이후라고 여겼기 때문이었다. 그러나 현실은 영화에 들인 공과 상관없이, 단 몇 줄의 짧은 메일로도 결과를 통보해주지 않는, 조용하고 냉담한 거절의 반복이었다.

거의 포기할 무렵, 영화가 작은 독립영화제에 초청되었다는 소식을 들었다. 난희는 진심으로 기뻤다. 이제 곧 관객들과 관련 업계 사람들을 만나게 된다고 생각하니 몹시 두근거렸다. '홍난희 감독님께'라고 시작하는 공식 초청 메일을 읽고 또 읽었다. 두 번의 상영 스케줄과 영화제 중반에 열리는 감독 파티 일정을 몇 번이나 확인한 다음에 다이어리에 적고 형광펜으로 두세 번 덧칠해서 강조해놓았다.

영화제 프로그래머는 난희보다 겨우 두 살 많은 남자였다. 감독 파티에서 난희는 그와 대화하기 위해 근처를 한참이나 서성였다. 좀처럼 틈이 나지 않았다. 프로그래머는 파티 내내 대학생처럼 보이는 젊은 남자 감독들에게 둘러싸여 무척이나 바빠 보였다. 남자 감독들은 모두 술에 취해 벌그레한 얼굴을 하고 있었고 프로그래머에게 한마디라도 더 건네고자 서로 경쟁하는 듯 보였다. 그들의 표정에서는 대단히 중요한 일에 관여하고 있다는 확신에 찬 자부심이 엿보였다. 키가 백육십 센티미터도 되지 않는 난희는 겨우 어깨 너머로만 남자들의 중심에 선 프로그래머의 실물을 확인할 수 있었다. 동년배인 그를 보고 있자니 이제 겨우 단편영화 두 편을 만들었을 뿐인 스스로가 게으른 사람처럼 느껴졌다.

난희는 파티가 끝날 즈음에야 겨우 기회를 잡았다. 자신의 영화를 선택해주어 감사하다고, 그녀는 프로그래머에게 떨리는 목소리로 말을 건넸다. 난희는 남자를 올려다보며, 이 사람이야말로 자기 영화의 진정한 첫번째 관객일 거라고도 생각했다. 그가 머쓱한 듯 말없이 쓴웃음을 지었다. 그녀는 앞에 서 있는 사람의 표정을 오래 기억하고 싶었다. 그는 어딘가 내성적이면서도 교양 있는 사람의 얼굴을 하고 있었고, 난희는 자기 자신도 그런 얼굴을 하고 있으리라 믿었다. 그녀가 바라는 것은 우정이었다. 그녀는 동료를 원했다.

의례적인 인사와 기초적인 인적 사항에 대한 탐색이 오가고 나서, 남자 프로그래머는 난희가 서른이 넘은 비혼 여자이고 미국 유학도 다녀왔다는 사실을 알게 됐다. 그는 다 파악했다는 듯이 긴장이 풀린 표정으로 "그럼 이제 더 팔 게 없겠네요" 하고 말했다. 그런 다음 아주 재미있는 농담이라도 한 듯 고개를 약간 뒤로 젖히고 웃었다.

뭘 팔아요? 난희는 되묻지 못했다. 대신 그를 따라 희미하게 웃었다.

*

난희는 당분간 아무것도 팔지 않기로 했다. 살아가는 데 그리 큰돈이 들지 않았다. 없는 대로 살 수 있었다. 살아졌다. 그럴 수 있는 건 어머니의 도움이 있어서였다.

난희의 어머니는 둘째 남편에게서 작은 건물을 상속받았다. 조립식 패널 지붕을 올린 수십 년 된 단층 창고에 불과했지만 어쨌든 건축법상 건물은 건물이었다. 둘째 남편은 그곳에서 스팀 세차장을 운영했고, 그가 죽은 뒤에는 타지에서 온 젊은 사람이 가게를 인수했다. 난희의 어머니는 건물주라는 단어가 좋아서 무리해서 그 단어를 쓰곤 했다. 몇 번 입에 올려보자 처음 말했을 때처럼 켕기는 마음은 들지 않았다.

그녀는 매달 세입자에게서 받는 월세의 절반을 아들 몰래 딸에게 송금했다. 자기 아들이 아니라 난희에게 그 돈을 준다는 걸 알면 죽은 남편은 아주 노발대발할 것이었다. 그렇지만 그녀는 그렇게 하기로 했는데, 그 건물 명의가 아들과 자신에게만 있다는 데 난희가 혹여 불만을 품을지도 모른다고 생각했기 때문이었다. 게다가 그녀는 나름대로 단골이 있는 작은 식당을 오랫동안 운영하고 있어서 생활이 풍족한 편이었다. 남은 월세의 절반이 생활비로 쓰이는 일은 거의 없었다. 그 돈은 간간이 떠나는 여행 경비로 나가거나 아들에게 줄 쌈짓돈 마련을 위해 은행에 맡겨졌다. 반면 서울에 사는 예술가 딸에게 월세의 절반은, 상당한 제약이 따르긴 하겠지만, 직업을 가지지 않고도 근근이 아주 검소한 일상을 꾸려나갈 정도의 금액은 되었다.

언젠가부터 딸에게 돈을 보낼 때마다 난희의 어머니는 이번이 마지막이기를 간절히 바랐다. 그 심정을 아는지 모르는지, 수년이 지나도록 난희는 돈을 벌지 않았고 그럴 생각조차 없어 보였고 뭔지 모를 영화를 만드는 중이라고만 했다. 난희의 어머니가 봤을 땐 그것 역시 아무리 시간을 투여한들 돈이 될 것 같진 않았다. 그녀는 곰곰이 기억을 되짚었다. 가족들 중 예술가는 아무도 없었다. 아무도.

반드시 돈 문제가 아니더라도 난희의 어머니는 나이 많은 딸이 결혼도 하지 않고 서울에서 혼자 사는 것이 영 마음에 걸렸다. 선을 보라고 어렵사리 얻은 전화번호를 들이밀어보아도, 돌아오는 것은 싸늘하고 냉소적인 반응뿐이었다. 전화번호를 얻는 일은 해가 갈수록 더 어려워졌다. 마흔이 내일모레인데 학교 졸업장 말고는 내세울 게 하나도 없다니, 그건 초등학교만 나온 그녀도 알 수 있는 딸의 치명적인 문제였다. 하여간에 부모 된 입장으로 아무것도 안 할 순 없는 노릇이니 그녀는 지인을 만날 때마다 우리 딸 좀 어떻게…… 하고 앓는 소리를 늘어놓으며 신랑감 소개를 부탁했다. 그럴 때마다 속상한 척을 했지만, 한편으론 이렇게 무언가라도 하면서 노력하는 기분으로 시간을 보내고, 이대로 몇십 년이 흘러, 홀로 남은 딸에게 의지해 노년을 살게 된다면 그것도 나쁘진 않을 것 같았다.

다만 그녀는 항상 자랑거리였던 첫째가 어느새 흠 있는 (것 같은) 여자가 되어버린 상황을 쉽게 납득할 수 없었다. 몇 년 전까지만 해도 내심 딸이 미국에서 돌아오기만 하면 바로 교수가 될 줄로만 알았다. 뭐가 잘못돼도 대단히 잘못된 거 아니냐. 그녀가 그렇게 말하며 분통을 터뜨릴 때, 난희는 코웃음쳤다. 교수라니. 난희는 졸업 후 단 한 번 대학 강사 자리를 제안받은 적이 있었다. 그러나 제안한 사람과의 데이트를 거부하자 그 자리는 대뜸 취소되었다. 난희의 어머니는 딸의 마음이 어떻든지와는 상관없이 막무가내로 전화번호를 들이밀며 결혼만이 네 살길이라는 식으로 매 순간 난희가 단지 한 명의 여자일 뿐이라는 사실을 상기하도록 만들었지만, 정작 결정적인 순간에서만큼은 딸의 성별을 잊어버리고 말았던 것이다.

*

난희는 귀국한 이래 줄곧 서울 변두리의 중국인 거리에서 혼자 살았다.

동네에는 중국인 외에도 직업소개소와 소규모 다방들이 유난히 많았다. 프랜차이즈 커피숍으로 뒤덮인 이 화려한 도시에서 허름하기 짝이 없는 이름 없는 작은 다방들이 살아남을 수 있었던 건 비밀스러운 비즈니스 덕분이라고, 난희는 자연스럽게 알게 되었다. 해가 떨어진 뒤에 집밖으로 나설 때면 검은 낯빛의 남자들이 난희를 위아래로 힐끗 훑어보며 지나갔다. 알고 싶지 않아도 그 눈빛이 무엇을 의미하는지 난희는 너무나 잘 눈치채버렸다. 남자들은 난희를 쳐다보고, 이어서 으레 다방이 있으리란 예상을 한 듯 이층을 올려다봤다. 찰나였지만 난희는 그 시선의 방향을 읽을 수 있었다. 이곳에 있으면 언젠간 다방으로 가게 될지도 모를 일이었다. 다방, 노래방, 혹은 그 밖의 다른 방들로.

가끔은 자다가도 벌떡 일어나 초조한 마음으로 밤을 새우기도 했다. 일정한 직업도 소속도 없이, 언제든 영화 속에서 본 산발의 미친 여자, '혐오스런 마츠코'가 될 수 있다는 공포에 시달렸다. 십여 년 전 그 영화를 본 뒤로 난희에겐 마츠코 공포증이 생겼다. 한순간에 모든 것을 잃고 정신마저 놓아버릴지도 모른다는 막연한 두려움이 내내 그녀를 따라다녔는데 졸업 후 한국에 온 뒤로는 그런 감정이 더 커졌다. 실은 영화를 제쳐두고 어디에서든지 간에 일을 구한다면, 어머니에게 빌붙지 않고 최소한의 사람 노릇은 할 수 있을 터였다. 물론 그것도 뭐든 팔 게 있을 때나 가능할 테지만……

난희의 스튜디오는 중국인 거리에서도 끄트머리에 자리잡은 사층 건물의 꼭대기에 있었다. 건물 외관은 허름했으나 스튜디오 내부는 작업실 겸 거주 공간으로 개조되어 실제보다 면적이 더 넓어 보였다. 노출 천장과 하얗게 칠한 콘크리트 벽은, 얼핏 보면 브루클린의 윌리엄스버그에 있는 로프트를 연상시켜서 썩 그럴듯한 분위기를 풍겼다.

건물주 노인은 일층에서 약국을 운영하다가 은퇴한 후 큰아들을 따라 뉴질랜드로 건너갔다. 그는 '시끄럽고 속내를 알 수 없는' 중국인이 자기 건물에 세입자로 들어오는 것을 원하지 않았다. 예전 같은 상권은 아니지만, 장사는 그런대로 쏠쏠했던지라 약국 자리만 세를 주고 나머지 세 개 층은 젊은 예술가들에게 관리비 정도밖에 안 되는 저렴한 월세를 받으며 공간을 빌려주었다. 건물주가 외국에 있었기 때문에 한 사람이 나가면 알음알음으로 다음 사람을 데려와 빈자리를 채워나갔다. 일종의 비공식 작가 레지던시 같은 곳이었고, 난희는 학부 때 알고 지내던 회화과 후배의 소개로 귀국하기 전에 미리 꼭대기 층을 얻을 수 있었다. 꽤 좋은 시작이었다. 그녀는 안도했다.

스튜디오에 들어간 지 이 년쯤 지났을 때였다. '레지던시'의 가장 오래된 거주자인 이층 동료 작가는 난희보다 앞서 꼭대기 층을 썼던 작가가 실은 세번째 개인전을 앞두고 죽어버렸다는 이야기를 술김에 털어놓았다. 그 시점은 난희가 한국에 돌아가기로 결심한 후 머물 곳을 찾던 바로 그 무렵이었다. 죽은 작가는 당시 겨우 스물아홉 살이었다고 했는데, 난희에게는 그녀의 죽음이 오싹하게 느껴지기보다는 낭만적으로 다가왔다. 잠시였지만 우중충한 중국인 거리가 갑자기 19세기 파리의 뒷골목 같아 보였다. 죽은 작가의 그림을 사고 싶었지만, 그녀가 죽었기 때문에 난희의 형편으로는 도저히 살 수 없을 만큼 그림값이 올라 있었다. 대신 인터넷 검색으로 찾은 드로잉 한 점을 출력하여 책상 앞 벽에 붙여놓았다. 밤의 야자수들 아래 한 사람이 누워 있었다.

*

여름이 시작될 무렵, 제이미로부터 메일이 왔다. 헤어진 후 그가 먼저 연락해오기는 처음이었다. 난희는 제이미와의 관계를 정리한 후에도 몇몇 남자들을 짧게 만나곤 했지만, 이제 더이상 남자를 사귈 만큼 어리석지 않았다. 남자를 사귀지 않아도 아무렇지 않아졌다는 사실이 낯설지만 다행스러웠다. 그들은 대체로 난희를 불행하게 만들었다.

제이미는 난희보다 여덟 살이 어린 천문학과 학생이었다. 그들은 오하이오에서 이 년 남짓을 함께 살았다. 처음에는 단지 룸메이트일 뿐이었지만 곧 연인이 되었다. 제이미는 난희의 짧고 짙은 까만색 머리카락과 창의적이다 싶을 정도로 어긋난 그녀의 영어에 매료되었다.

난희는 서른이 되어서야 유학 생활을 시작했기 때문에 끝내 한국식 억양을 고치지 못했다. 첫 학기가 시작됐을 무렵, 몇 안 되는 한국인 여학생 중에 난희보다 영어를 못하는 사람은 찾아볼 수 없었다. 난관은 일상적이었다. 난희는 스타벅스에서 커피를 주문할 때마다 '톨 라테'를 최소한 서너 번씩은 외쳐야 했다. '톨 라테'는 '탈 라리' 정도로 흘려 발음해야 했는데, 그것이 난희에게는 죽도록 어색하게 느껴졌다. 마지막에 거의 포기한 심정으로 '탈 라리'를 중얼거리면 그제야 직원이 미안한 표정을 지으며 주문을 접수

해주었다. 반면 제이미는 난희와 같이 산 지 얼마 되지 않았을 무렵부터 신기할 정도로 난희의 영어를 정확히 이해했다. 언어 이상의 무언가가 그들 사이에 오가는 것 같았다. 양 귀퉁이의 모서리가 딱 맞는 결핍 같은 것이 이 세상에는 정말로 존재할지도 모른다고 난희는 생각했다.

제이미는 아주 어릴 적에 큰 화상을 입었는데, 사고 후 치료가 늦어지는 바람에 왼쪽 관자놀이 부근에 넓게 흉터가 남았다. 그 여파로 왼쪽 귀가 온전히 들리지 않았으며, 한쪽이 들리지 않게 되자 반대쪽 청력도 덩달아 약해져서 보청기를 착용해야만 일상적인 커뮤니케이션이 가능했다.

가만히 있으면 조금 울적해 보이는 인상이었지만, 제이미는 미국인답게 매사에 유머를 잃지 않았다. 처음 제이미를 만나는 사람은 그의 얼굴을 덮은 거대한 흉터를 보고 한순간 멈칫할 수밖에 없었다. 그럴 때마다 제이미는 자신의 보청기로 그럴듯하게 경호원 흉내를 내며, 의도치 않게 무례를 범한 낯선 사람들이 그들의 실수를 더 크게 만들기 전에 쉬이 긴장을 풀고 웃음을 터뜨리도록 상황을 정리해주었다. 사람들은 그의 여유 있는 태도에 안도하며 자신의 실례를 자연스럽게 없던 일로 넘길 수 있었다. 그것이 그가 자신의 작은 보청기—이름이 '맥스'였다—를 소개하는 방식이었다. 매번 그런 적절하고도 허술한 농담으로 타인의 방어막을 무너뜨리는 게 제이미의 매력이었다.

사람이든 사물이든 이왕이면 예쁜 쪽을 선호하는 난희는 제이미의 아름다운 오른쪽 얼굴을 너무나 사랑했고, 그의 비통한 왼쪽 얼굴을 자세히 볼 때마다 (그러면 안 된다고 자책하면서도) 무언가가 완전히 훼손되어버렸다는 불길한 감정에 휩싸였다. 때때로 그는 걸어다니는 경고장같이 느껴졌다. 우리는 모두 언젠가 상처받을 것이다. 우리가 사랑했던 아름다움으로부터……

한때나마 그녀는 그들이 함께할 기나긴 인생의 여정을 믿어 의심치 않았다. 평온하고 진부한 삶을 살아낸 늙은 두 연인의 마지막 순간 같은 것들에 대해 난희는 종종 상상해보곤 했다. 인간의 생명이 다할 때, 심장이 멈춘 뒤에도 가장 마지막까지 유지되는 감각은 청각이라는 말을 들은 적이 있었다. 훗날 제이미가 죽음에 이르렀을 때 그에게 남을 최후의 감각은 어떤 것이 될까. 그 순간이 닥친다면 난희는 그의 귀에 사랑해, 하고 속삭이는 대신 무엇을 해야 할까 고민한 적이 있었다. 그런 시절이 있었다.

제이미는 두 달 후 학회에 참석하기 위해 도쿄를 방문하게 되었다고 알려왔다. 그는 일정이 끝나고 시간 여유가 있으니 서울로 그녀를 만나러 가도 괜찮을지를 물었다. 그들이 헤어진 지 육 년이 지나 있었다.

―난희, 알고 있었니? 서울과 도쿄는 시카고와 뉴욕만큼이나 가까워.

제이미는 들떠 있었다. 난희는 그의 짧고 예의바른 문장에서 이를 감지했다.

어쩌면 제이미 같은 남자가 난희에게는 꼭 필요했을지 모른다. 그와 헤어진 후에도 그녀는 가끔 그런 생각을 했다.

그들은 여전히 좋은 친구였다. 일 년에 한두 번 스윗한 메일을 보내 각자의 근황을 알렸다. 제이미의 삶은 소란스럽지만 예상대로 흘러갔고, 난희의 삶은 고요하면서도 변화무쌍했다. 그녀는 작품 구상을 위해 적은 작업 노트를 매번 그와 공유했다. 제이미는 친절하고 세심하게 그녀가 공들여 쓴 날것의 문장을 더욱 멋진 표현으로 만들어 돌려주었다. 그는 난희가 상상하는 차원의 세계에 대해 잘 알고 있었다. 난희는 제이미의 담백하고 우아한 문장을 아꼈다. 하지만 그들의 우정은 무엇보다도 그들이 만 킬로미터나 떨어져 살고 있기 때문에 가능한 것이었다.

*

난희는 자신의 방에 대체로 만족했다. 어둡고 누추한 환경 속에서도 사적인 공간이 주어진 것에 감사하며 다른 불만을 품지 않기로 한 중세시대의 수녀가 된 듯한 기분이 들었다. 북쪽으로 난 창에는 난희보다 더 나이가 많아 보이는 싸구려 새시가 엉성하게 매달려 있었다. 방은 서늘했고 창 너머 풍경은 언제나 밝았다.

중국인 거리는 더럽고 처참했다. 이유는 알 수 없었으나 누군가 끔찍한 일을 겪을 것만 같은 분위기가 서려 있었다. 중국어와 이곳 문화를 몰라서 더 거리감이 느껴졌다. 유학을 가기 전 십 년 가까이 서울에 살았지만 이런 동네가 있을 거라고는 전혀 생각조차 하지 못했다. 서울로 돌아오는 길에 의도치 않게 중국 어딘가에 불시착해버린 기분이 들었다. 그녀는 종종 차이나타운을 배경으로 하는 다큐멘터리를 찍어보는 게 어떠냐는 말을 들었다. 그녀는 말 그대로 차이나타운 한가운데 살고 있었으므로 그건 그저 카메라를 들고 밖으로 나가기만 하면 되는 일처럼 쉽게 들렸다.

난희는 2000년대에 널리 사용되었던 덩치 큰 파나소닉 캠코더를 갖고 있었다. 대학원에서 장비 리뉴얼 기간에 중고로 싸게 산 것이었다. 구형 캠코더는 손바닥만한 최신 4K 카메라와 굳이 비교하지 않더라도, 몸집이 작은 난희가 들고 다니기엔 너무나 거대했다. 사운드 녹음을 위해 장착된 지향성 마이크까지 더해지면 등장하자마자 행인들의 시선을 한눈에 받기에 충분했다. 그럴듯해 보이긴 했으나 현장에 밀착해서 촬영해야 하는 다큐멘터리라는 장르를 찍기엔 여러모로 불리한 조건이었다.

아마 두만강인지 압록강인지 하는 이름의 양꼬치 식당 근처였을 것이다. 난희는 가리봉동의 벌집을 답사하러 카메라 가방을 짊어지고 시장통을 가로질러가고 있었다. 순식간이었다. 큰소리가 나는 듯싶더니 시장 한가운데에서 두 남자가 치고받으며 다투기 시작했다. 동물적이었다. 난희는 그 광경에 매료됐고, 그 낯선 감정을 붙들기 위해 카메라를 꺼내들었다. 그렇지만 그녀가 리코딩 버튼을 누를 새도 없이, 멱살 잡힌 남자가 싸움을 멈추고 난희 쪽을 손으로 가리키며 중국어로 소리를 질렀다. 그러자 주변에 뿔뿔이 흩어져 있던 구경꾼들까지 합세해 일제히 알아들을 수 없는 외침과 삿대질을 난희에게 쏟아부었다. 방금 전까지만도 거칠게 몸싸움을 하거나 그것을 방관하던 사람들이 다 같이 한마음이 된 듯약자의 얼굴을 하고 그녀에게 항의했다. 난희의 커다란 카메라를 방송국 카메라로 오해한 듯싶었다. 그녀는 당황스러운 몸짓으로 서둘러 카메라를 거두면서도 그들의 행동이 커다란 목소리에 비해 온화한 편이라고 생각했다.

그러니까 죄송하고, 방송국에서 나온 건 아니고…… 난희가 작은 목소리로 변명하면서 또 상대방의 말을 경청하려다가 중국어를 알아듣지 못해 난감한 표정으로 어쩔 줄 몰라하며 서 있는데 지나가던 한 여자가 난희의 등을 슬쩍 떠밀어 잽싸게 큰길가로 데리고 나왔다. 여자는 걱정하는 표정으로 "일없니?" 하고 물었지만, 약간은 난희가 못마땅하기라도 한 듯 눈살을 조금 찌푸렸다. 가까이에서 보니 화장기 없는 여자의 얼굴이 앳되어 보였다. 대충 옷차림만 보고서는 아줌마인 줄 알았는데 난희보다 더 어린 것 같았다. 일하는 여자의 얼굴이었다. 무엇도 거리낄 게 없다는 당당한 태도가 자연스럽게 몸에 스며들어 있었다. 난희가 꾸벅 감사

인사를 하자, 여자는 그녀의 어깨를 대충 토닥여주고는 씩씩하게 어디론가 서둘러 사라졌다. 방금 무슨 일이 일어났던 거지 싶으면서도 그 여자의 뒷모습을 오래 간직하고 싶어서, 난희는 사진을 찍듯이 한참 동안 길 끝을 바라보며 그 장면을 눈에 담았다.

그후, 난희는 직접 카메라를 들고 돌아다니는 대신 창문에서 보이는 거리를 촬영하기로 했다. 하나의 고정된 시점을 유지하는 형식과 여러 날의 시간 층위가 단일한 공간 위로 겹쳐지는 프레임을 상상하며 하루하루를 보냈다. 그렇게라도 결과물을 만들어낼 수 있을 것이다. 어쩌면 그런 것도 다큐멘터리라고 부를 수 있지 않을까. 하지만 실은 다큐멘터리를 만들지 않아도 상관없다는 생각이 동시에 자리잡았다. 아직 중국인 거리와 이곳 사람들에게 애정이 생기지 않았으므로. 어쩔 수 없이 그런 마음과 마주할 때는 좀 씁쓸했다. 왜 모든 것이 적당한 장소에 제대로 존재해주지 않는 것인지, 언제나 의문이었고, 대개 인생은 그렇게 흘러갔다.

작업실 맞은편에는 두 개의 낙후된 상가 건물이 어깨를 나란히 하고 쪼그려앉아 있었다. 일층에는 각각 환전소와 핸드폰 가게가 영업중이었고, 이층은 양쪽 건물 모두 다방이었다. 두 건물 사이로 난 좁은 골목 뒤편에는 다세대주택이 얼기설기 몰려 있는 주거지역이 자리했는데, 일정한 도시계획 없이 1970년대와 80년대에 걸쳐 부동산 개발업자들이 소위 '집장사'를 위해 마구잡이로 건물을 지어놓는 바람에 길마다 차가 지나다닐 수 없을 정도로 폭이 비좁았다. 골목 초입에는 너덜너덜해진—한때는 아이보리색이었을—쿠션이 깔린 낡은 나무 의자 하나가 삐딱하게 놓여 있었다. 날씨 좋은 날이면 거기에 후줄근한 러닝셔츠를 가슴께까지 걷어올린 중년 남자가 행인을 구경하거나 담배를 피우면서 한동안 앉아 있곤 했다. 깨진 블록 사이로 의자 다리 하나가 빠져버려서 갸우뚱하게 앉아 있으면서도 남자는 별로 개의치 않는 듯했다. 도저히 사랑할 수 없는 풍경이었지만 묘하게도 영상으로 찍으면 미학적으로 나쁘지 않았다.

난희는 창밖을 향해 고정된 카메라의 뷰파인더 위로 눈을 지그시 누른 채 하염없이 시간을 보냈다.

그녀는 촬영을 할 때마다 커다란 망원경에 코를 박고 있는 미국인 천문학자 퍼시벌 로웰을 떠올렸다. 퍼시벌 로웰은 세계 최초로 화성에 인공적으로 건설된 운하가 존재한다고 주장한 사람이었다. 그는 운하를 세울 만큼 고도로 발달한 문명을 이룩한 지적인 생명체가 화성에 살고 있을 거라 믿었다. 또한 그는 애리조나 산꼭대기에 사설 천문대를 지을 정도로 엄청난 부자였는데, 난희는 애리조나 출신인 제이미의 고향을 방문하면서 그와 함께 퍼시벌 로웰의 천문대에도 들른 적이 있었다. 순전히 개인적인 열정만으로 그런 거대한 시설을 만든다는 건 미친 짓에 가까웠다. 그렇다면, 무언가를 해내기 위해서는 다소 미칠 필요가 있는 걸까.

제이미의 말에 의하면, 퍼시벌 로웰이 '발견'한 화성 운하는 존재하지 않는다고 밝혀졌으며 아마도 그가 본 것은 기계적인 결함으로 인해 망원경 렌즈 안으로 스며들어온 빛의 산란일 뿐이었으리라 추정되었다. 퍼시벌 로웰에게서 불과 몇 걸음 떨어지지 않은 곳에 떠다니던 작디작은 티끌들이 바로 그 운하의 정체였을 것이다. 애리조나의 관측소 안에서 난희는 입을 벌리고 걸으며 퍼시벌 로웰이 봤을지도 모를 화성의 운하를 들이마셨다. 기계에 정신이 팔려 있던 제이미가 무심코 난희를 돌아보고는 가짜 괴물과 마주친 아이처럼 장난스럽게 양손을 들어 소리 없는 비명을 지르는 척 하더니 이내 성큼성큼 다가와 난희를 안아주었다. 난희는 자신의 정수리에 조심스럽게 얹어진 제이미의 턱을 느끼며 그의 탄탄한 허리에 팔을 둘렀다. 옅은 올리브 향이 났다.

난희는 퍼시벌 로웰이 천문학자라기보다는 예술가에 가까운 사람이었을 거라고 추측했다. 과학자로서는 실패했을지 몰라도 예술가로 친다면 무척이나 인상적인 작업을 남긴 셈이었다.

어쨌든 중요한 건 그가 무언가를 보았다는 사실이야. 그건 아마 그를 충분히 행복하게 해주었을걸.

제이미에게 그 말을 소리 내어 했었는지 잘 기억나지 않았다. 그러나 머릿속에서 그 문장을 만들었던 기억만큼은 생생했다. 사랑했던 이의 목소리보다 가볍게 스치듯 지나가버린 자기 혼자만의 감각이 더 오래도록 살아남았다는 사실이 난희는 문득 슬펐다.

난희는 매일 리코딩 버튼을 누르고 창밖을 바라봤다. 아무것도 찍히지 않는 때가 대부분이었다. 그러나 얼마간의 시간이 지나자 낯이 익게 된 한 부부가 주기적으로 골목을 들락거리고 있음을 알아챘다. 그들은 자주 악다구니를 부리며 다투었다. 성을 내며 요란스럽게 집을 뛰쳐나가는 남자의 등을 향해 여자가 그릇을 던져 깨뜨려버리는 장면도 수차례 목격했다. 여자는 남자가 파편에 맞아 다치지 않을 만큼만 적당히 힘을 주어 던지는 듯했다. 불륜일까? 도박이나 빚? 아니면 그저 성격 차이? 어느새 난희는 사층에서 내려다보이는 그 풍경이 자연스럽지 못할 것도 없다는 생각을 하게 됐다. "중국인 거리에서 일상적으로 볼 수 있는 장면이었다." 난희는 즉흥적으로 만들어낸 내레이션을 읊어보았다. "중국인 거리가 사랑을 표현하는 방식이었다." 이번에는 영어로 아무 내레이션이나 지껄여봤다.

그녀는 그저 무심하게 그들을 바라보다가, 따분함을 견디다못해 이어폰을 귀에 끼우고 미국에 있을 때부터 즐겨 듣던 라디오 프로그램, '이지 레이지 아메리카'를 틀어놓았다.

"영어를 잊으면 안 돼. 절대 안 돼."

난희는 자주 큰 소리로 다짐했다. 하루하루 그녀가 공들여 만든 세계가, 영어로 만든 구조물이 흩어져갔다. 그것을 견딜 수 없어서, 그녀는 영어 방송을 듣고, 영어로 글을 쓰고, 영어로 된 내레이션을 중얼거렸다. 매번 포기하지 않고 '톨 라테'를 서너 번씩 외쳤을 때처럼, 그녀는 자기만의 방식을 고집했다.

*

작년 이즈음에는 정화가 난희를 만나러 왔었다. 살이 조금 더 찌고 까매진 정화는 미국에 함께 있을 땐 잘 보지 못했던 환한 미소를 지으며 난희를 향해 걸어왔다. 통통한 허벅지에 쓸려 올라가는 하얀 원피스가 우울한 여름 더위의 습한 공기를 가로지르며 바쁘게 다가왔다. 오랜만에 보는 정화는 미국 여자 같았다. 언제 태닝을 한 건지 피부는 더 어두워 보였고 원피스 어깨끈 밑의 브래지어 끈이 자꾸만 아래쪽으로 흘러내렸다. 자기 옷도 아니면서 난희는 내내 그것이 신경 쓰이고 거슬렸다. 정화에게 중국인 거리에서 만나자고 하지 않은 것은 정말 다행이었다. 살이 훤하게 드러나는 옷차림은 그곳에선 위험한 복장에 가까웠다. 난희는 마지막으로 민소매 옷을 입은 것이 언제였는지 떠올려보려 했지만 잘 기억나지 않았다.

뉴욕이나 엘에이 같은 대도시와 달리 오하이오에는 한국 사람이 많지 않았다. 아트 앤드 사이언스 칼리지 내에서 (분명 사이언스에 속할 행색은 아니었던) 서로를 발견하고 난희와 정화는 반가우면서도 깜짝 놀랐다. 나이 차가 있는데도 둘은 급속도로 친해졌다. 오하이오에 오는 유학생은 대개 두 부류였다. 전액 장학금을 받거나, 전액 자기 부담이거나. 두 사람은 모두 후자였다. 난희는 직장에서 번 돈을 모두 끌어모아 왔고, 정화는 어렸을 때 매 맞고 자란 것을 무기로 부모에게 돈을 뜯어냈다. 오하이오주는 미국 내에서도 학비와 생활비가 상대적으로 저렴한 편이긴 했지만 자기 돈으로 돈 안 되는 공부를 하러 왔다는 공통점이 둘의 관계를 더 끈끈하게 만들었다.

정화는 기꺼이 난희의 카메라 어시스턴트가 되어주었다. 그녀는 비주얼 커뮤니케이션 학과에서 이론을 전공하고 있었지만 한국에서는 연극영화과를 졸업했기 때문에 여러모로 유능한 스태프였다. 난희는 다큐멘터리 제작을 배우고 있다고는 하나 학부에서는 오로지 그림만 그렸기 때문에 영상 매체를 다루는 데 서툴렀고 정화보다도 아는 것이 훨씬 적었다. 정화는 난희를 보고 있기가 답답했던 모양인지 전공자답게 잡다한 기술을 전수해주었다. 그것들은 모두 유용한 정보였다. 때때로 난희는 정화의 혼내는 듯한 말투에 반발심이 들기도 했으나 도움을 받는 처지였으므로 그녀의 성격을 참아주는 편이었다. 난희가 한국에서 정화를 알게 됐더라면 과연 친구로 지낼 수 있었을까. 정화는 난희보다 여섯 살이 어렸다. 두 사람이 영어로 말할 때는 당연하게도 서로 평어를 썼지만, 한국어로 대화할 때는 자연스레 정화가 난희에게 존대를 했다. 그럴 필요가 없다고 말을 편히 해도 좋다고 난희가 수차례 얘기했지만 정화는 칼같이 선을 그었다. 사정을 모르는 제이미는 정화와 난희의 대화를 가만히 옆에서 듣고 있다가 정화가 말하는 한국어 문장 말미에 꼬박꼬박 '-요'가 들어간다는 사실을 알아차리고 흥미로워했다.

정화는 난희와 있으면 묘한 안도감을 느끼는 듯했다. 비슷한 공부를 하는 처지이지만 그녀가 무엇을 하더라도 최소한 난희보다는 육 년을 앞서가는 기분이 들기 때문이었을 것이다. 난희는 그 반대의 이유로 정화와 함께할 때마다 괜스레 초조해졌다. 정화를 만난 다음엔 스스로가 이미 모든 것에서 한발 늦어버렸다는 생각이 들어 우울해졌다. 그런 생각을 나이 어린 사람과 있을 때마다 매번 하는 게 아니라는 점 때문에 좀더 짜증이 났다.

정화는 박사논문이 통과되자마자 가족을 만날 겸 잠시 한국에 들렀다고 했다. 그녀는 어느 때보다도 여유로워 보였다. 다음 학기부터 시카고에 있는 시티 칼리지에서 아시안 호러 시네아스트와 그와 유사하게 들리는 다른 과목을 전담하여 맡게 되었으며, 강의 준비를 위해 한창 리서치중이라고 유창한 영어와 한국어를 섞어 말했다. 정화의 둥그스름한 턱이 잠시 필요 이상으로 들렸다가 입꼬리가 말려 올라감과 동시에 만족스럽게 제자리에 안착했다. 모든 것이 예상처럼 탄탄대로를 달려가는 그녀의 새로운 목표는 내년 크리스마스 전까지 결혼하는 것이었다. 현재 남자친구는 없었다.

본격적인 수다는 여느 때와 마찬가지로 가장 최근에 '미쳤다'고

알려진 정화의 친구 소식으로 시작되었다. 정화는 한국에 올 때마다 '심리 상담'을 받았기 때문에 유독 미친 사람들에게 관심이 많았다.

"언니, 그냥 봤을 땐 걔가 완전히 멀쩡하거든요."

정화가 눈을 동그랗게 뜨고 말했다.

"걔까지 그렇게 될 줄은 정말 몰랐어요. 걔는요, 졸업 영화로 로테르담까지 갔다 왔잖아요. 왜 내 주변에는 이렇게 정신 줄 놔버린 사람들이 많죠? 언니도 그래요?"

정화는 더이상 영화를 만들지 않고 시각이론 '따위'를 공부하는 자신의 처지를 일종의 콤플렉스처럼 여겼다. 그래서 그런지 총명했던 선후배들이 영화 현장에서 젊음을 마냥 흘려보내고, 제때 어른의 삶으로 옮겨가지 못해 인생을 망쳤다는 패턴의 이야기를 좋아했다.

그놈의 어른 타령.

난희는 날 선 말을 하려다 말고 입을 다물었다. 분명 난희도 정화였던 시절이 있었다. 자신만큼은 결코 불운의 늪에 빠질 일이 없으리라는 확고하고도 순진한 믿음을 가졌던 시절이.

패션은 나아졌는지 몰라도 촌티는 여전한 정화. 한국에 돌아오고 싶어하지만, 이곳에서 그녀의 박사학위는 무용지물이다. 난희는 정화의 이야기가 지루해져서 자리를 박차고 작업실로 돌아가는 상상을 했다.

"언니, 제 목표가 뭐냐면요. 약까지만 가는 거예요. 만약 미쳐서 약을 먹더라도, 남들한테 민폐 끼치지 않고 살려고요. 그게 제 목표예요."

"아까는 결혼이라며?"

난희는 주방 찬장에 얌전히 포개져 있을 자나팜정을 생각하며 물었다. 자나팜은 마음이 너무 불안해질 때마다 하나씩 먹으라며 의사가 처방해준 약이었다.

"그건 단기 목표고요. 결혼도 하고 미치지도 않기."

"야, 여자는 어차피 늙으면 다 싱글이야. 우리 엄마를 봐. 결혼 두 번이나 했지만 결국 혼자잖아."

"그래도 언니네 엄마는 결혼해서 건물주 됐잖아요. 남편이 건물도 물려주고. 그래서 언니도 예술 하는 거 아니에요?"

정화는 말을 내뱉고는 아차 싶었는지 난희의 표정을 살피며 금세 화제를 다른 곳으로 돌렸다. 이 년이나 함께 학교를 다녔기 때문에 그들이 따라잡아야 할 근황은 풍부했다. 정화는 SNS를 하지 않고 스마트폰도 없는 난희를 위해 예상했던 것보다 훨씬 더 많은 배경 설명을 풀어놔야 했다. 여러 명의 익숙한 이름이 그들의 입술과 어깨 사이에서 부유했다. 난희는 제이미 얘기를 하지 않기 위해 조심했다. 그와 여전히 연락을 주고받는다고 말하면 정화가 어떤 반응을 보일지 궁금했지만, 비밀스러운 영역으로 남겨두고 싶었다.

북촌을 한 바퀴 돌고 나서 그들은 정화의 눈에 띈 칼국숫집으로 들어갔다. 신발을 벗어야 하는 식당이라 난희는 입구에서 멈칫거렸지만, 정화는 냉큼 쪼리를 벗고 구석진 테이블에 가서 자리를 잡았다.

　난희는 가게 안쪽을 등지고 마룻바닥에 앉아 신고 있던 갈색 카우보이 부츠를 벗었다. 그녀는 종아리에서부터 부츠를 정성스럽게 끌어내려 벗은 후 조심스럽게 벽에 기대어 세워놓았다. 오하이오의 유니크 스리프트 스토어에서 십이 달러를 주고 산 카우보이 부츠는 계절과 날씨를 가리지 않고 난희의 애정을 듬뿍 받았다. 넓은 굽 위로 길이 잘 든 소가죽이 부드러운 선을 그리며 무릎까지 이어지는 그 부츠는 키가 커 보이는 효과가 있는데다가 다리를 폭 감싸안아서 아늑하게 보호받는 느낌을 주기도 했다.

　칼국숫집에는 메뉴판이 따로 없고 벽에 붙은 형광색 폼 보드에 바지락칼국수와 수제비, 만두, 해물파전이라는 단출한 메뉴가 손 글씨로 적혀 있었다. 저는 칼국수요, 정화가 거침없이 메뉴를 골랐다.

　난희는 잠시 머뭇거렸다. 아무것도 아닌데, 그녀의 눈빛이 흔들렸다.

　"많이 배고픈 건 아니니까, 그냥 네 거 한입 먹을게."

　"만두라도 시킬까요?"

　"아니, 칼국수는 양이 많잖아."

잠시 후 주문한 칼국수 한 그릇이 나왔다. 한 뼘 남짓한 일 인용 그릇은 드넓은 사 인용 테이블을 온전히 감당하기 버거워 보였다. 난희는 미세하게 냉랭해진 정화의 태도에 신경이 쓰였지만, 앞접시에 칼국수를 한 젓가락 덜어 담아 조심스럽게 한 입, 두 입, 그리고 세 입을 먹었다. 그뿐이었다.

정화는 칼국수를 먹다 말고 난희를 물끄러미 쳐다봤다. 천천히 공들여 카우보이 부츠를 벗는 난희의 작은 등도 떠올렸을 것이다.

"언니, 언니는 본인이 특별하다고 생각해요? 난 예전에 그런 생각 버렸어요. 아주 예전에요."

정화가 냉정한 목소리로 말했다.

난희는 고개를 들어 정화의 안색을 살폈다. 그러고 보니 완전히 잊고 있었다. 오하이오에서 정화가 가져온 스낵에 무심코 손을 댄 적이 있었는데 정화가 미친듯이 화를 내서 당황했던 기억이 떠올랐다.

정화는 정색했다가 또다시 아무렇지도 않게 화제를 돌렸다. 난희의 스튜디오에서 멀지 않은 곳에 사는 정화의 동아리 선배가 지역문화활동을 조직하고 있다고 했다. 주로 어린이와 청소년을 대상으로 하는 크고 작은 행사들을 공공기금을 지원받아 진행한다는 것이었다. 로컬리티를 강조하는 게 요즘 트렌드라고 했다. 언니는 여기서 몇 년째인데 아직도 그걸 몰라요? 정화는 예의 그 혼내는 말투로 중국인 거리의 역사를 설명하기 시작했다. 중국인 거리가 중국인 거리가 되기 전, 그 일대에 방직공장과 여공들의 주거지가 밀집해 있었는데, 그런 지역 스토리를 활용해서 작품활동을 해야 지원금도 받고 거점 확보도 할 수 있다는 게 정화의 주장이었다. 문화활동가인 정화의 선배는 난희와 동갑이었는데, 그 또래 중에선 매우 드물게 대학생 때부터 노동운동을 하는 등 남다른 이력을 가진 사람이었다. 정화한테는 '정말 멋진 선배'로 통하는 여자였는데, 난희는 정화가 그 선배 얘기를 꺼낼 때마다 자신과 비교하는 것 같아 적잖이 언짢은 기분이 들곤 했었다.

"선배한테 언니 얘기하니까 꼭 소개해달라고 했어요. 지역 아티스트하고 협업도 한다 그랬거든요. 언니 작품도 많이 궁금해하던데……"

난희는 칼국수를 얻어먹은 것이 마음에 걸려 정화가 흠모하는 멋진 선배의 연락처를 받아뒀지만, 아마 그녀에게 연락할 일은 없을 거라고 생각했다.

그로부터 며칠 후, 난희의 예상대로 정화는 작별 인사 없이 시카고로 돌아갔다. 사람들은 서로를 딱히 좋아하지 않아도 단지 그들이 어울리던 시절을 떠올리고 싶어 친분을 유지하기도 한다. 각자의 기억이 사라지지 않도록 일종의 보험처럼 기능하는 관계로 남을 뿐이지만 말이다.

정화가 떠난 뒤에도 난희는 여느 때와 마찬가지로 '이지 레이지 아메리카'를 들으며 사층 창문가에 고정된 카메라 앞에 자리를 잡왔다. 정말이지 미국에 살아야 했던 사람은 정화가 아니었다. 그 곳에 더 잘 어울리는 사람은 난희였다. 난희였어야 했다.

계절이 바뀌어도 뷰파인더에 잡힌 중국인 거리는 여전히 지저 분했다. 거리의 그 누구든 간에 저마다의 생활에 몰두하고 있었 다. 지상에는 어떤 활기가 가득했다. 여기 사람들은 정말 하나같 이 부지런했다. 오직 난희만이 한 걸음 멀리 떨어져 거리를 관망 할 뿐이었다.

견딜 만한 정도로 더운 어느 여름날, 난희는 중국인 거리에서 정화와 비슷한 사람을 보았다. 아니, 정화가 틀림없었다. 그녀는 더 위험한 복장으로, 더 자신만만하게, 목주름을 한껏 펴며 턱을 치켜들고 거리를 활보했다. 놀랍게도 남자들은 정화에게로 전혀 시선을 돌리지 않았다. 정화는 누가 부르기라도 한 듯 딱 한 번 뒤 를 돌아봤다. 창가에 앉아 있던 난희는 정화의 눈에 띌까봐 반사 적으로 카메라 뒤로 몸을 웅크렸다. 허리를 낮추고 손가락을 뻗어 초점을 맞추었다. 정화를 줌으로 당겼다. 날아다니는 듯 경쾌한 발걸음을 카메라가 따라잡지 못해 화면이 마구 울렁거렸다.

"이 모든 풍경이 실은 꿈일지도, 아니 꿈이 아닐지도."

난희는 영어로 중얼거렸다. 가끔은 자신이 이미 미친 걸까 싶었 다. 곧 정화의 미친 친구 리스트에 이름이 올라가겠군, 하고 생각 하자 자신도 모르게 웃음이 났다.

*

아무에게도 털어놓지 못했지만, 난희는 제이미와 다시 만나게
될 거라는 예감을 오랫동안 지니고 있었다. 태평양과 아메리카 대
륙과 거친 중국인 거리를 사이에 두고서도 그 언젠가 올 순간의
미약한 박동을 부정할 수 없었다. 그것은 어디에나 숨을 수 있어
서 어떤 저항에도 불구하고 반드시 그녀를 찾아내고야 말 것 같은
생생한 감각이었다.

난희는 어렵지 않게 가상의 장면을 상상했다. 어느 날 제이미가
홀연히 중국인 거리에 나타난다. 재회한 그들은 어쩔 수 없다는
듯 다시 서로에게 빠져든다. 그는 난희를 미국으로 초청한다. 그
녀는 정들었던 중국인 거리의 삶을 정리하고…… 난희는 갑자기
마음이 서늘해져서 고개를 흔들어 상상을 떨쳐버렸다. 그 전개는
그녀가 그토록 도망쳐왔던 익숙한 동화 속 이야기처럼 들렸다.

언제나처럼 상냥한 이메일 속 제이미는 난희의 차이나타운 프
로젝트를 몹시 궁금해했다. 그는 난희가 무엇을 하고 있는지 편견
없이 알고 싶어하는 단 한 명의 사람이었다. 난희는 제이미가 한
국에 오기 전 무언가 그럴듯한 결과물을 만들어놓아야 한다고 생
각했다. 보람 있게 지낸 모습을 보이고 싶었다.

"시간이 많지 않아." 마음이 급해질 때면 혼잣말을 했다. 처음
엔 한국어로. 두번째는 영어로. 난희는 언젠가부터 속으로 중얼거

리던 말을 무의식적으로 크게 내뱉곤 했다. 마치 다른 외부자가 그녀의 삶을 바로 곁에서 관찰하고 있다는 듯이.

낡은 테이프 리코딩 카메라로 수백 분에 달하는 영상을 찍었음에도 난희는 그 영상을 도무지 하나의 방향으로 편집할 수 없었다. 그것은 마치 그녀의 인생과도 같았다. 흘러가고, 흘러오고, 등장인물이 있고, 극적인 배경이 존재했다. 그러나 그녀는 그 사이를 통과하는, 마음을 꿰뚫는 단 하나의 아이디어를 찾지 못했다. 대신 그녀는 쓸데없는 생각에 시간을 빼앗기곤 했다. 예를 들어 그녀 자신의 쓸모에 대해서. 온 힘을 다해 쓸모없어지려고 달려온 것만 같은 그녀의 인생에 대해서. 책상 한편에 쌓여 있는 육 밀리 테이프 더미처럼, 이제는 더이상 유효하지 않은 과거의 유물이 되어가고 있는 것은 아닐까.

난희는 제이미의 한국 방문 시점이 너무 이르다고 내심 그를 탓했다. 이번에 다시 그를 만난다면 그동안 붙잡고 있던 작업을 영영 끝낼 수 없을지도 몰랐다. 그녀는 다방에 갇히는 악몽 대신 차오르는 물에 잠겨 비디오테이프가 망가지는 꿈을 꾸었다. 그녀는 식욕을 완전히 잃었다. 아침식사로 커피 한 잔과 사과 몇 조각을 겨우 먹을 수 있을 뿐이었다. 요리를 하는 일도 전연 없어졌다. 그나마 억지로 이틀에 한 번 정도 천변에 있는 기사식당에 갔고, 중년 남자들로 가득한 테이블 사이에 오도카니 앉아 그날의 백반을 꾸역꾸역 밀어넣었다.

제이미가 도쿄로 향하는 비행기에 탑승해 있을 무렵, 난희는 그동안 외모에 너무 무심했었다는 데 생각이 미쳤다. 거울 속에는 다크서클과 충혈된 눈을 가진 떡 진 머리의 미친 여자가 서 있었다.

난희는 오랜만에 헤어 팩을 사서 푸석해진 머리카락에 영양을 주었다. 꽤 오래 미용실을 가지 않아서 어느새 머리가 많이 길어져 있었다. 머리를 빗으면서 곧 흰머리가 나겠다는 생각을 하지 않으려 애썼다. 앉아 있는 시간이 길다보니 근육을 모두 상실해버린 것 같아 매일 서너 세트씩 스쿼트와 런지와 스트레칭을 했다. 한동안 소홀했는데도 몸을 치장하는 일은 바로 어제까지의 일상이었던 것처럼 익숙하게 해낼 수 있었다. 그녀는 이런 일에 충분히 훈련되었다.

살림살이도 빈약한 데가 많았다. 난희는 인터넷 쇼핑몰에서 바닥에 깔 토퍼를 새로 주문했다. 난희에게는 침대가 없었다. 플라스틱 파렛트 두 개를 이어붙인 간이침대를 사용하고 있었다. 죽은 작가가 쓰던 라꾸라꾸침대가 있긴 했으나 허리가 아파서 몇 번 쓰고는 구석에 접어놓고 잊어버린 채였다. 이참에 제대로 된 매트리스를 하나 장만할까 싶었지만, 이사라도 가야 한다면 번거로운 짐이 될 게 뻔했다. 그 대신 예전부터 눈여겨봐두었던 캡슐 커피 머신을 구입했다. 마침 전시품을 할인 판매하고 있었다. 사용감이 남아 있어 그를 위해 새로 마련한 것처럼 보이지 않고 더 자연스럽게 느껴질 거라 생각하니 난희는 만족스러웠다.

그다음으로 할 일은 간단한 서울 투어 동선을 짜는 것이었다. 지하철을 타고 남대문시장에 가서 수제비를 먹고 남산타워에 올라 서울의 전경을 둘러보고 이태원의 스시 레스토랑에 가기로 큰 그림을 그려놓았다. 다음날은 국립현대미술관과 경복궁, 서촌을 돌아보면 좋겠지. 저녁식사를 하고 광화문으로 나가거나 북촌에 있는 위스키 바에 들른다면 깔끔하고 근사하게 하루를 마무리할 수 있을 것이었다.

오하이오에서 제이미와 난희는 최소한 두세 달에 한 번은 시카고로 짧은 여행을 다녀왔다. 왕복으로 열 시간 넘게 운전해야 하는 거리였지만, 그 정도는 기꺼이 감수할 수 있었다. 그들은 밀레니엄 파크 맞은편에 위치한 19세기 풍의 근사하고 유서 깊은 레스토랑에서 저녁을 먹곤 했다. 알 카포네의 이름이 새겨진 자리에 앉아 일주일 치 생활비를 식사 한 끼에 다 써버렸다. 차에서 잠시 쪽잠을 자고 일어난 다음날에는 시카고 아트 인스티튜트의 첫 번째 관람객으로 입장했다. 텅 빈 미술관 회랑은 그들만의 것이었다. 둘은 눈 내린 운동장에 들어선 아이들처럼 가장 좋아하는 그림을 향해 뛰었고, 종종 경비원에게 제지당했다.

기사식당에 앉아 난희는 홀로 식사하는 남자들을 관찰했다. 대개 여자들은 기사식당에 오지 않는다. 난희가 알고 있는 한 그녀가 그 식당의 유일한 여자 손님이었다. 남자 손님들은 난희가 어렸을 적에 난희의 어머니가 고향에서 운영하던 함바집에 오던 남자 어른들과 똑같은 얼굴을 하고 있었다. 스스로 밥을 짓지 못하는 남자들. 반찬 투정을 부리는 남자들. 과분하도록 헌신적인 여자를 막 대하다가 버림받은, 그러니까 난희의 아버지 같은 부류의 남자들……

자신이 입장할 수 있는 남자들의 세계는 고작 기사식당에 불과할 뿐이라는 생각이 들었다. 밥을 기다리며 시끄럽게 틀어져 있는 종편 채널 뉴스를 멍하니 쳐다봤다. 노동을 하지 않아도 가난하다고 말할 수 있는지 자문했다. 정화를 만난 날 난희가 자신의 가난에 대해 말했을 때, 정화는 정색하고 언니는 가난을 몰라, 하고 날카롭게 대꾸했다. 난희는 정화의 말에 대해서도 곱씹어봤다. 가난하지 않을지도 모르겠지만, 노동은 하고 있다. 매일매일, 쓸모없어지기 위해 노동을 한다. 카메라로 무언가를 찍는 것 같은. 그러나 아무에게도 밥을 차려주지 않을 것이다. 아무것도 팔지 않고, 아무에게도 밥을 차려주지 않는 인생을 살 것이다.

식당 벽에 걸린 TV 아래쪽으로는 벽면의 반절 정도가 거울로 덮여 있었다. 커다랗고 낡은 프레임 안에는 아버지와 닮았지만, 더 하얀 얼굴을 한 여자가 앉아 있었다. 그녀와 눈이 마주쳤다. 잘 먹지 못해서 초췌한, 눈빛이 푸르스름하고 고집스러운 얼굴.

다른 여자가 해주는 밥을 기다리고 있는 자기 얼굴이 끔찍해서 난희는 고개를 떨궜다.

*

그것은 제목이 없는 세 줄의 짧은 메일이었다.

제이미는 학회가 끝나자마자 미국으로 급히 돌아가게 되었다고 알려왔다. 아내로부터 제이미의 할머니가 간밤에 돌아가셨다는 연락을 받았으며, 공식 일정을 마무리하는 대로 애리조나행 비행기를 타야 한다고 쓰여 있었다.

난희도 제이미의 할머니, 아이린을 한차례 만난 적이 있었다. 졸업 후 OPT 기간이 끝나갈 무렵, 비자 만료로 곤란해하는 난희에게 제이미는 결혼을 제안했다. 그들이 열렬하지 않았던 것은 아니었지만, 난희는 제이미의 본가가 있는 애리조나 피닉스까지 가서도 결혼을 망설였다. 현실적인 문제로 인한 불가피한 선택이라 할지라도, 결혼이라니, 맞는 길일까 싶었다.

제이미네 가족은 할머니부터 아이들에 이르기까지 모두 장신이었다. 여자들도 대부분 키가 백칠십 센티미터를 훌쩍 넘겼고, 백팔십 센티미터인 제이미가 집안의 남자 어른들 중 제일 작았다. 풍채 좋은 아이린은 난희를 자기 방으로 데려가 반지가 들어 있는 작은 보석함을 열어 보여주었다. "여기서 마음에 드는 하나를 골라보렴." 난희는 수줍게 미소를 지어 보이며―그래야 할 것 같으므로―보석함을 받아, 그중 가장 미니멀한 오각형 모양의 반지를 골랐다. "아주 세련된 취향을 가졌구나." 아이린이 말했다. 곧 이어 아래층에서 그들을 부르는 소리가 들렸던 것 같다. 난희가 서둘러 몸을 일으키자, 아이린이 조언하듯 난희의 팔을 잡아 살짝 끌었다.

"낸, 너무 빨리 가지 않게 조심하렴. 다들 너를 하녀라고 생각할지 모르잖니."

난희는 제이미의 이메일을 다시 읽어보았다. 마음이 다급했던 모양인지 짧은 문장인데도 불구하고 두 군데나 스펠링이 틀려 있었다. 항상 칼같이 맞춤법을 지켰는데, 이번에는 대문자와 소문자의 구분도 없었다. 난희는 멍하니 창 쪽으로 가서 카메라 뒤에 놓인 의자에 털썩 주저앉았다.

오랫동안 저 너머에서 누군가가 죽고 죽이는 장면을, 어떤 결정적인 순간을 목격하고자 기다려왔다. 피투성이가 된 러닝셔츠의 남자가 들것에 실려 나오고, 검붉게 변한 원피스를 입은 여자가 비틀거리는 걸음으로 빠져나오는, 그런 극적인 장면을. 어떤 반전을. 남자에게 두들겨맞고 이리저리 끌려다니던 여자는 최후의 순간에 빈틈을 놓치지 않고 남자에게 치명상을 안긴다. 이어서 비극의 주인공들이 모두 떠나고 남은 텅 빈 골목에는 익명의 불행을 집어삼킬 만한 엄청난 폭우가 내려 모든 것을 쓸어내 없애버릴 것처럼 프레임을 가득 채운다. 그런 쇼트를 그녀는 진정 바라왔다. 덤불 뒤에 숨어 사냥감을 기다리듯이 인내를 가지고 잠복했다.

어떻게 그런 장면을 바랄 수 있었을까. 난희는 스스로가 끔찍하다고 되뇌었다. 아름다운 것과 불행한 것을 연관 지으려는 자신의 논리가 소름 끼치도록 차가웠다.

*

"오하이오."

난희는 나지막하게 불러보았다. 수없이 그녀의 입에 오르내리던 그 말을 알아듣지 못한 사람은 아무도 없었다.

언젠가 그곳에서 한참을 걸어 초원으로 나갔다. 긴 시간 울었고, 무언가에 취해 있었다. 혼자 풀밭에 누워 바람소리를 들었다. 여러 겹의 소리를 다 구별할 수 있었다. 그것이 놀라워 감탄하다가 잠이 들었다. 귀 옆에서 풀잎들이 부스럭거리는 소리가 들렸다. 바다가 없었지만 파도 소리를 들었다. 나는 이 모든 것을 사랑해. 그녀는 계속해서 사랑한다고 속살거렸다. 들리지 않을 것을 알면서도 멈출 수 없었다.

한밤중에 깨어났을 때는 몸을 잔뜩 웅숭그린 채 집으로 돌아갔다. 앞으로 나아갈 순 없었지만, 집까지 걸어올 수는 있었다. 바로 눈앞에서 잡힐 것 같았던, 그러나 끝끝내 교묘히 그녀를 피해간 빛나는 행운의 조각들이, 다다를 수 없는 먼 곳의 성운들처럼 그저 아득히 빛을 내뿜고 있었다.

빛은 멀리 있을 때만 아름다웠다.

난희는 정성 들여 기도하듯 여자들에 대해 생각했다. 초원에서 죽은 여자들을. 그녀의 귀에 소곤대던 가는 목소리들을. 거기에서 등 돌려 걸어나오던 한 사람의 뒷모습을. 그리고 불 꺼진 집 한가운데 우두커니 서 있는 희미한 그림자를 떠올렸다.

"나는 아마 내 멋대로 살다가 죽겠지."

포기하는 기분으로 아무 말이나 중얼거렸는데, 이상하게 힘이 났다.

뭐든지 다 할 수 있을 것 같은 기분이 들었다. 난희는 괜히 팔을 뻗어올렸다. 기지개를 켜는 것 같기도 하고 몸을 구기는 듯도 했다. 이어서 매듭을 푸는 것마냥 몇 번 더 어깨를 휘둘렀다. 씩씩한 기분으로 일정치 않게, 기분 내키는 대로 팔을 놀렸다. 제멋대로 움직이던 손이 책상에 쌓여 있던 육 밀리 테이프들을 건드렸고, 그것들이 요란한 소리를 내며 바닥으로 흩어졌다. 난희는 돌아보았다. 천천히 한 걸음 다가가서 그 옆에 있는 다른 테이프 더미들도 밀어 넘어뜨렸다. 한동안 스튜디오 안을 돌아다니며 테이프 외에도 깨지지 않을 만한 것들을 바닥으로 떨어뜨렸다. 내동댕이쳤다. 동시에 그것들을 정리하고 있는 자신의 모습도 상상했다. 어느 때보다도 침착하고 평온했다. 이 지겨운 것들 중 소중하지 않은 것은 하나도 없었다.

엉망이 된 방을 둘러봤다. 다시 카메라를 들고 밖으로 나간다면, 이번에는 뭔가 완성할 수 있을지도 모른다는 생각이 들었다. 더 나빠질 것도 없었다. 묵직한, 그러나 기분좋은 피곤이 한꺼번에 몰려왔다. 갑자기 정신이 혼미해졌다. 아마 끼니를 제대로 챙기지 않아 그런 듯했다. 예민하게 곤두서 있던 감각들이 하나둘 어둠 속으로 녹아내렸다.

일단 잠을 자자. 자고 나서 생각하자.

난희는 차가운 바닥에 놓인 토퍼 위에 몸을 뉘었다. 체온이 스며들어 조금씩 따듯해져왔다.

내일은 카메라를 들고 산책을 할 것이다. 산책하면서, 내게도 뭔가 팔 게 있을지 생각해봐야지. 그리고…… 난희는 오로지 한국어로 생각했고, 영어로 반복하지 않아도 아무렇지 않았다.

숙희가 만든 실험영화

괌에 가기로 한 것은 순전히 즉흥적인 결정이었다. 비행공포증이 있는 숙희는 벌써 십오 년이나 해외여행을 가지 않았다.

십오 년이라……

숙희는 무심코 햇수를 헤아리다 마지막 여행이 생각보다 더 오래전의 이벤트였음을 깨달았다. 벌써 그렇게. 하지만 그 십오 년이라는 기간이 어감만큼이나 체감상으로도 그토록 어마어마하게 긴 시간으로 다가오는지를 누군가 따져 묻는다면, 사실 꼭 그렇지만은 않다고 대답해야 할 것이었다. 어느 정도 나이가 든 다음에는 눈 한 번만 깜짝해도 삼사 년은 뭉텅, 하고 금세 지나가버리곤 했으므로. 익숙한 일이었다. 시간이 납작하게 축소된 채 기억 속에 한데 뒤엉켜 있는 듯한 감각은. 그게 꼭 나쁘다고만은 볼 수 없었다. 나이가 들어서 좋은 점은 웬만해서는 새로운 경험을 하지 않는다는 것이었다. 어떠한 상황이든 과거의 삶 속 어느 순간을 다른 식으로 반복한다는 느낌을 피하기 어려웠다. 다른 말로 하면 당황하는 일이 적어졌다는 뜻이었다. 숙희는 데자뷔를 느끼며 잠시 넋을 놓고 있다가 이내 정신을 차리고는 상황에 적합한 자기 자신을 연기하듯 비행기를 탄 지 십오 년이나 됐어, 하고 정말 깜짝 놀란 듯이 말했다.

"언니, 진짜 괌에 한번 와. 내가 비행기표 사줄게."

윤미가 말했다.

"괌! 괌이 도대체 어디 붙어 있는 데였지?"

숙희가 물었다.

"그냥 바다 한가운데 덜렁 있어. 지도 봐봐. 인천에서 네 시간밖에 안 걸려."

숙희는 통화를 스피커 모드로 돌리고 급히 구글 맵을 검색했다. 윤미 말대로 괌은 태평양 한구석에 있는 외딴섬이었고, 그곳에서 한참이나 스크롤한 다음에야 겨우 일본 땅—후쿠오카나 가고시마 같은, 숙희의 지리 감각에 그나마 포착되어 있는 지명—에 가닿을 수 있었다.

"근데 괌에는 왜?"

숙희가 의아해하며 물었다.

윤미는 손녀를 돌보기 위해 괌에 있는 딸네 집에 가 있다고 대답했다. 벌써 한 달이 다 되어가고, 딸이 출근한 뒤에는 종일 아기하고만 둘이 지내느라 아주 지루해 미친다고 숙희의 질문에 기다렸다는 듯 투덜거림을 쏟아냈다.

"아니 무슨 〈미나리〉 찍을 일 있니? 자기가 알아서 해야지, 왜 널 불러."

숙희가 맞장구치듯 윤미 편을 들자 윤미가 좀더 누그러진 목소리로 딸을 두둔했다.

"걔한테 못 해준 게 있잖아. 내가 온다고 했어."

윤미는 고백하듯 말하고는 아직 마음의 준비가 되지 않았다며 단톡방에는 소식을 전하지 말라고 부탁했다.

"아기는 정말 예쁘고 사랑스러워. 근데 애를 돌보는 게 그거랑은 또 다른 문제니까."

윤미하고는 일 년에 한 번쯤은 꼭 만났으니 숙희 기준으로는 꽤 친한 편인데도 손녀가 생겼다는 얘기는 금시초문이었다. 지난 몇 년간 팬데믹 때문에 연락이 뜸하긴 했으나 그래도 이렇게 중요한 삶의 이벤트를 놓치고 있었다니 숙희는 어쩐지 윤미에게 미안했다. 그런데.

육아하는 윤미라니……

숙희에게는 그런 모습이 좀처럼 상상이 안 되었다. 윤미는 어린 나이에 주원을 낳았고 그 직후 상대 남자와 헤어지는 바람에 주원을 자기 엄마에게 전적으로 맡겨 키운 것으로 숙희는 알고 있었다. 숙희와 윤미가 본격적으로 친해진 시점이 주원이 중학교에 다니기 시작한 무렵이었으므로 숙희는 윤미에게 자녀가 있다는 사실도 종종 잊어버리고 지낼 정도였다. 어쩌다 주원과 볼 일이 생기더라도 그애가 윤미의 어린 막냇동생이나 사촌의 조카 정도로만 여겨졌을 뿐, 서로 데면데면한 그네들이 실은 모녀 관계라는 것도 뒤늦게 혼자 떠올리고는 괜히 새삼스러워할 따름이었다. "언니가 자유로운 영혼이니까 그렇지" 하고 윤미는 숙희의 무심함을 그저 웃어넘길 뿐이었고, 그래서 그리된 건지 알 순 없겠지만, 숙희는 숙희대로—자기 편할 마음에서였는지는 몰라도—윤미를 자신과 마찬가지로 그저 조용히 자기 할일이나 하면서 세상의 구석에 틀어박혀 홀로 늙어가는 동지 정도로만 생각해왔던 것이었다.

"세상에. 손녀라니."

"내 말이."

"몇 살인데?"

"이제 팔 개월 정도 됐어."

"완전 아기네."

"그럼, 아기지. 진짜 귀여워. 내가 사진 올렸는데 못 봤어?"

"사진을 올렸어?"

"참 내. 나한테 관심이 없구먼."

숙희를 타박하는 게 즐거운 듯 윤미가 명랑한 목소리로 말했다.

"잠깐만, 그럼 윤미 너 이제 할머니네? 공식적으로."

"내 말이."

"와, 미쳤네."

숙희는 윤미와 하하 하고 소리 내어 웃으면서도 왠지 근본적으로는 어색한 느낌을 떨칠 수 없었다. 자신들의 대화며 말투가 전혀 할머니답지 않다는 생각을 똑같이 하고 있는 듯했다.

"주원이 그 꼬맹이가 벌써 엄마가 됐구나."

"꼬맹이는 무슨."

윤미는 약간 눈을 흘기는 듯한 뉘앙스로 말을 받았다. 어쩐지 감정이 실린 듯한 목소리였다. 숙희가 마지막으로 주원을 본 것은 사 년 전이었다. 가물가물하지만 그게 아마 마지막이었을 것이다. 모주원은 모윤미처럼 체구가 작았고, 윤미와 다르게 공부를 잘하고 다소 냉소적인 면모가 있었다. 아주 가끔 만났을 뿐이었지만 숙희는 어린 주원에게 '냉미녀'라는 별명을 붙여주며 놀린 적이 있었다. 의외로 주원은 그 별명을 싫어하지 않았다. 그전까지 어딜 가든 마냥 꼬마 취급만 받다가 어쨌든 미녀 소리를 들으니 기분이 좋은 듯도 했다. 아마도 주원은 그게 자신한테 잘 어울리는 별명이라고 생각하고 싶어하는 것 같았다. 조숙한 아이들이 사춘기 시절에 흔히 갖는 부모에 대한 반발심으로 인해 엄마와는 다른 자기만의 고유한 이미지를 원했던 걸지도 몰랐다. 주원은 착해빠진 윤미와 달리 좀더 차갑고 단단한 사람이 되기를 속으로 바랐던 건 아니었을까.

모녀지간이니만큼 윤미와 주원은 닮은꼴이었지만, 기질만큼은 완전히 딴판이었다. 윤미와는 상반되는 모습에 의외로 장점이 많이 섞여 있는 것 같아서, 숙희는 주원을 볼 때마다 주원의 생물학적 아버지가 어떤 사람일지 늘 궁금했다. 남초 직장에서 이십 년 넘게 일하면서도 거의 수녀처럼 생활해온 윤미인데 도대체 어떤 남자였길래 어린 나이에 '사고'를 친 건지 무척이나 알고 싶었던 것이었다. 딱 한 번 숙희가 윤미에게 그 남자의 정체를 물어본 적이 있는데 윤미는 너무 옛날이라 잘 기억이 안 난다며 난처한 얼굴로 손사래를 쳤다. 윤미의 태도가 사뭇 단호해서 숙희는 더이상 캐묻지 않기로 했다.

아무튼 숙희는 '요즘 아이들'에 속하는 주원이 또래들보다 훨씬 이른 나이에 결혼한다는 소식을 들었을 때 어머 왜 벌써 하고 어쩐지 아깝다는 마음이 들어 못내 아쉬웠다. 그런데 그새 아이까지 낳았다니. 꽘에는 또 언제 갔대. 시간 참 빠르기도 하지. 숙희의 생각은 버릇처럼 시간이 빠르다는 한탄으로 곧잘 회귀했다. 그러고 보니 주원의 남편이란 사람은 외국인(옥스퍼드에서 생물학을 공부했다는 영국인)이었는데 결혼식 때 잠깐 보았을 뿐이지만 금발에 헌칠하니 영화배우처럼 잘생겼더랬다. 이른 결혼을 아쉬워하던 숙희의 마음도 신랑의 실물을 접하고 나서 다소 누그러졌던 기억이 났다. 아, 그럴 만도 했겠네. 그 똑똑한 애가 어지간히도 사랑에 빠졌으면. 쯧쯧.

"주원이가 다시 일 시작했잖아. 데이케어 보낼 때까지는 내가 좀 돌봐줘야 해."

"데이케어?"

"데이케어 센터. 여기는 어린이집을 그렇게 부른대."

"거긴 언제부터 가는데?"

"십, 오, 개, 월!"

윤미가 한 글자 한 글자 강조하듯 외치며 단숨에 대답했고, 윤미의 말이 떨어지자마자 숙희는 '세상에나!' 하고 진심으로 놀라며 히익, 숨을 들이켰다. 윤미에게 손녀가 있고 그 때문에 괌에 가 있다는 말을 들었을 때만도 그럭저럭 담담하던 숙희가 앞으로 반년이 넘도록 아기를 돌봐야 한다는 얘기를 듣자마자 그 즉시 격렬한 반응을 보인 것에 대해, 두 사람 모두 그게 우스워서 동시에 깔깔거렸다.

*

얼마 전부터 숙희의 SNS 피드에 간혹 올라오곤 하던 그 정체불명의 서양 아기가 바로 윤미의 손녀였다. 웬 아기 사진이 뜨냐 하고 바로바로 넘기기 바빴던 그 예쁜 아기. 제인이. 숙희는 태어난 지 십 개월도 채 안 됐다는 제인이의 사진을 하나씩 차근차근 내려가며 자세히 살펴봤다. 팔 개월, 칠 개월, 육 개월…… 아직 엄마나 아빠 둘 중에 누굴 더 닮았다고 말하는 게 불가능할 정도로 아기아기한 쪼꼬미였다. 통통해서 아톰 인형처럼 올록볼록한 작은 팔다리, 뽀얀 피부와 커다란 눈, 옅은 갈색 눈썹과 머리카락. 제인이는 어릴 때 성당에서 받곤 하던 크리스마스카드에 그려진 아기 천사 같았다. 윤미로 보이는 어른 품에 안겨 있는 사진에서는 활짝 웃고 있었는데 그걸 보자마자 숙희의 마음이 철렁하고 내려앉을 정도로 제인이는 심하게 귀여웠다. 평소에 윤미는 자기 계정을 거의 내팽개쳐놓다시피 한다고 봐야 할 정도로 SNS 업데이트에 뜸한 편이었기 때문에 그동안 숙희는 아기 사진을 올리는 계정의 주인이 윤미인지조차 알아차리지 못했던 것이었다.

윤미는 이제 할머니구나.

숙희는 문득 고개를 들고 멍하니 생각에 잠겼다. 아기의 귀여움에 잠시 밀려났던 '할머니'라는 단어가 차차 그 존재감을 드러내며 숙희의 머릿속을 잠식해나갔고, 숙희는 외계에서 온 미스터리한 돌덩이라도 되는 것처럼 그 말에 저만치 거리감을 둔 채 쉬이 다가서지 못하고 부근만을 이리저리 돌며 힐긋거릴 뿐이었다. 봉인 해제하면 갑자기 그 돌덩이 안에서 치명적인 바이러스 따위가 튀어나올지 모른다며 경계하듯이.

아직, 아직은 마음의 준비가 안 되었는데.

숙희는 그것에 대해서는 정말로 마음의 준비가 되지 않았다고 여러 번 생각하면서도 그 생각의 구심력으로부터 한 발짝도 벗어나지 못하는 자기 자신을 마주해야만 했다. 감정이 흩날리는 벚꽃처럼 동요됐다. 이제는 인생에서 떨어져나갈 일만 남은 것 같았다.

아줌마라는 것에 이제 겨우 무감해졌건만.

하나의 문이 닫히면 다른 하나의 문이 열린다더니. 숙희는 삶이 제공하는 이 끝없는 개념적 공격에 좀 억울하고 피곤한 마음이 들었다. 인류의 반이 필히 경험하는 것인데도 왜 이토록 힘겹고 외로운 싸움으로 느껴지는 것인지. 두 달 전 마흔아홉 살이 된 숙희는 몇 년 전까지만 해도 '아줌마'라는 단어와 치열한 내적, 외적 다툼을 벌여오다가 이제 겨우 '정착'이랄까 '평화'랄까 그 비슷한 마음의 안정을 얻을 수 있었다. 최근에 이르러서야 우연찮게 면전에서 아줌마라 불리더라도 상처받지 않을 만큼 자신의 감정을 잘 추스를 수 있는 수준이 되었다. 말은 쉽지만 그게 그렇게 만만한 과정은 아니었다. 최초의 순간은 십여 년 전의 어느 날 오후였다. 서른다섯인가 여섯인가 아무튼 그즈음이었을 어느 평화로운 주말, 수영장에 갔다가 그 옆 편의점에 들러 간식을 계산할 때 세상에서 제일 지루한 표정을 짓고 있던 남자 아르바이트생이 계산 직후 숙희를 흘끔 보더니 포스기에 '중년 여성'이라 쓰인 견출지가 붙은 버튼을 탁, 하고 내리쳤던 것이었다. 그 버튼 옆으로는 '젊은 여성' '노인 여성' 등이 옹기종기 모여 있었다. 만족스러운 문장을 적은 소설가가 그다음 단락으로 넘어가기 위해 경쾌하게 엔터 버튼을 누르는 것처럼. 단순하고 분명하고 무의식적이기 그지없는 손짓에 의해 숙희는 중년 여성이라는 세계에 입문했다. 당시만 하더라도 숙희의 시력이나 관찰력이 지금보다 훨씬 뛰어났기 때문에, 보지 않아도 되었을 그 장면을 숙희는 낚아채듯 목격하고야 말았다. 편의점 측에서 소비자의 연령대에 따른 구매 기호를 데이터화하려는 음흉하기 짝이 없는 시스템을 갖출 거라고는 상상조차 하지 못했던, 마음만은 백 퍼센트 순수 청년이었던 숙희는 그날부터 누군가에게 자신이 중년 여성으로 인식될 수 있다는 현실에 눈을 떴다. 일거수일투족이 이제부터는 사회적으로 다른 카테고리로 수렴될 수 있다는 가능성을 깨달은 것이었다. 그러므로 그 짧은 순간의 타격은 숙희에게 있어서 아주 거대한 '엔터'였다고도 할 수 있었다. 다른 세계로 들어가는 입구를 열어젖힌. 즉, 아줌마라는 세계로.

아줌마.

그 단어를 떠올리면 제일 먼저 스쳐지나가는 얼굴이 있었다.

천호동 아줌마. 천호동 아줌마는 숙희가 아홉 살 무렵에 숙희의 어머니가 다시 직장에 나가면서 집안일을 도와주러 오던 파출부였다. 천호동 아줌마가 숙희네로 출근한 지 몇 달이 채 되지 않아서 숙희의 어머니는 천호동 아줌마를 눈에 띄게 못마땅해했다. 아줌마가 몰래 숙희네 집에서 샤워를 하는 것 같다는 의심을 샀기 때문이었다. 숙희의 어머니는 자신의 것과 별다를 바 없어 보이는 기다란 진갈색 머리카락 한 가닥을 집어들고 천호동 아줌마 것이 아니냐며 질색하곤 했다. 숙희는 아줌마가 집에 있을 때 내내 그와 함께 있었으므로 어머니가 생각하는 그런 일이란 있을 수 없다고 생각했지만, 자신이 알지 못하는 시공간이 집안 어딘가에 존재할지도 모른다는 믿음을 가진 어린이였기 때문에 어머니 앞에서 천호동 아줌마를 두둔하지 않았다.

어머니의 반감과 상관없이 숙희는 천호동 아줌마가 좋았다. 처음 볼 때부터 그가 마음에 들었다. 천호동 아줌마는 큰 눈에 쌍꺼풀이 진했고 다른 동네 아줌마들보다 더 젊고 예뻤다. 외모에 무심했던 어머니와 달리 천호동 아줌마는 꾸밈에 필요한 잔기술에 능했고 숙희의 머리를 여러 방식으로 땋아주며 예뻐해주었다. 아줌마가 힘있고 섬세한 손놀림으로 머리카락을 이쪽저쪽으로 당겨가며 모양을 잡아가는 동안 숙희는 자신의 작은 머리통을 고정하려 노력하면서도 아줌마의 손이 이끄는 대로 여지없이 흔들렸다. 천호동 아줌마는 '처녀' 시절부터 딸을 정말 원했다는 얘기를 자주 하곤 했었는데 숙희가 봤을 때는 자신에게 아들이 둘이나 된다는 것을 은연중에 자랑하고 싶어서 하는 말로 느껴졌다. 그게 그 아줌마의 자부심이었다. 천호동 아줌마는 어머니에게 안 좋은 소리를 들은 다음날이면 숙희를 식탁에 앉혀놓고 과일을 깎아주며 자기는 숙희의 어머니를 이해할 수 있다고, 백번 이해한다고 말했다. 그러니까 딸 하나밖에 없는 숙희의 어머니를 가련하게 생각한다고. 아무리 배운 여자라 하더라도 아들 없는 여자는 나이들어

대접받기 힘들다고도 얘기했다. 너도 엄마를 이해해야 해. 천호동 아줌마는 숙희를 붙잡고 이것은 우리 둘만의 비밀이라며 곡진한 태도로 속삭이곤 했다. 네 엄마는 불쌍한 사람이야. 아줌마는 숙희의 어머니를 진심으로 동정하는 듯했다. 숙희는 직관적으로 어머니의 편을 들어야 한다고 생각하면서도 천호동 아줌마의 말을 잘 들어야 신상에 이롭다는 것을 알았다. 비가 올 때 숙희에게 우산을 가져다줄 사람도, 간식과 저녁밥을 챙겨주는 사람도 다 천호동 아줌마였기 때문이었다. 숙희는 천호동 아줌마를 잃고 싶지 않았다. 아줌마에게 잘 보이고 싶었다. 어느 친구보다도 그 여자의 사랑을 받고 싶었다. 숙희의 아버지와 그가 불륜 관계였다는 사실을 알 때까지는.

숙희가 5학년에 올라가기 전에 아줌마는 일을 그만뒀다. 작별 인사를 할 시간 따위는 주어지지 않았다. 숙희는 입을 다무는 법을 배웠다. 숙희는 무언가를 잃었지만 그게 뭔지 알 수 없었다. 그 사건 이후 숙희와 숙희의 어머니는 약속이라도 한 듯 천호동 아줌마에 대해 단 한 마디도 얘기를 나누지 않았다. 천호동 아줌마가 아줌마로서 유별난 존재였다는 사실을 깨달은 것은 그리 오래 지나지 않아서였다. 그후에는 더 늙고 못생긴, 할머니에 가까운 아줌마들이 와서 집안일을 도와주었다. 그런 아줌마들이야말로 세상에서 말하는 '아줌마'라는 단어에 더 적합한 사람이라는 것은 어린 숙희도 어렵지 않게 눈치챌 수 있었다.

숙희와 윤미는 아줌마처럼 되고 싶지 않은 아줌마였다. 그게 그들을 친하게 만든 원동력이라 해도 무방했다. 그러기 위해 둘은 부단히도 노력했다. 평범한 직장인이었지만 퇴근 후엔 꼬박꼬박 각종 스터디에 참가했고, 브런치에 글을 썼고, 각각 책을 세 권씩 낸 저자였다. 두 사람은 동네 서점의 글쓰기 강좌에서 처음 만났다. 그후 따로 글쓰기 모임을 만들어 동고동락하면서 서로의 나이 차이를 생각하지 않고 친구처럼 지낸 지 오래였다. 나이 차라고 해봤자 숙희가 윤미보다 겨우 두 살 위였다.

숙희는 멈칫했다. 아차. 그랬다. 그런 것이었다. 그동안은 잊고 지냈는데 엄밀히 말하자면 아주 미세하더라도 실은 숙희가 윤미보다 더 늙은 거였다. 그러니까 할머니가 된 윤미보다도 말이다. 오 이런……

그렇지 않아도 숙희는 염색할 시기를 놓칠 때마다 정수리를 거울에 비춰보며 할머니처럼 보일지 모르겠다고, 진즉에 노파심을 부려오지 않았던가. 동년배들끼리 농담 섞인 말투로라도 스스로를 '할머니'라고 칭할 때면 숙희는 자기도 모르게 진심으로 발끈하며 정색해버리곤 했는데, 아마 그 말이 어떤 진실—부정할 수 없는 팩트—에 가까워지리라는 사실을 의식했기 때문이었을 것이다. 얼마 전 참석한 술자리—서로의 나이를 밝히지 않는 모임이었다—에서는 젊은 작가 하나가 "저는 할머니 작가가 되는 것이 꿈이에요"라고 천진하게 말하는 걸 들으면서 어쩐지 마음이 비틀어져 뭐라 딱 꼬집어 지적하고 싶은 충동을 가까스로 눌러 참았다. 그러다 그 작가가 암시했던 '할머니'라는 게 대강 오십오 세 이후라는 걸 알아차렸을 때는 황당함을 넘어 기함할 노릇이었다. 할머니 작가가 되기 위해서는, 그전에 먼저 중년—그 기나긴 모멸의 시간—의 여자가 돼야 한다는 뼈아픈 진실을 굳이 지적하고 싶지도 않았다. 물론 숙희가 그 젊은 작가를 전혀 이해하지 못한 건 아니었다. 한때는 숙희 역시 그런 말을 잘도 지껄이고 다니지 않았던가. 귀여운 할머니가 되고 싶다는 등. 그러니까, 할머니라는 단계가 저멀리, 수백 광년 떨어진 우주 밖에 떠 있는 외계 성운 어딘가에 존재하는 것처럼 멀게만 느껴지던 그런 시절에 말이다. 마치 할머니라는 만능 키만 얻으면 언젠가 도달할 파라다이스에 최종적으로 우리의 자아를 안착시켜주리라 믿는 것처럼. 숙희는 젊은이들과의 대화가 거북했으나 괜히 말 한마디 잘못 얹었다간 어르신 취급이라도 받을까 싶어 입을 꾹 닫고 앉아 있다가 일찍 자리를 떴다.

당연히 숙희도 안다. '할머니' 같은 말은 '선생님'이나 '사장님' '고객님' '어머님' '이모님'과 마찬가지로 마땅한 직함으로 부르기 애매한 상대를 지칭할 때 유용하게 사용될 뿐인 관용적인 호칭에 지나지 않는다는 것을. 그런 말에 각을 세우는 일은 마치 '눈 밝은 독자'라고 할 때의 그 '눈 밝은'이 시각장애인을 비하하는 표현이라고 비판하는 것만큼이나 융통성 없는 지탄처럼 들릴 수 있으리라는 것도. 그렇지만 숙희는 마음속 깊은 곳에서 할머니에 대한 저항감이 치밀어오름을 부정할 수 없었다. 그 말 속에 들어 있는 스스로를 무장해제하는 듯한 그 묘한 연약한 느낌에 거부감이 들었다. 칠십대면 칠십대 여성이라 하고, 팔십대면 그냥 팔십대 여성이라 지칭하면 될 것이지, 그도 아니면 서양식으로 이름을 부르든가, 단순히 나이가 들었다고 아무에게나 할머니라고 대충 불리고 싶진 않았다. 알지도 못하는 사람들이 '숙희 어린이'와 비슷한 어감으로 '숙희 할머니' 하고 자신을 부르며 제멋대로 친근한 척 이래라저래라 선을 넘어오는 것은 상상만으로도 괴로웠다.

그렇다고 숙희가 노년의 삶에 대해 전혀 고려해보지 않은 것은 아니었다. 숙희와 윤미에게는 언젠가 노인이 되면 같이 살기로 한 다른 세 명의 친구가 더 있었다. 모두 다 싱글이고 윤미만 제외하곤 다들 자식이 없었는데 윤미는 딸이 외국에 살 것이므로 없는 거나 마찬가지라며 무리에 끼워주었다. 그들은 은퇴하기 전까지 각자의 삶을 열심히 살다가 육십대 중반이 넘을 때쯤 비수도권에 있는 마당이 넓은 주택을 사서 함께 서로의 '식구'가 되어주자는 구상을 나누기도 했다. 텃밭을 가꾸고 고양이도 키우고 서로를 돌보면서 동네 서점을 열어 그림 그리기나 글쓰기 강연을 진행하는 등 마을 공동체에도 기여하는 그런 이상적인 삶을 그렸다. 숙희와 윤미를 포함한 다섯 명의 여자들은 근미래를 배경으로 하는 SF의 플롯을 짜듯 두루뭉술하게 그들이 함께하는 미래를 꿈꿨다. 솔직히 그때가 되면 어떻게든 되겠지 하는 심정도 없지 않았다. 모두가 삼십대였던 그때는 아직 노년의 삶이란 게 먼 훗날의 일처럼 느껴졌기 때문이었다. 그랬던 것이 엊그제였는데…… 정신 차려보니 이제 육십대 중반까지 겨우 십오 년 남았을 뿐이었다. 얼렁뚱땅하다가는 아무것도 준비해놓지 않은 채 어이쿠, 시간이 또 눈 깜짝할 사이에 지나가버렸네요, 하고 말해버리고 말리란 것도 이제는 너무나 잘 알았다.

윤미야,

내 친구 윤미야, 너 거기서 괜찮은 거니?

난 잘 모르겠어. 할머니가 되는 것도, 되지 않는 것도, 너무 어렵다, 윤미야.

숙희는 답답한 마음에 괜히 윤미를 부르며 생각에 잠겼다. 숙희의 어지러운 마음을 바로 옆에서 들여다보기라도 한 듯 윤미에게서 카톡이 왔다.

숙희 할머니~ ㅋㅋ

윤미 할머니 보러 괌에 오세요! 꼭이요~ ㅎㅎㅎ

실수.

완전한 실수였다.

침대에 누워 있는 찬영을 보며 숙희는 고개를 절레절레 흔들었다. 잠시 할머니 생각에서 벗어난 건 좋았지만, 차라리 할머니 생각을 하는 게 더 나을 것 같았다. 문제를 덮기 위해 또다른 문제를 만드는 게 어른의 삶이라더니. 숙희는 순간의 유혹을 이기지 못하고 찬영에게 연락하고 말았다. 석 달이나 잘 참고 견뎠는데 다시 원점으로 돌아간 것이었다. 잠든 찬영은 무방비 상태 그 자체였다. 이상하게 숙희의 집에만 오면 잠이 그렇게나 잘 온다고 찬영은 자주 말하곤 했다. 그렇겠지. 넓고 쾌적한 집에서 밥해주고, 빨래해주고, 청소도 다 돼 있고……

그는 보고 있기 즐거운 남자였다. 처음 만났을 때보다 살이 조금 찐 듯했지만 찬영은 여전히 젊은이의 몸을 갖고 있었다. 숙희는 문지방에 서서 상체를 반쯤 기댄 채 찬영의 몸을 한동안 내려다보았다. 아름답다 느꼈던 많은 것들이 그것을 붙잡는 순간 곤란함이 되어 곁에 남았다. 이 모든 것을 감당하기엔 예전에 비해 에너지가 달리는 기분이었다. 나이가 들어 할머니 취급을 받게 되는 건 상상만 해도 싫었지만, 젊은 남자들이 점점 더 어린애처럼 보이는 것도 인정할 수밖에 없는 사실이었다. 뭐가 되었든 무언가에서 또다시 멀어지고 있다는 이 생생한 느낌만큼은 부정할 수 없는 현실이었다. 모든 것에 지루함을 느끼기 시작했다는 이 생경함. 그것만큼은 새롭다고 숙희는 자조했다.

한동안 숙희는 찬영과 연락하지 않고 잘 지냈다. 잠깐의 외로움만 모른 척 흘려보내면 그만이었다. 그와 만나지 않는 것이 숙희에게 그렇게 어려운 선택은 아니었다. 찬영과의 만남을 시작하기 전부터, 이미 숙희는 남자와의 연애에 환상을 품을 만한 시기를 한참이나 지나 있지 않았던가. 그에 더해 찬영과의 나이 차가 사회 통념상으로 너무 많이 난다는 사실도 전적으로 그 관계에 몰입할 수 없게 만들었다. 솔직히 그게 가장 컸다. 범죄까지는 아니라 하더라도 한국사회에서 아무런 거리낌 없이 찬영과 연인으로서 손을 맞붙잡고 다니기에 숙희는 민망할 만큼 나이가 많았다. 찬영은 그다지 신경쓰지 않는 듯했지만 숙희가 느끼기엔 확실히 그랬다. 두 사람의 관계를 다른 사람들이 알게 된다면? 숙희는 분명 비난받을 것이다. 천하의 뻔뻔한 년이 되어 있겠지. 열몇 살이나 어린 남자를 애인으로 둔, 정신 나간 아줌마. 하지만 어쩌면 그랬기 때문에 만남을 지속하는 게 숙희에게 더 가볍게 느껴졌는지도 모른다. 세상모르게, 아무도 모르게 이것은 당연하게도 잠시 일어나는 일탈일 뿐이라는 생각으로, 그렇게 반복이 되었던 거였다. 흥미로운 것은 황찬영과 열여섯 살이나 차이가 난다는 사실을 맨 처음 알았을 때 숙희는 적잖이 당황하면서도 한편으론 나이 차가 스무 살이 넘지는 않아 다행이라는 생각을 동시에 했다. 그리고 자신이 금기시했던 어떤 벽이 스스로 알고 있던 것보다 더 좁은 범위를 커버한다는 데에 유쾌한 심정이 들었다. 왠지 복수하는 기분마저 났던 것이었다. 모습도 실체도 없는 적에게.

손을 잡고 다니는 것이 민망하게 느껴지긴 했어도 아예 밖으로 나다니지 않은 건 아니었다. 경험상 홍대는 불쾌했고 을지로나 이태원은 상대적으로 괜찮았다. 찬영이 알고 있는 홍대의 몇몇 장소에서 숙희는 젊은이들이 기꺼이 참아내는 멋진 괴로움—유행하는 카페의 불편한 의자—따위를 견딜 수 없어했고 찬영은 더러운 자취방에 애인을 초대한 것처럼 노심초사하며 숙희의 안색을 살폈다. 그들은 어딜 가나 눈길을 끄는 커플이었다. 매번 호기심어린 시선이 따라다녔다. 그들의 일반적이지 않은 나이 차는 젊은 사람들에게도 곤혹스러운 것이었던 모양이다. 편협함은 늙은이들만의 전유물이 아니었다. 길거리에서 팔짱을 끼고 가다가 사람들이 주목하는 것을 의식하게 되면, 그 눈길이 때때로 위협적일 만큼 집요하다고 느껴질 때면 숙희는 마치 찬영의 친누이, 혹은 막내 이모라도 되는 것처럼 그에게서 반걸음 떨어져 성적인 뉘앙스를 탈락시킨 채 무감하게 서 있곤 했다. 숙희는 자신이 나뭇조각이라도 되는 것처럼 시선을 끌지 않으려 노력했다. 찬영은 그런 숙희의 변화를 알아차리지 못했다. 사람들의 꾸짖는 듯한 시선을 받으며 한동안 숙희는 서부의 무법자처럼 우월감을 느끼기도 했다. 단지 잡히지 않으려 노력하고 있을 뿐, 허술한 은행을 털어 챙긴 한 다발의 지폐는 이미 숙희가 들고 있는 커다란 가방 속에 가득차 있었다. 분명 그것은 승리자의 마음이었다. 불행히도 그런 감정은 오래 지속되지 않았다. 숙희는 금세 흥미를 잃었다. 무엇보다 고작 이런 것으로 세상과 싸운다는 느낌을 계속 유지할 필요가 있는지 스스로를 설득하지 못했다. 두 사람의 관계는 전적으로 사적인 영역에 머무는 편이 나았다. 둘만이 아는 관계여야 했다. 그게 편했다. 숙희는 찬영과의 관계를 아무에게도 밝히지 않았다. 윤미에게조차.

솔직히 말해봐. 숙희는 자문했다. 애초에 그를 진지한 상대로 여긴 적이 있었는지. 그러나 숙희는 바로 쓴웃음을 짓고 말았다. 진지한 상대라니, 그런 말을 잘도 떠올리다니. 스스로에게도 어이가 없었다.

신숙희, 너 자꾸 어쩔래.

자신을 탓하듯 숙희는 이마를 짚으며 문턱을 넘어 침실을 빠져나왔다. 현관 입구에는 찬영이 들어오면서 아무렇게나 벗어던진 가방과 외투가 허물처럼 널브러져 있었다. 숙희는 외투를 옷장에 걸고 가방은 게스트 룸 소파 위에 올려두었다. 가방이 꽤 묵직했다. 여행이라도 온 것처럼 한 짐 가득 싸온 듯했다. 언제나처럼. 숙희는 갑자기 짜증이 일었다. 찬영은 아직도 책가방처럼 생긴 지저분한 배낭을 메고 다녔던 것이다. 아직도 자기가 학생이기라도 한 것처럼. 게다가 가방 앞면에는 의미를 알 수 없는, 필시 무언가를 반대하고 타도한다는 표시의 알록달록한 패치가 잔뜩 붙어 있었다.

어린애같이.

숙희는 혼자 있고 싶다는 강렬한 욕망을 느끼며 거실로 향했다. 소파 옆 협탁에는 서평을 부탁받은 책이 잔뜩 쌓여 있었다. 그중 아무거나 집어 하나를 쓰면 됐는데 지난 며칠간은 기분상 그 어느 것에도 관심을 가질 수 없는 상태가 지속됐다. 숙희는 어떤 권태가 시작되었음을 희미하게 감지했다. 이게 그 말로만 듣던 갱년기인가. 짜증, 불면증, 안면홍조증, 그 밖에 다른 안 좋은 증상들이 단톡방에 오르내렸던 기억이 났다. 대충 읽고 흘린 것들이었다. 몸이 안 좋은 게 어디 하루이틀이었던가.

팔 년 전에는 좀 달랐다. 에너지가 넘쳤고 찬영이든 누구든 간에 실수로라도 아이를 가질 수 있지 않을까 하는 기대가 없지 않았다. 힘든 일이지만 물리적으로 불가능한 건 아니었다. 그때는 지금의 숙희로서는 그저 동물적인 본능으로 충만해 있었다고밖에 회상할 수 없는 놀라운 시기였는데 한 일 년 정도는 정말 미친 여자처럼 건수만 있으면 남자랑 자고 다녔다. 마치 발정기가 끝나기 전에 마지막으로 발악하는 암사자처럼 이상한 성적 욕구로 고양돼 있었다. 의식적인 행위가 아니라 실수에 의한 것이라면 어떠한 결과도 받아들일 수 있을 것만 같았다. 만약 그때 임신이 되었더라면 숙희는 상대―누구인지 판명이 된다면―남자에게 사실을 밝히지 않고 혼자서 조용히 아이를 키울 작정이었다. 숙희는 마음속으로 소설을 여러 편 썼다. 아니 수십 편은 썼을 것이다. 아이가 있는 삶, 어머니로 살아가는 삶. 그 가상의 플롯은 오랫동안 마음속에 간직된 것이었다. 그건 숙희가 발명한 것도, 숙희만의 것도 아니었다. 어떤 사회적 의무와도 같은 선택지로서, 제대로 된 티켓을 구하지 못한다면 억지로라도, 심지어 절차를 어겨서라도 반드시 그 물결에 올라타야만 한다고 여겨졌던 길이었다. 그때, 그 방종했던 기간에 아무 일도 일어나지 않았다는 것이 숙희에겐 너무나 다행스러운 일이었다. 숙희는 다시 한번 가슴을 쓸어내렸다. 출산과 육아의 현실에 대해 아무것도 알지 못하면서 어떻게 감히 그런 꿈을 꾸고 앉아 있었을까. 인간이라면 마땅히 누려야 하는 권리라도 되는 듯이. 엄마가 되겠다는 결정을 내렸다는 것만으로도, 개인으로서의 한 여성이 이전에 누렸던 거의 모든 삶의 지분을 빼앗기는 그런 험악한 세상에서 살아가면서도.

숙희는 신경질적으로 아무렇게나 책을 뒤적거렸다. 침실에 사람이 있다는 게 의식되어 집중이 잘 되지 않았다. 역시 찬영을 부르지 않고 일을 하는 게 맞았다. 백번 맞았다. 주말이 끝나기 전에 뭐든 서평을 하나 완성해야 했다. 이미 마감은 며칠이나 지나 있었다. 약간의 죄책감과 무한한 귀찮음을 느끼며 숙희는 책 무더기에서 대충 한 권을 빼 들어 아무 페이지나 펼쳤다가 몇 문장을 읽는 등 마는 둥 하고 다른 책으로 바꿔 같은 행동을 반복했다.

그러다가 문득 '비공식 이모'라는 소제목이 숙희의 시선을 멈춰 세웠다.

여성의 수많은 부류 중에서 미혼 이모보다 비웃음을 사는 부류가 있을까?

문장 전반에 깔린 냉소적인 말투가 숙희의 사정을 다 알고 건네는 말같이 느껴졌다. 어째서 인간은 이런 사소한 우연에 의미 부여를 하지 못해 안달인 걸까. 숙희는 계속해서 다음 문장을 읽어 내려갔다.

결혼해서 어머니가 될 기회를 놓친 미혼 이모는 우스우면서도 불쌍한 사람 취급을 받는다. 성적인 것을 싫어하고, 쉽게 충격받고, 현대적인 것은 무엇이든 의심하고, 고양이(……)를 좋아하는 미혼 이모는 (……) 제인 오스틴의 어리석은 베이츠 양처럼 문학의 변두리에서 허둥대고 있었다. (……) 그러나 이제 새로운 미혼 여성이 등장했고 압박에 시달리는 부모들이 이득을 보고 있다.

마치 자신의 마음을 반영하기라도 한 듯한 그 단어, '미혼 이모'

에 숙희는 큰 흥미를 느꼈다. 일단 숙희는 고양이를 좋아했다. 성적인 것을 싫어하진 않지만 이제 그것은 예전만큼의 우선순위를 갖지 않았다. 쉽게 충격을 받는 편인가? 예스. 아줌마나 할머니로 불리는 것에조차. 흠. 그래도 현대적인 것을 의심하는 건 아니었다. 아니, 비행공포증이 있으니 현대적인 것을 의심하는 쪽에 가까울지도. 제인 오스틴의 베이츠 양에 대해서는 들어본 적이 없으나 문학의 변두리에서 허둥대고 있는 것은 맞는 말이다. 그래도 그 허둥대던 시간에 후회는 없었다. 단연코 없었다. 다시 과거로 돌아간다 해도 숙희는 문학의 변두리에서 허둥대고 싶을 거라고 생각했다. 그게 제일 좋았다. 꽤 괜찮은 십 년이었다. 숙희는 이제 곧 사십대가 끝난다는 사실에 큰 아쉬움을 느꼈다. 아줌마가 돼버렸다는 압박보다는 드디어 젊은 여자에서 벗어났다는 안도감과 편안함이 컸다. 생각해보니 젊었을 때도 '아가씨'니 '언니'니 하는 호칭으로 아무렇게나 불리는 게 정말 싫었다. 젊은 게 특권이라는 생각도 없었다. 그땐 그게 그저 거추장스러운 장식물 같았다.

주원은 어떨까. 아직도 이십대인 그애는 무슨 생각으로 아이를 낳은 걸까. 윤미를 부를 땐 무슨 마음이었을까. 주원에게 숙희는 미혼 이모였을까? 비공식 이모? 이모라는 말을 탐내기엔 숙희가 주원에게 해준 게 거의 없었다. 숙희는 지금쯤이라면 미혼 이모가 되고 싶은 것도 같았지만, 여전히 미혼 이모가 되고 싶지 않기도 했다. 숙희 이모나 숙희 아줌마 역시 되고 싶기도, 되고 싶지 않기도 했다. 아무것도 되고 싶지 않으면서도 누군가에게 의미 있는 기억으로 남고 싶은 마음이 있었다.

숙희는 생각난 김에 다시 윤미의 SNS 계정을 열고 아기 사진을 더 봤다. 유아용 의자에 고정된 채 앉은 제인이는 이유식을 양 주먹에 쥔 채 짧은 팔을 허공에 휘두르고 있었다. 그릇은 엉망진창이었고 옷과 얼굴에도 폭탄 파편처럼 음식이 묻어 난장판이었다. 게시물에는 '자기 주도 이유식'이라는 태그가 달려 있었다. 자기 주도는 무슨. 숙희는 자기도 모르게 인상을 찌푸렸다. 역시 아기란 성가신 존재였다.

"뭐해?"

화들짝 놀란 숙희가 뒤를 돌아보니 새집 머리를 한 찬영이 눈도 제대로 뜨지 못한 채 방에서 좀비처럼 비틀거리며 나오고 있었다. 찬영은 퍼포먼스 작가여서 작은 행동도 과장되게 표현하는 경향이 있었다. 방금까지만 해도 귀찮은 존재일 뿐이라고 몰아붙이긴 했으나 그는 역시나 숙희가 좋아하는 스타일이었다. 만약 숙희가 찬영과 비슷한 연배였다면 애초에 부끄러워서 말도 걸어보지 못했을 거라고 숙희는 생각했다.

"책 읽어."

숙희는 조금 미안한 마음이 들어서 따뜻하게 미소 지으며 말했다.

"무슨 책?"

"그냥 일이야."

"숙희씨는 배 안 고파?"

찬영이 부엌 한가운데 멈춰 서서 그렇게 하면 자기가 귀여워 보이리라 생각하는 듯 아랫배를 문지르며 물었다.

"아, 찬영씨 배고프구나."

숙희는 상대를 불쌍히 여기는 듯한 표정을 지어주면서도 혼자 있고 싶다는 생각을 잽싸게 했다. 어쩌라고. 역시 이건 아니었다. 외로움이 간절했다. 자고로 어른이라면 참을성을 길러야 한다, 숙희는 스스로를 탓할 뿐이었다.

한때 숙희는 숙희 같은 입장의 남자들이라면 평소에 어떤 생각을 하고 살지가 무척 궁금했다. 일반적인 기준보다 훨씬 더 어린 상대와 사귀면서 남자들이 그것을 얼마나 의식하는지, 숙희처럼 공을 들여 자기혐오와 자기 객관화에 골몰하고 지내는지를 알고 싶었다. 그러니까 숙희의 반의반만큼이라도 번민하는지를 말이다. 파트너에 비해 턱없이 좋지 않은 시력과 가뭄의 논밭처럼 갈라진 회복 불가능한 발뒤꿈치와 눈에 띄게 희끗희끗해진 음모에 그들은 과연 신경을 쓸까. 그러지 않으리라 추측하면서도 숙희는 자주 그런 의문을 품곤 했다. 찬영과 만나면서 예전에는 남의 일처럼 멀게 느끼던 것을 새삼스레 의식하는 일이 잦았다. 이를테면 옛날 영화에서 중년 남자가 부적절한 관계인 젊은 애인에게 자신을 '아빠'라 부르라며 장난스러운 요구를 하는 장면 같은 것들. 그런 상황은 심지어 그 관계를 역겹게 설정하지 않은 작품들에서도 종종 등장하곤 했는데, 그때 상대역은 어떻게 반응했더라? 그냥 순순히 아빠라고 불러주었나? 거기까진 기억이 나지 않았다.

다른 의문도 들었다. 생물학적인 자식을 갖는 일을 완전히 포기하지 않는 삶이란 대체 어떤 것일까 하는. 이쪽과 저쪽 사이에 거대한 강이 있는데 시간의 제약 없이 언제든지 저쪽으로 건너갈 수 있다고 생각하는 사람과 저쪽으로 갈 일이 없을 거라 여기면서도 어느 시점이 되면 완전히 길이 막혀버린다는 걸 알고 있는 사람. 그들을 과연 같은 세계에 속하는 부류라고 말할 수 있을 것인가. 예전에…… 천호동 아줌마는 숙희의 아버지를 뭐라고 불렀을까. 숙희의 아버지는 무슨 생각으로 천호동 아줌마와 관계를 맺은 걸까. 혹시라도 아들을 둘이나 낳은 여자이니 자신에게도 아들을 낳아주리라고 생각한 건 아닐까. 아줌마는 정말 숙희 어머니의 추측대로 숙희 몰래 샤워를 한 것일까. 도대체 언제, 어떻게…… 그 아줌마는 어린 아들들을 집에 두고 남의 집 아이, 즉 숙희를 돌보면서 무슨 심정이었을까. 숙희는 아무렇게나 떠오르는 자유연상을 따라가다가 참 별걸 다, 하는 심정으로 생각을 멈추고 냉장고 문을 열어보는 찬영의 옆모습을 무심하게 바라보았다.

뒤져봤자 뭐가 없을 텐데……

만약 찬영이 자신을 '엄마'라고 부른다면? 순수한 실수든 진심 섞인 실수든 간에. 그건 단 한 번뿐이라도 소리 내어 말해진다면 정말 끔찍하게 느껴질 것이다. 소름이 돋고 정신이 바짝 들어 그를 바로 내쫓고는 부끄러움에 치를 떨 것이다. 뭐라 불리든 끔찍하기는 양쪽 다 매한가지지만 엄마와 아빠는 그렇게나 뉘앙스가 다른 단어였다. 물론 지난 시간을 곱씹어보면 찬영이 숙희를 엄마라고 부르지만 않았을 뿐 숙희가 찬영의 엄마라도 된 것처럼 그를 돌보고 있는 듯한 사태가 종종 펼쳐졌다. 가령 당장과 같은 상황에서 숙희는 찬영에게 뭐라도 음식을 차려줘야만 할 것 같은 의무감을 느꼈다. 천천히 오랜 시간에 걸쳐 자기 자신도 의식하지 못하는 사이 어느새 관계가 그렇게 흘러가버렸다. 아마도 밍밍이(찬영이 키우다가 숙희의 집으로 데려온 어린 고양이)가 죽고 난 다음부터였을 것이다. 밍밍이를 그렇게 보내고 찬영과 숙희는 무척 힘든 시기를 지나왔다. 찬영은 밍밍이의 몫이라도 하듯 떼쟁이 아기처럼 굴 때가 있었고 숙희는 벌받는 심정으로 그런 찬영을 용납했다. 밍밍이가 할머니 고양이가 되지 못하고 죽었다는 게 그들을 이상한 방식으로 가족 같은 사이로 만들었다.

음식 찾기를 금세 포기한 듯 찬영이 숙희 옆으로 와서 파고들었다. 배달 음식을 검색하던 숙희는 순순히 찬영의 머리에 무릎을 내주었다.

"방금 꿈을 꿨는데, 거기 숙희씨가 나왔어."

"내가?"

"음. 자기 이름을 난희라고 소개했는데, 그래도 나는 그 사람이 자기인 줄 알고 있었어."

숙희는 아무 감흥 없이 찬영이 하는 얘기를 들었다. 언제부터 얘기를 듣는 쪽이 거의 일방적으로 숙희가 되었는지 잘 기억나지 않았다. 애당초 꿈 타령할 때 진지하게 들어주는 게 아니었다.

"난희씨가 어딜 열심히 가고 있길래 내가 같이 가겠다고 했더니, 그러려면 나한테서 팔을 하나 떼어내야 한다는 거야. 그래서 내가 그건 좀 어렵겠는데요, 하고 곤란해하니까, 그럼 대신 영화나 찍으러 가자고 해서 그건 좋다고 했어. 그런데 잘 살펴보니 난희씨는 아무것도 들고 있지 않은 거야. 영화를 찍으려면 카메라가 있어야 할 텐데, 카메라는 갖고 있느냐고 내가 물으니까 난희씨가 그런 건 필요 없다고 자신 있게 대답하더라고. 아무튼 계속 걸어서 바닷가로 갔는데, 도착해보니 거기는 사막이었어. 구스 반 산트 영화에 나오는 거 같은. 그 영화 제목이 뭐였지? 맷 데이먼 나오고 두 사람이 걷다가 하나가 죽는 영화."

"......"

"......"

"〈제리〉?"

"〈제리〉! 그걸 잊다니. 아무튼 그 영화에서처럼 온통 사방이 다 하얀 사막이었어. 난희씨하고 나는 말없이 한참 걸어갔는데 내가 결국 참지 못하고 물었지. 어떡해요, 난희씨. 여긴 바다가 아닌데요. 그러니까 실제로는 숙희씨인 난희씨가 말하기를, 오, 괜찮아요. 이건 보통 영화가 아니라 실험영화니까 괜찮을 거예요……"

"실험영화?"

조금 의아한 듯 숙희가 찬영의 말을 자르고 물었다.

"아마 그렇게 말했던 것 같아."

"그래서?"

"그다음도 있었는데……"

자기 꿈 생각에 골몰하는 찬영의 머리를 슬며시 치우고 숙희는 옆으로 틀어 앉아 스마트폰을 다시 잡아 들었다. 찬영은 숙희가 미는 대로 밀려서 소파 반대편 쪽으로 비스듬히 기대어 누운 채로 여전히 생각에 잠겨 있었다. 숙희는 찬영에게 묻지 않고 태국 음식점에서 솜땀, 팟타이꿍솟 그리고 카오팟시푸드를 주문했다. 초창기를 제외하고 두 사람이 만나는 데 드는 비용은 모두 숙희가 지불하고 있었다. 자연스럽게 그렇게 되었고 숙희는 그것에 딱히 불만을 갖지 않았다. 혹시 그게 문제였을까. 그건 그들의 관계가 이미 평등하지 않다는 것을 숙희 자신이 알고 있었다는 증거가 되는 건 아닐까. 숙희는 스물두 살 때 서른 살의 여자(돈이 없다는 것만 빼면 그는 얼마나 완벽한 사람이었던가)와 사귄 적이 있었고, 그와 헤어진 뒤엔 스무 살 가까이 나이 많은 남자(유난히 '오빠'라는 호칭에 집착하던 자였다)와 만난 적도 있었다. 그때도 상대방은 돈이 없었고 숙희가 모든 비용을 감당했다. 경제적인 측면에 있어서 진짜 문제는 찬영이 아니라 숙희에게 있는 걸지도 몰랐다. 상대를 의존적으로 만드는 어떤 메커니즘이. 문득 숙희는 궁금해졌다. 숙희가 엄마가 된 것 같은 난처한 기분을 느낄 때 찬영역시 자기가 어린아이가 된 것 같아 비참한 심정인지를.

"아까 보니까 한 짐이던데."

숙희가 대수롭지 않다는 듯 입을 열었다.

"음. 나 자기 집에 며칠 있어도 되지?"

티가 많이 나진 않았지만 찬영은 눈치를 보는 듯 딴청을 하며물었다.

"왜, 무슨 일 있어?"

찬영은 바로 대답하지 않고 조금 뜸을 들였다. 숙희는 거부감이드는 걸 들키지 않으려고 스마트폰을 계속 주시했다. 윤미의 인스타그램에는 새로운 사진이 올라와 있었다. 주말을 맞아 온 가족이다 함께 마트에서 파는 일본식 도시락을 한가득 사 들고 이파오비치에 갔다는 설명이 붙어 있었다. 바다는 에메랄드빛으로 푸르고 아기는 믿을 수 없을 만큼 귀여웠다. 아기는 균형을 잡으려고바들바들 떨며 서 있다가 이내 옆으로 쓰러졌다.

"안 돼?"

"그게 좀 어렵겠는데……"

더 설명을 요구하는 듯한 얼굴로 찬영이 숙희를 바라보았다.

"나 내일모레 괌에 가."

"괌?"

숙희가 고개를 끄덕였다.

"휴가?"

"아니. 그게 아니라 윤미가 좀 도와달라고 해서."

"모윤미씨?"

"응."

"뜬금없이."

"뭐, 같이 프로젝트 할 게 있어."

거짓말이라는 게 처음 시작하기가 어렵지 한번 그 문을 여니 술술 이야기가 흘러나왔다. 숙희도 몰랐던 숙희의 계획에 따르면, 숙희는 내일모레 새벽 일찍 집을 나서서 아침 비행기를 타고 괌에 갈 작정이었다. 숙희가 씩씩하게 해외여행을 다니던 십오 년도 더 전에 쌓아놓은 마일리지는 항공사가 정책을 바꾸기 이전에 적립된 것이어서 아직까지도 고스란히 잘 남아 있었고, 숙희는 그걸로 괌 항공권을 샀으며 윤미네 집에서 이 주 정도 머물면서 함께 프로젝트를 구상할 예정이다. 만약 그게 잘 풀리면 직장을 그만두게될지도 모르고 앞으로도 종종 집을 비우는 일이 잦아질 것이다. 등등.

찬영은 아무 의심 없이 숙희의 말을 받아들이는 듯했다. 기꺼이 속는 것이야말로 젊은 사람들의 표식이다, 라고 숙희는 생각했다. 그에게 미안한 감정이 들었다. 하지만 숙희는 찬영의 빛나는 젊음이 여전히 얼마간은 그의 가난과 의존을 낭만적인 것으로 만들어 줄 것이며, 자기가 아니더라도 그런 그를 기꺼이 받아들일 마음 착한 이가 또다른 곳에 얼마든지 있으리라 확신했다. 그러므로 자기 같은 늙은 여자가 젊은 남자를 버리며 갖는 쓸데없는 죄책감이란 일종의 감정적 사치에 불과하다고 생각했다.

이제 그를 놓아줄 때가 되었다. 물러날 시기가 된 것이다.

숙희가 그렇게 마음을 먹자, 손에 닿을 듯 가까이에 있는 찬영이 오래전의 사람처럼 멀게 느껴졌다. 숙희는 과거에 사랑했던 사람을 바로 눈앞에서 보고 있는 듯한 착각에 빠졌다. 그리고 이 순간이 자신의 인생에서 다시는 반복되지 않을 것임을 알았다.

*

열흘 후 숙희는 필리핀해 삼만오천 피트 상공을 지나는 여객기 안에 홀로 앉아 있었다. 마법에 걸린 듯 숙희는 찬영에게 얘기한 것처럼 2008년 이전에 쌓은 마일리지를 이용해 괌 항공권을 충동적으로 구매했다. 어쩐지 그래야만 할 것 같았다. 무언가에서 멀어진다는 행위 안에 자신을 두고 싶었다. 충동적이라 하더라도 고민이 없었던 건 아니었다. 난기류에 가장 영향을 덜 받는 위치가 날개 부근이라는 정보를 어디선가 주워들은 후 추가금을 지불하고 날개에서 제일 가까운 출입구 근처의 통로 좌석으로 예약을 변경하기도 했다. 숙희가 앉은 열의 나머지 두 좌석은 비어 있었다. 객실 창밖으로는 풍경이라고 할 만한 게 조금도 보이지 않았고 노출 오버된 필름처럼 밝고 하얀 빛만이 가득했다. 미리 처방받은 안정제를 먹어서인지 생각보다 비행이 견딜 만했다. 게다가 인천 공항에서부터 안개 짙은 날씨가 줄곧 이어졌기 때문에 숙희는 오전 내내 꿈을 꾸는 듯한 몽상적인 기분에 사로잡혔다.

아이를 동반하기 좋은 여행지라는 평판에 어울리게 괌으로 향하는 비행기 안에는 가족 여행객이 다수를 차지했다. 유아원인지 유치원인지를 다니는 어린아이들이 길거리에서 단체로 이동하는 것을 몇 번 스친 적은 있었으나 걷지도 말하지도 못하는 진짜 사람 아기를 이렇게나 많이 보게 되는 일은 정말 드물다고 숙희는 생각했다. 여기저기서 쉴 틈 없이 울어대는 아이들이 만드는 객실 소음이 비현실적으로 느껴졌다.

숙희의 대각선 건너편에는 제인이와 비슷한 개월 수로 보이는 아기를 데리고 탄 부부가 탑승해 있었다. 쪽쪽이를 입에 문 아기는 때때로 아버지에게 안겨(매달려) 있곤 했는데 그럴 때마다 숙희와 자꾸 눈이 마주쳤다. 빨간 볼이 귀여워서 숙희는 용기를 내 아기에게 손인사를 건네보았는데 아기는 그게 무슨 의미인지 알지 못하는 듯했고 낯선 사람에게 스스럼없이 웃어주는 성격도 아닌 듯 뚱하니 경계하는 얼굴로 숙희를 쳐다볼 뿐이었다. 숙희는 금세 포기하고 바로 뒷좌석에 있는 다른 아기에게 신경을 썼다. 분홍색 옷을 입은 아기—쭉쭉이 아기보다 좀더 컸으나 개월 수는 짐작조차 하지 못했다—가 끊임없이 칭얼거렸고 아기 엄마는 몸을 들썩이며 다소 과한 몸짓으로 아이를 조용히 시키려고 노력했다. 숙희는 소리가 좀 나도 괜찮다고 말을 해줄까 고민하다가 그게 더 꼰대처럼 보이려나 싶어 그냥 눈을 감고 가만히 잠을 청했다.

불쌍한 윤미. 윤미도 아기를 달래느라 지쳐 있겠지.

알지도 못하는 아이를 보러 삼천 킬로미터나 날아가다니 인생 참 모를 일이라고 숙희는 속으로 구시렁거렸다. 아니다, 나는 아기가 아니라 윤미를 보러 가는 길이지. 육아라는 외딴섬에 갇힌 윤미 할머니를 응원하러. 숙희는 괌에 가면 처져 있지 말고 윤미를 즐겁게 해주어야겠다고 다짐했다. 혼자서 가기 어려운 관광지도 함께 다니고 맛있는 음식점에도 가고…… 숙희는 야자수나 하얀 모래, 연파랑 바다 같은 남국의 휴양지 풍경을 떠올리며 실은 자기가 망망대해 위의 허공에서 시속 구백 킬로미터의 속도로 날아가는 물체 안에 있다는 생각을 하지 않으려 노력했다.

비행기는 어느새 고도를 낮추며 착륙을 준비하기 시작했다. 기내 방송이 나온 후엔 바닥에서 덜컹하고 랜딩 기어가 내려갔다. 좌석 벨트를 맨 숙희는 잔뜩 긴장한 채 팔짱을 끼고 비행고도를 알려주는 모니터만 뚫어져라 쳐다봤다. 숫자는 계속 내려가고 있었고 그에 따라 엔진 소리도 더 커지는 듯했다. 며칠 전 숙희는 혹시라도 비행공포증을 이겨내는 데 도움이 될까 해서 책을 한 권 읽었는데, 통계에 따르면 비행 사고 대부분은 착륙 오 분 전에 일어난다고 했다. 그런 정보는 안정적인 성층권을 지날 때는 도움이 됐지만, 대기권에 진입하면서부터는 숙희를 더욱 긴장시켰다. 비행기는 개인의 괴로움 따위는 아랑곳하지 않고 마땅히 자기 할일을 하듯 더욱 고도를 낮추다가 어느 순간 방향을 틀며 선회했다. 바깥 날씨는 화창하게 변해 있었다. 창밖에는 처음으로 풍경이라고 할 만한 게 보였다. 섬. 한눈에 보이는 푸른 섬의 해안선이 날개 너머로 언뜻 보였다. 괌이었다.

비행기에서 내리자 바로 후덥지근한 공기가 밀려왔다. 숙희는 어디에선가 땀냄새가 날 것 같은 열대 풍의 기후에 깊은 안도감을 느꼈다. 입고 있던 겨울 외투를 벗어 팔에 걸치고 숙희는 사람들을 따라 탑승교를 빠져나와 공항 입국장을 향해 걸었다. 얼마 가지 않아 여행자들의 블로그에 매번 등장하던 'Hafa Adai!'라는 환영 인사말이 붙어 있는 지점에 이르렀다. 기념사진을 찍는 사람들을 뒤로하고 숙희는 입국 심사장으로 가서 줄을 섰다. 앞쪽에 선 꾀죄죄한 행색의 백인 남자—숙희는 자기도 모르게 할아버지라고 생각했다가 이내 칠십대 남성으로 정정했다—는 약간 정신이 오락가락하는 듯 자기가 바로 H호텔을 지은 건축가이고, 사십오

일 동안 괌에 있을 예정이며, 코리안 아내와 본인 사이에는 자식이 없지만 대신 코리안 도그가 있다며 인과관계를 알 수 없는 말을 횡설수설 늘어놓으며 시간을 끌고 있었다. 숙희는 그 남자를 구경하며 정신을 놓고 있었는데 뒤에 선 사람이 툭 치는 바람에 왼편 부스에 있던 모건 프리먼을 닮은 직원이 그쪽 심사대로 오라며 숙희에게 손짓하는 신호를 뒤늦게 알아차렸다. 직원의 고압적인 태도가 마음에 안 들었지만, 뒤쪽에 보는 눈들이 있어서 숙희는 마지못해 그쪽으로 다가갔다.

여권을 꼼꼼히 살펴본 모건 프리먼은 괌에 있는 동안 어디서 머물 예정이냐고 무표정한 얼굴로 물었다. 그런 질문을 오늘 하루만도 칠백 번 넘게 한 듯한 표정이었다. 애초에 숙희는 이리저리 설명하기 귀찮으니 그냥 조카 집에 있을 거라고 짤막하게 대답할 요량이었다. 그런데, 어딘지 모를 권위적인 분위기 때문이었는지 그만 죄지은 사람처럼 조카가 딸을 낳았고 그애를 보러 왔다는 설명을 변명이라도 하듯 구차하게 주렁주렁 덧붙이고 말았다.

"오, 축하해."

심각하던 모건 프리먼의 표정이 갑자기 자애롭게 변했다. 덩달아 긴장이 풀린 숙희는 예상치 못한 응원에 힘입어 자기도 모르게 한술 더 떠 조카의 딸이 곧 한 살이 될 거라고 자랑하듯 이어 말했다. 어느새 옆집 아저씨 같은 친근한 얼굴이 된 모건 프리먼은 다시 한번 아낌없이 행복한 표정을 지어주었다. 이쪽도 그에 못지않은 행복한 표정을 보여야만 할 것 같은 기분에 숙희는 어색하게 모건 프리먼에게 미소를 지어 보였다. 미소를 짓는 수렁에라도 빠진 기분이었다.

숙희는 벌써부터 피곤함을 느끼며 짐을 찾는 곳으로 서둘러 나갔다. 숙희 정도 되는 나이의 여자 직원이 재촉하는 듯한 특유의 톤—한국계였는지 영어를 더 잘 알아들을 수 있었다—으로 비즈니스 클래스 승객들의 여행 가방을 한곳에 모아놓고는 어서 짐을 찾아가라고 외쳐대고 있었다. 혼잡한 가운데 숙희는 좀 어리숙해진 기분으로 멍하니 서 있다가 비켜서라고 직원이 호통하는 통에 다른 사람들을 따라 떠밀리듯 이코노미석 수하물이 나오고 있는 컨베이어 벨트 앞으로 이동했다. 한국인 관광객으로 넘쳐난다는 얘기를 들었지만 그래도 미국령이라 그런지 외국에 왔다는 실감이 강하게 났다.

도착 출구는 세관 검사대에서 멀지 않은 곳에 있었다. 숙희가 전자 세관신고서의 QR 코드를 직원에게 보여주는 동안 자동문이 열렸다 닫혔다 하는 사이로 출구 맞은편에 서 있는 윤미가 몇 되지 않는 환영객들 틈에 언뜻 보였다. 고개를 빼고 기웃기웃하며 숙희의 모습을 찾던 윤미는 제인이를 안은 채 반가운 목소리로 숙희를 불렀다. 숙희 역시 낯선 곳에서 아는 얼굴을 발견하자 가족 상봉이라도 한 듯 마음이 복받쳤다.

"윤미!"

숙희는 한 손으로 캐리어를 끌고 다른 한쪽 손을 높이 들어 흔들며 윤미에게 다가갔다. 그새 섬사람처럼 볕에 그은 윤미는 더 건강하고 젊어 보였다. 할머니가 아니라 엄마라고 해도 위화감이 느껴지지 않을 정도였다.

"자 자, 숙희 할머니다! 안녕?"

윤미는 숙희에게 말하는지 제인이에게 말하는지 모를 높고 가는 음정의 낯선 목소리로 양쪽을 번갈아 보며 제인이의 팔을 잡아 흔들어 숙희에게 인사했다. 긴 속눈썹, 커다란 눈. 가까이에서 실물을 접한 아기는 윤미와 주원의 얼굴에 서양인 필터를 씌운 듯한 느낌으로 뭐라 설명하기 힘들게 두 사람을 빼닮아 있었다. 제인이는 낯을 가리지 않는 외향적인 성격인지 숙희를 향해 그 짧고 통통한 팔을 뻗으며 반가운 듯 소리를 질렀다. 제인이의 입안에는 아래위로 깜찍한 이가 두 개씩 나 있었다. 원래 인간의 이가 이렇게 하얀 거였나 싶을 정도로 새하얀 이였다.

"안아볼래?"

미처 거절할 새도 없이 윤미가 제인이를 불쑥 내밀었고, 숙희는 머뭇거리면서도 혹시라도 아기를 떨어뜨릴까 조심하며 받아 안았다. 고양이를 안을 때처럼 팔 자세를 잡았다가 더 안정적으로 있기 위해 엉덩이를 받친 손을 들썩해서 고쳐 안았다. 조그만 아기의 무게가 제법 묵직했다. 뚱뚱한 고양이였던 밍밍이보다 살짝 더 무거웠다. 보드라운 살결에서는 기분좋은 냄새가 났다. 숙희는 제인이의 머리카락에 코를 얕게 묻고 킁킁하며 윤미를 향해 웃었다. 윤미도 따라 웃으며 "아기 냄새 좋지?" 하고 같이 냄새를 맡았다. 잠시 제인이는 숙희에게 찰싹 안겨 있는가 싶더니 이내 기분이 변해서 몸을 위아래로 흔들며 뜻을 알 수 없는 소리를 지르며 바둥거렸다. 밍밍이가 죽고 난 뒤 도대체 얼마 만에 느껴보는 작고 연약한 생명체의 온기인가. 숙희는 아기를 꼭 끌어안고 얼굴을 가볍게 부볐다. 숙희의 마음속에서 작은 파문이 일기 시작했다. 기억이 다시 소용돌이치는 듯했다. 숙희가 사랑했던 그러나 잃어버린 온갖 것들에 대한 기억이. 다시 삶을 달라고, 다시 자기를 봐달라고.

조그맣고 따듯한 몸에서 발산되는 예측할 수 없는 활력이 숙희의 팔과 다리로, 온몸으로 전달되었다. 숙희는 어쩐지 눈물이 날 것만 같았다. 그것은 예상치 못한 기쁨이었다.

* 제목 '숙희가 만든 실험영화'는 동아일보 1979년 1월 24일자에 실린 유현목 감독의 소설 「어느 훗날」의 한 대사에서 가져왔다. 소설을 일부 인용하자면 다음과 같다.

아버지는 얼마 전까지만 해도 영화관을 경영해왔지만 지금은 지구상 어디를 보아도 영화관이 없는 것처럼 폐쇄해 (……) 버렸다. (……) 관객은 귀찮게 시리 영화관까지 찾아가지 않아도 (……) 안방의 대형 스크린에서 보면 된다. (……) "아버지, 숙희가 만든 실험영화는 보셨어요?" "학기 말 논문 영화도 봤다. 뭐 '눈동자와 외교술'이라던가."

* 숙희와 친구들이 상상하는 노년의 삶은 김희경의 『에이징 솔로』(동아시아, 2023) 중에서 「할머니가 되어도 서로를 돌볼 수 있을까?」를 참고하여 쓴 것이다.

* '비공식 이모'가 언급되는 책은 클레어 챔버스의 『스몰 플레저』(허진 옮김, 다람, 2022)이다. 인용된 문장은 199쪽에 있다.

시차와 시대착오

봄

이명식은 최근 들어 부쩍 죽은 아들 생각을 많이 했다.

그날도 그는 영등포구청역 근처의 벤치에 앉아 자기도 모르게 그런 생각을 하고 있었다. 팔짱을 끼고 몸을 구부린 채 상체를 앞뒤로 건들건들 움직이면서 자기만의 상념에 빠져들어 시간 가는 줄도 몰랐다. 여전히 날씨가 쌀쌀했지만 3월이 되자 그래도 봄이라고 뼛속까지 시린 느낌은 꽤 가셨다. 이미루에게서 십 분 정도 늦을 것 같다는 문자가 왔다. 미루는 약속을 잡을 때마다 늦지 않은 적이 단 한 번도 없었다. 반면 명식은 상대가 늦을 것을 짐작하더라도 최소한 십 분 전쯤에는 약속 장소에 나가서 대기하고 있어야 직성이 풀렸다. 그 상대가 딸이어도 달라지는 건 없었다. 그건 그가 관계에서 우위를 차지하기 위해 흩뿌리는 작은 씨앗과도 같은 습관이었고, 숨을 내쉬는 것처럼 자연스럽게 생활과 밀착돼 있었다.

아들이었어. 분명 아들이었을 거야.

명식은 죽은 첫째가 아들이었다고 확신했다. 그러니까, 미루가 태어나기도 훨씬 전에 아주 잠깐 명식과 아내에게 왔다 간 그 아이. 심장이 뛰지 않아 보내주어야 했던 그 아이가 어느 날부터 명식의 마음 한구석을 차지하고 있었던 것이다. 명식도 자신이 왜 자꾸 그런 생각을 하는지 이해할 수 없었다. 정작 그 아이를 떠나보낼 때는 이렇게 마음이 허하지 않았다. 오히려 자리를 잡는 데에는 아이가 늦게 생기는 편이 나을지도 모른다고 생각했었다. 그래, 솔직히 조금은 안도하는 마음도 없지 않았다. 부부는 아직 젊었기 때문에 다시 아이를 갖는 것이 문제될 일도 아니었다. 명식은 낙관적이었고 앞으로의 인생에서 모든 게 잘 풀릴 것이라는 확고한 믿음이 있었다.

명식과 달리 아내는 한참을 힘들어했다. 자신이 무엇을 잘못했는지 자꾸 곱씹었다. 그녀는 명식이 충분히 슬퍼하지 않는다고 비난했다. 아내는 달라졌다. 아이를 잃었다는 사건이 그녀 안에 잠재된 어떤 스위치를 누르기라도 한 것처럼 다른 사람이 되어 있었다. 그녀는 자주 머리가 아프고 잠이 오지 않는다고 하소연했다.

아주 의기소침해졌다가도 들뜬 기분을 자제하지 못해 안절부절못했고, 조그만 의견 차이도 견딜 수 없어하며 명식에게 달려들었다. 그러던 어느 날부터 아내는 옆집 사람들이 벽에다 대고 계속자기 험담을 한다며 불안해했다. 처음에 웃어넘겼던 명식은 이내 사태가 심각함을 인식했다. 누가 욕을 한다는 거야. 당신 왜 그래, 도대체 왜 그러는 거야. 명식은 아내를 꼭 부둥켜안고 달래주었다. 중앙정보부 요원들이 자기를 감시하고 있다고, 작고 마른 아내는 발코니의 수납장 뒤에 숨어 눈을 질끈 감고 끝없이 중얼거렸다. 사실이야 어떻든 그녀의 감정만큼은 진실되어 보였다. 여보, 중앙정보부는 이제 없어. 지금은 안기부 시대라고. 명식은 이성적으로 그녀를 설득해보려고 수차례 시도했다. 말이 안 통하면 화도냈다. 왜 자꾸 그런 헛소리를 하냐고. 당신은 제정신이 아니라고. 그는 신문을 찢고 TV를 깨부수며 중앙정보부가 없다고 소리질렀다. 지금 그게 중요해? 그게 정말 그렇게 중요하냐구. 그녀는 상처받은 얼굴로 명식에게서 몸을 돌려 흐느껴 울다가 그를 밀치고선 자기를 죽여달라고 부엌에서 칼을 가지고 왔다. 당신 날 믿지 않지. 날 믿지 않는 거지. 내가 거짓말한다고 생각하는 거지. 그런 거지. 그녀는 가슴을 치고 몸을 덜덜 떨며 악을 썼다.

때때로 아내는 전혀 낯선 사람이 되었는데, 실은 그게 그녀의 원래 모습이었을지 모른다는 막막함을 감당할 자신이 없어 명식은 두려웠다. 이 사람을 어찌해야 할지 도무지 알 수가 없었다. 귀가 시간은 점점 늦어졌고 아내는 집에서 혼자 시간을 보냈다. 보다 못한 처형들이 돌아가며 아내를 보살펴주었다. 미안해하는 명식을 탓한 사람은 아무도 없었다. 그는 폭력을 쓰지도 바람을 피우지도 않았고, 이혼을 요구하지도 않았다. 그런 그에게 오히려 처형들이 고마워했다.

이미루에게서 다시 문자가 왔다. 지하철을 반대로 타서 예상보다 십 분 정도 더 늦게 되었다는 내용이었다. '아빠 어디 따뜻한 곳에 들어가 계세요.' 명식은 이미 이십 분 가까이 벤치에 앉아 있었다. 미루어 보건대, 미루는 족히 삼십 분은 더 지나야 도착할 것이다. 명식은 딸의 이름을 영 잘못 지었다는 생각을 했다. '미리'라고 했어야 하나. 미리미리 다녀야 성공하지. 명식은 여러 번 반복해온 생각을 또 한번 떠올리며 한숨 쉬었다.

그러나 무엇보다도 그의 마음을 괴롭히는 가장 큰 골칫거리는 딸의 비혼이었다. 처음에는 설마 했다. 미루가 결혼을 안 하리라고는 상상도 해본 적 없었다. 그런 건 애초에 고려 사항이 아니었다. 모든 골치 아픈 일들은 사위가 생기면 다 해결될 터였다. 그렇게 믿어왔었다. 그런데 사람 일이라는 게 참 알 수가 없었다. 비혼이라니. 그런 신조어도 미루가 아니었으면 알지 못했을 것이다. 알 필요도 없는 말이었다. 매번 사위가 없을 거라고 생각할 때마다 그는 오랜 벗을 잃어버린 듯한 상실감을 느꼈다. 그래. 혼자 사는 건 뭐 그렇다 치더라도 재산 관리는 도대체 어떻게 하려고 저 모양인지…… 칠십 평생을 살면서 이명식은 다양한 사례를 목격해왔다. 재산을 가진 혹은 가지게 될 여자들이 얼마나 자주, 그리고 쉽게 위험과 난관에 봉착하는지를 말이다. 그는 거의 강박관념처럼 틈만 나면 딸의 미래를 염려했다. 딸을 위한다고 대비해온 일이 도리어 그애에게 해를 끼치지는 않을지 걱정되었다.

외환위기 이후, 그는 영등포에 있는 상가 건물 하나를 싸게 매입했다. 그가 입버릇처럼 말해왔듯이 준비된 사람에게 위기란 곧 기회였다. 명식은 아버지에게 물려받은 집을 담보로 빚을 냈다. 고금리 시대에 섣불리 내릴 수 있는 결정이 아니었지만, 명식은 대담했다. 그는 '꼬마 빌딩'이라는 말이 존재하지 않을 때부터 장기적인 관점으로는 월세가 나오는 부동산에 투자해야 한다는 신념을 갖고 있었다. 그러한 선견지명 덕분에 은퇴 후에도 매달 월세를 받아 부족하지 않게 노후를 건사할 수 있게 된 것이었다. 다만 현실은 이론과는 달리 조금씩 더 복잡한 법이어서, 이명식이 소유하게 된 그 건물이란 것은 오래된 슬레이트 지붕 위에 대충 천막을 덮어놓은 가설건축물이었고, '꼬마 빌딩'이라는 귀여운 이름을 쓰기에도 좀 멋쩍은 감이 없지는 않았다. 가설건축물로는 은행 대출을 받을 수 없다는 사실을 당시의 명식은 알지 못했고, 계약을 결심한 마음을 물리칠 수도 없어서 그는 어쩔 수 없이 살던 집을 담보로 돈을 빌렸다. 서울 시내라고는 하지만 명식이 건물을 샀을 즈음 영등포는 이미 쇠락한 공업지구였고 그후로도 점점 더 쇠락해가는 중이었다. 그가 젊은 시절 알던 그 영등포가 아니었다. 원하던 것을 얻었다는 기쁨은 잠시였고, 은퇴할 때까지 명식은 그야말로 밑 빠진 독에 물 붓듯 빚을 갚아나갔다. 그사이 그가 놓친 기회를 가늠해본다면 명백히 잘못된 투자였다.

상가는 석 달째 비어 있었다. 팬데믹으로 인해 자영업자들이 버티지 못하고 줄폐업을 이어갔다. 처음 겪는 일은 아니었다. 지난 이십 년 내내 그는 기습적으로 닥치는 공실로 골머리를 썩여왔다. 공실. 진절머리 나는 단어였다. 그 단순한 한마디 말이 명식의 인생을 얼마나 힘겹게 만들어왔던가.

상가를 매입하기 전까지만 해도, 비교적 젊었던 그는 비어 있다는 것의 공포가 무엇인지 제대로 알지 못했다. 빚을 내서 자산을 마련한 사람에게 공실이란 매달 나가는 대출이자를 감당할 수 없음을 뜻했고, 눈덩이처럼 불어나는 이자는 한 사람의 영혼을 금세 쑥대밭으로 만들어버렸다. 자칫하면 상가와 집 모두를 잃을 뻔한 위기 상황도 여러 번이었다. 그래왔던 것이 최근 들어서는 무슨 바람이 들었는지 동네 전체가 급격히 개발되면서 일대의 땅값이 두 배 가까이 올라버렸다. 명식이 처음 주인이 됐을 때와 비교하면 대략 열 배가 훌쩍 넘어갈 정도였다. 영등포의 풍경을 익숙하게 채우던 허름한 벽돌조의 공장과 창고들이 도미노 무너지듯 순식간에 철거되고 어느새 '지식산업센터'라는 신식 이름의 고층 건물이 여기저기 앞다투어 올라갔다. 신이 난 명식은 새로운 투자처를 탐색하는 사업가라도 된 것처럼 공인중개사 사무소를 돌며 영등포 일대의 부동산 동향을 파악하러 다녔다. 그는 부지런한 사람이었고 그에 대해 항상 자부심을 가졌다. 흔히들 건물주라 하면 가만히 누워 입만 벌리고 있어도 월세가 따박따박 자동으로 입금되는 줄 알고 있는데, 이 일이 얼마나 신경쓸 게 많은지 그 실상을 알고 나면 함부로 그렇게 말하지 못할 것이다. 임대차계약, 시설관리, 각종 세금 신고뿐만 아니라 지역개발이나 부동산 정책, 법 개정 등도 수시로 체크하고 공부해야 한다. 그중에서도 가장 까다로운 문제는 임차인과의 관계다. 미루에게 얘기는 안 했지만, 그는 칠 년 전 임차인과 실랑이를 벌이다가 고소 고발 직전까지 간 적이 있었다. 생전 처음 변호사에게 상담을 받았었다. 새파랗게 젊은 임차인에게 듣도 보도 못한 욕설을 듣고 협박까지 당했기 때문이었다. 그 임차인은 명식이 A형간염에 걸려 사경을 헤매고 있을 때에도 임대료를 깎아달라며 집 앞까지 찾아와 횡포를 부렸었다. 하도 사정이 딱하게 들려 임대료를 조금 낮춰줬는데, 나중에 보니 커다란 외제차를 새로 뽑고 온갖 폼을 잡으며 쏘다녔던 모양이었다. 명식이 자동차 얘기를 꺼내면서 원래대로 임대료를 복구하겠다고 통고하자 젊은 임차인은 명식을 스토커 취급하며 미친 듯이 날뛰었다. 그때를 떠올리면 아직도 가슴이 벌렁벌렁했다. 앞으로 이 모든 것을 미루 혼자 짊어지고 가야 할 텐데, 강 건너 불

구경하듯 딸애는 일을 배우려 하진 않고 그저 귀찮아하기만 했다.

근수는 어땠을까.

명식은 자기도 모르게 그렇게 생각하고선 깜짝 놀랐다. 이근수, 라고 거의 소리 나지 않을 정도로 작게 이름을 불러보았다. 명식은 아들을 낳으면 '근수近水'라는 이름을 지어주고 싶었다. 물처럼 유연한 사람이 되라는 생각으로 지은 이름이었다. 그 이름에 대해서는 아내에게조차 한 번도 언급해본 적 없었다. 아내는 근수를 '태평'이라고 불렀던가. 몇 번 부르지 못하고 죽어서 기억이 희미했다. 어쩌면 아내가 부르던 태명은 다른 것이고, 그딴 것보다는 태평이가 더 낫겠다, 하고 혼자 생각했던 걸지도 몰랐다.

그 아이, 근수가 건강히 태어났더라면 지금쯤은 마흔 살 정도 되었을 것이다. 결혼도 하고 아이도 두 명쯤 있겠지. 살아보니 하나는 너무 적었다. 적어도 둘은 낳는 게 근수한테도 더 좋을 일이다. 아들 하나, 딸 하나. 부인은 너무 젊지 않은 게 좋다. 명식의 아내는 명식보다 열 살이 어렸는데, 결혼할 무렵에는 친구들의 부러움을 샀지만, 막상 같이 살아보니 대화가 어려웠다. 되돌아보면 아내에게 많이 미안했다. 아내를 처음 만났을 때 그녀는 고작 스무 살이었다. 고등학교를 다니다 그만두고 먼 친척이 경영한다는 무역회사에서 일하고 있었다. 주로 일본하고 거래하는 회사였는데 그래서 그런지 오래 다니고 싶은 마음이 안 든다고 토로했던 것 같다. 아내는 총기가 있어서 학교에서 배운 적이 없는데도 일본어를 곧잘 했다. 미루의 이름도 아내가 지었다. 한자를 따로 정해놓긴 했지만 '미루'는 일본어로 '보다'라는 뜻이다. 원하는 만큼 멀리 보고 마음껏 살라는 바람에서 그렇게 지었다. 해외에 나가서도 발음이 어렵지 않은 이름이었으면 좋겠다고도 아내는 말했다. 원래 아내는 어느 정도 저축액이 모이면 그녀가 학창 시절 흠모했던 여류 작가처럼 독일에 혼자 가서 공부를 계속할 작정이었는데, 중간에 그만 명식을 만나버렸다. 나중에 돈을 많이 벌어서 당신이 원하는 대로 다 하게 해주겠노라고, 명식이 그런 말을 떠벌렸던가. 아마도 그랬을 것이다. 당시 그는 나이 서른의 노총각으로 결혼이 급했다. 남동생이 먼저 결혼하는 바람에 그에게 뭔가 하자가 있을 거라는 생각들을 했는지 맞선 자리도 거의 들어오지 않았다. 그걸 의식했는지 모르겠지만 명식의 남동생 부부가 중간에서 애를 써줘서 그는 아내를 소개 받을 수 있었다.

두 사람은 1979년 9월에 그해 문을 연 서울 중구의 한 호텔 커피숍에서 처음 만나고, 석 달 후 결혼식을 올렸다. 상견례 다음날 박정희가 죽었고, 결혼식 며칠 전에는 쿠데타가 터졌다. 탱크가 한강 다리를 막고 있어서 하객들이 결혼식장까지 제대로 올 수 있을지 걱정이 많았다. 1980년 봄은 인생에서 가장 행복한 때였다. 생애 처음으로 그는 원하는 걸 다 가질 수 있으리라는 기분을 느꼈다. 온 세상이 자기 발밑에 있는 것만 같았다. 그즈음이었다. 명식은 광주에서 벌어졌다는 일을 기자 친구에게서 전해들었으나 그 말을 믿을 수 없었다. 차마 믿고 싶지 않았다. 다 거짓말이야, 조작이라고. 빨갱이 놈들. 그는 눈과 귀를 닫았다. 그편이 살기에 더 편했으므로 그는 그렇게 하는 쪽을 선택했다. 누가 자신을 감시라도 하듯 그는 앞장서서 강한 쪽의 입장을 옹호하고 스스로를 그와 동일시했다.

다 지난 일이다.

명식은 구청 앞마당이나 한 바퀴 걸어볼까 하고 자리에서 일어났다. 자기도 모르게 끙, 하는 소리가 흘러나왔다. 다리가 저리고 몸도 으슬으슬한 기분이었다. 햇빛을 자주 보고 틈날 때마다 운동을 좀 하라며 의사가 볼 때마다 잔소리를 해댔다. 젊은 여자 의사였는데 미루보다 겨우 네댓 살 정도 많아 보였다. 진료실 벽에 걸린 가족사진으로 봐서는 아이도 둘이나 되는 등 사람이 야무졌다. 명식은 주머니에 손을 찔러넣고 천천히 걸음을 옮겼다. 구청 잔디밭 한구석에는 몇몇 사람이 몰려 있었는데, 슬쩍 보니 교복을 입은 학생 세 명이 쭈그리고 앉아 손바닥만한 회색 고양이에게 먹을 것을 주고 있고 그걸 여럿이 둘러싸고 구경하며 좋아하고 있었다. 명식은 못마땅하게 그 광경을 바라보았다. 미루도 몇 년 전부터 도둑고양이 한 마리를 주워와 키우는데, 호밀인가 뭔가, 하도 불러젖혀서 그놈 이름까지 외우게 되었다. 가족이라고는 딸 하나밖에 없는데, 그 딸을 고작 고양이 새끼한테 빼앗긴 꼴이라니, 자기

처지가 참 딱했다.

호밀이가 집에 들어오기 전, 그 몇 년간은 명식에게 좋은 시절로 기억됐다. 은퇴하고 이삼 년을 지내면서 망가졌던 건강을 되찾았고, 미루도 뉴욕에서 공부를 마치고 무사히 한국으로 돌아왔다. 미루가 처음 유학을 가겠다고 했을 때 명식은 대환영이었다. 아내가 미처 하지 못한 공부를 딸에게 시켜준다는 의미도 있었고, 하나밖에 없는 자식이 공부를 계속하고 싶어한다면 본인이 그만두겠다고 할 때까지 원 없이 지원하겠다는 게 명식의 평생 결심이었다. 그런데 한 가지, 어쩌면 가장 중요한 한 가지가 마음에 걸렸다. 명식에게 해외 유학이라 함은 의학이나 물리학, 경영학 같은 전문 분야 지식을 배우러 나가는 것이었는데 딸은 '파인 아트'를 전공하겠다고 선언했던 것이다. 게다가 진학하는 그 대학원이라는 곳은 특정한 전공 없이 여러 예술 분야를 학생들이 자율적으로 공부하는 학교라고 들었다. 들리기야 그럴듯하지만, 그 말인즉슨 돈을 쏟아부어 고도로 전문화된 백수를 양산하겠다는 속셈 아닌가. 명식은 눈앞이 깜깜했지만 미루가 원한다면 그것조차 도리 없이 받아들여야 한다고 재차 속을 다잡았다. 그동안 악착같이 돈을 벌었던 이유도 다 그러려고 한 것이었다.

솔직히 명식은 미루를 어떻게 대해야 할지 매번 난감했다. 어렸을 때부터 엄마의 돌봄을 제대로 받지 못하고 자라 걱정이 많았는데 특별히 모나지 않게 커줬으니 어쨌든 기특하긴 했다. 물론 미

루가 아들이었다면 상황은 무척 다르게 전개됐을 것이다. 명식은
어떻게 해서든 자식의 진로를 수정하려 애썼을 것이다. 사람 구실
을 할 수 있도록 실용적인 학문을 배우라고 최대한 설득하고 필요
하다면 강압적인 방법을 취했을 수도 있다. 자신의 아버지가 자신
에게 그러했던 것처럼 말이다. 그쪽 길에는 이른바 정답이라는 게
있어서 오히려 쉬웠을지도 모른다고 명식은 생각했다.

그러고 보면 그의 인생 중반기 이후에 이루어진 대부분의 결정
은 미루가 아들이 아니라는 데에서 비롯되었다. 미루가 남자아이
였다면 그의 인생에서 많은 것들이 달라졌을 것이다. 좀더 모험적
인 루트를 선택했을 수도 있다. 분명 그랬을 것이다. 되돌아보면
기회는 널렸었다. 그는 정말이지 더 큰 부자가 될 수 있었다. 그러
나 그는 딸과 아내를 보호하기 위해 자신이 원했던 것보다 소박한
삶을 살았다. 야망의 크기를 조절해야 했다. 애초에 명식은 '파인
아트'를 배우겠다는 딸을 뜯어말리거나 그런 비슷한 시도조차 하
지 않았다. 다만 명식은 딸에게서 아내의 흔적을 발견했다. 어떤
몰입과 흥분. 과도한, 한때는 그가 '열정'이라는 개념으로 착각했
던 알 수 없는 에너지로 충만해져 반짝거리는 눈동자. 명식은 두
려웠다. 어쩌면 자기가 치러야 하는 인생의 대가가 딸이 예술가가
되는 결과로 집약되어 발현되는 걸지도 모르겠다는 생각마저 들
었다.

초여름

이미루는 안국역 1번 출구에서 나와 윤보선길로 발걸음을 옮겼다. 보통은 지각하지 않기 위해 공예박물관을 경보하듯 가로질러 감고당길로 향하기 마련인데, 여유를 부려도 제시간에 도착할 만큼 시간이 일렀다.

아침에 이미루는 여섯시 이십분쯤 일어났다. 알람이 울리려면 삼십 분도 더 남았지만 호밀이가 집에 불이라도 난 것처럼 다급하게 그녀를 깨웠기 때문에 일어나지 않을 수 없었다. 호밀이는 그랬다. 당장 자기 배가 고프면 금방이라도 세상이 망할 것처럼 미루를 재촉했다. 미루는 모른 척하려고 몸을 뒤척거렸지만 호밀이가 아랑곳하지 않고 귀여운 소리를 내면서 격렬하게 얼굴을 맞대 비벼대는 통에 잠이 확 달아나버렸다. 미루는 비몽사몽 일어나 자동급식기가 된 것처럼 호밀이의 밥을 챙겨주고 다시 침대 위로 돌아와 그대로 쓰러져버렸다.

다시 잠드는 것은 불가능했다. 미루는 그대로 누워서 직전에 꾼 꿈이 휘발되기 전에 그 기억을 복원해보고자 했다. 꿈에서 그녀는 사람들로 가득찬 실내를 걷고 있었는데, 문득 그곳에 살아 있는 사람이 그녀 혼자임을 깨닫고는 순간 겁에 질렸다. 그러다가 그 사람들이 전혀 움직이지 않고 있다는 것을 알아차리고 그들을 하나하나 자세히 관찰하며 방을 둘러보았다. 그들은 다양한 포즈로 진열되어 있었다. 그녀는 무언가를 기록하기 위해 노트를 찾으려고 주머니에 손을 넣었는데 아무리 해도 그 손을 꺼낼 수가 없었고 안간힘을 쓰려 하지만 어떤 힘도 쓰지 못하는 상태로 오래 머물러 있었다. 사람들이 그녀를 주시했다. 박제된 얼굴 속의 깜빡이지 않는 눈동자들이 그녀가 이동하는 방향을 따라 함께 움직였다. 아마도 그 장소는 전날 저녁에 본 다큐멘터리 영화의 배경—자연사박물관의 '인류관'에서 촬영된 장면—이었을 것이다. 그 영화는 진귀한 보물처럼 다뤄지는 갖가지 형상의 밀랍 인형과 저명한 철학자들의 데스마스크 따위로 가득 채워진 방을 한참 비추다가 어떤 묘지로 이동한다. 거기에는 먼 곳에서 온 한 여자가 묻혀 있다. 그 여자는 미루가 잘 아는 여자다. 그녀가 아니지만 그녀이기도 한, 시간을 두고 반복해 등장하는 어떤 그림자 같은 인물이었다. 여자가 떠나온 고향 마을에서 악령은 하얀 얼굴을 하고 출몰한다. 흰 성상들 틈에서 그녀는 몹시 고독하다. 군중들은 그녀를 구경하기 위해 묘지로 향한다. 훼손된 무덤, 이성을 잃은 젊은이들, 뮌헨의 혹독한 날씨, 달갑지 않은 이미지…… 어느덧 여자는 자신도 모르는 사이에 그림자 형상을 좇아가고 있다. 그녀는 이미 묘지에 묻혀 있지 않은가, 반문하는 순간 여자는 어느 집 앞에 다다른다. 그리고 그녀는 빨려들어가듯 계단을 올라가 주머니에서 열쇠를 꺼내어 현관문을 열고 들어간다. 그 부분에서 미루는 졸음을 이기지 못하고 잠들어버리고 말았다. 두 번이나. 여섯시 오십오분. 일곱시 칠분. 알람이 울리는 바람에 그녀는 더이상 꿈에 골몰하지 못하고 침대에서 몸을 일으켜세웠다.

　이미루가 노원구로 이사온 것은 삼 년 전이었다. 보증금 오천만원은 이명식에게서 받았다. 부모가 세금을 내지 않고 자식에게 증여할 수 있는 최대한도의 금액이었고, 원래는 미루의 결혼 자금으로 쓰기 위해 저축한 돈이었다. 하지만 그녀는 결혼할 생각 따윈 절대 없으니 그 오천만원으로 집을 얻어 나가겠다고 고집부렸다. 명식은 마지못해 동의하며 딸의 안전을 평계로 한 가지 조건을 달았다. 아파트일 것. 서울에서 보증금 오천만원으로 구할 수 있는 아파트를 검색하니 손에 꼽을 정도로 선택지가 좁혀졌다. 몇 년 사이 집값이 가파르게 상승해 있었다. 유학을 가지 않았더라면 아예 아파트를 살 수도 있었으리라는 생각은 되도록 하지 않으려 애썼다. 미루는 노원구에서 반전세 아파트를 하나 찾았다. 녹물이 나온다는 맘카페 게시글이 좀 찜찜했지만, 지하철역과 가깝고 집 주변에 샐러드 가게가 세 개나 있다는 사실이 마음에 들었다. 살 집을 구할 때까지만 해도 그녀는 노원구에 별로 관심이 없었다. 노원에는 아무도 살지 않았다. 아니, 미루가 아는 사람들은 노원구에 살지 않았다. 미루와 같은 예술가들은 대부분 망원동에 살았고, 망원동에 살지 않더라도 그 근처 마포구나 은평구에 살았다. 간혹가다 성북구나 용산구, 그도 아니면 일산에 사는 이들도 있었지만 미루처럼 노원구에 살기로 한 사람은 한 명도 없었다. 삼 년이나 살아버렸지만 솔직히 미루는 이 동네가 조금 따분하다고 생각했다. 노원은 전형적인 베드타운이었다. 빽빽한 아파트촌에서 직장이 있는 시내로 출근하고, 가정을 꾸려서 아이를 키우며, 주말에는 등산을 하거나 테니스를 치고 저녁이 되면 동네에서 치맥을 즐기는 사람들을 위한 주거 도시였다. 미루는 거의 매 순간 이질감을 느꼈다. 이곳은 여러모로 예술가가 살기에 적합한 서식지라고 볼 수 없었다. 이사오기 전까지 그녀는 보통의 사람들이 그러한 루트로 살아간다는 것에 대해 그다지 의식해본 적이 없었다. 적당한 나이가 되었을 때 결혼을 하고 아이를 갖고 집을 사고 조금씩 행복하게 나이들어간다. 그런 개념이 자신에게는 전혀 존재하지 않았음을 새삼스레 깨달았다. 그녀는 가족 단위로 삼삼오오 모여 줄지어 걷는 인파 틈에서 홀로 당현천을 빠른 걸음으로 산책했다. 어느 날 우연히 집어든 책에서 다음과 같은 문장을 읽었을 때 그녀는 슬픈 감정을 느끼고 밑줄을 긋지 않을 수 없었다.

나는 왜 내게 관심 있는 사람들로부터
멀리 떨어져 살고 있는 걸까 하는 생각이 들었습니다.

호밀이가 없었다면 미루도 노원구에 정착할 생각을 하지 않았을 것이다. 결코 하지 않았을 것이다. 혼자 산다고 가정하면 책상

하나, 침대 하나가 겨우 들어가는 작은 원룸이었어도 크게 불만이 없었을 테니 말이다. 하지만 집에서만 지내는 호밀이에게 그런 열악한 환경을 제공할 수는 없는 노릇이었다. 독립한 후 호밀이는 새로운 공간을 낯설어했지만 이내 적응했다. 집은 오래된 구축 주공아파트라서 정남향으로 발코니가 나 있고 볕이 잘 들었다. 낮 동안 호밀이는 자신의 전용 방석이 깔린 나무 의자 위에서 느긋한 시간을 보냈다. 미루가 직장에 나가 있는 동안에는 캣타워에 올라가 동네 풍경과 지나가는 새와 아이들을 구경했다. 둘만의 심심하고 평화로운 나날이 지속되었다. 마주치기만 하면 서로 으르렁대던 명식이 없으니 호밀이는 안심하고 집안을 돌아다닐 수 있었다. 셋이 같이 살 적에, 명식은 호밀이가 성인 인간이기라도 한 것처럼 호밀이의 나쁜 성격을 문제삼았다. 호밀이가 불순한 의도를 가지고 일부러 자신을 공격한다고 항변하기도 했다.

"아빠, 그럴 리가요. 호밀이는 그냥 고양이잖아요. 쟤는 그저 본능적으로 행동할 뿐이라고요."

"넌 모른다. 저놈이 얼마나 영악한지."

"영악하다니요?"

미루는 아버지의 옹졸함에 어이가 없었다.

"네 앞에서나 꼬리 내리고 숨지, 나 혼자 있으면 냉큼 쫓아와서 다리를 할퀴고 공격한다니까."

명식은 언짢은 표정으로 자신의 종아리 뒤쪽을 가리키며 억울해했다.

미루는 명식의 말을 믿지 않았다. 명식은 너무나도 진지하게 호밀이를 경계했다. 좀더 따뜻하게 대한다면 호밀이도 마음을 열지 않겠느냐고 그를 설득하려 했지만 그 둘은 전혀 가까워지지를 못했다. 그녀는 인터넷 커뮤니티에 올라오곤 하는 어떤 유형의 에피소드를 기억한다. 고양이를 기른다고 하자 질색하던 부모들이 정작 같이 살게 된 이후로는 자식보다 고양이를 더 아끼고 예뻐한다는 훈훈한 이야기…… 하지만 미루에게 그런 동화 같은 일은 일어나지 않았다. 한편, 명식의 말을 듣고 호밀이를 유심히 관찰해보니 과연 호밀이는 명식을 자기보다 더 낮은 서열의 생명체로 인식하고 있는 듯했다. 어째서인지는 미루도 알 수 없었다. 호밀이는 어디까지나 자신의 감정에, 순간순간 정직하게 행동하고 있을 뿐이었다.

호밀이에게 밥을 줄 때 발코니 창을 열어놓아서인지 맑고 서늘한 아침 공기가 금세 실내를 상쾌하게 만들었다. 창밖에는 초록 나뭇잎이 무성히, 하늘이 보이지 않을 정도로 가득차 있었다. 몇 해 전, 맨 처음 이 집을 보러 왔을 때만 해도 나뭇잎이 이렇게까지 자라 있지는 않았었다. 그 당시의 나무들은 정리되고 남은 브로콜리 줄기처럼 가지가 싹둑 잘린 앙상한 모습으로 초라하게 맨몸을 드러내고 있을 뿐이었다. 나무를 경계로 아파트 바로 앞에는 공터가 있고, 더 멀리에는 놀이터와 어린이 공원이 아기자기하게 붙어 있어 저층임에도 시야가 훤히 트이는 점이 마음에 들었다. 측면으로 보이는 커다란 가로수들 위로는 칠층 높이의 우주선 같은 이상한 구조물이 생뚱맞게 떠올라 있었다. 뭉툭한 다이아몬드 모양의 허연, 정체를 알 수 없는 물체였다. 미루는 첫눈에 그것을 UFO라고 생각했지만, 당연히 UFO가 아니라는 것도 알았고, 그래도 그것을 UFO라 부르고 싶었고, 누군가에게, 아무에게라도 그 얘길 하고 싶다는 생각이 불쑥 샘솟았다. "우리집에서는 우주선이 보인답니다." 가까운 미래에 집으로 사람들을 불러모아 굉장한 구경거리라도 선보이듯 자랑스럽게 말하는 자신을 상상할 수 있었다. 미루는 바로 집을 계약했다. 그 이상한 구조물의 정체는 몇 번의 검색으로 쉽게 밝혀졌다. 그것은 '고가수조 타워'라는 것으로, 처음 만들어졌던 1980년대 중반에는 로켓 기둥처럼 보이는 하층부에서부터 우주선의 본체처럼 보이는 상층부까지, 수십 미터나 되는 높이로 물을 끌어올려 내보내는 거대한 공중 분수로 이용됐었다고 했다. 기능적인 측면에서는 아무런 의미 없는, 오로지 아파트 조경만을 위한 시설이었다는 설명도 찾을 수 있었다. 물론, 그러한 낭만적인 아이디어는 얼마 지나지 않아 예산상의 문제로 폐기되었고 공중 분수는 운영을 멈추어버렸다. 한동안 미루는 집에서 우주선이 보인다는 사실에 큰 위안을 받았다. 쓸모를 잃은 이상한 물체가 자신의 안전한 주거지 근방에 존재한다는 그 단순한 사실에 왠지 마음이 놓였다. 실제로 그것은 경이로운 조각이었다. 그 어떤 작품에서도 느껴보지 못한 존재감이 있었다. 그러나…… 지난 몇 년간 집 앞 가로수들이 풍성하게 자라나는 바람에, 이제 미루의 집에서는 오직 나무들이 헐벗은 겨울에만 우주선을 목격할 수 있게 되었다. 그러는 사이 그녀는 아무도 집에 초대하지 않았다. 초대할 수 없었다. 노원은 멀어도 너무 멀었다.

하루 중 가장 맑은 정신을 유지할 수 있는 시간대가 아침이라고 그 누군가 말했었던가. 미루는 전혀 동의할 수 없었다. 그런 말을 할 수 있는 사람은 분명 매일 아침 출근할 필요가 없는 인생을 살고 있었을 것이다. 아침은 피곤한 시간이다. 물론 아침뿐만 아니라 점심, 저녁, 주말, 휴일 모두 다 너무 피곤했다. 삼청동 갤러리에서 일하게 된 뒤로 미루는 누구하고도 더 노력해서 만나고 싶지 않았다. 직장이라는 곳이 원래 그런지는 모르겠으나 종일 사무실에서 진을 빼고 나면 그 이상의 무엇을 더 하고 싶다든가 하는 의욕이 사라져버렸다. 퇴근할 무렵이 되면 노원역으로 가는 지옥철에 몸을 싣고 딱 한 시간을 버틸 수 있을 만큼의 에너지만 남았다. 나인 투 식스라는 시스템은 출퇴근하는 사람을 위해 누군가가 가사노동을 해준다는 전제하에만 굴러갈 수 있는 생활 방식이었다. 부랴부랴 저녁을 먹고 집안일을 하고 씻으면 곧 잘 시간이 되었다. 이런 식이라면 작업이고 뭐고 세탁소에 갈 시간조차 없는 형

편이었다.

미루는 매일 습관처럼 직장 따위 때려치우고 싶다고 투덜거렸지만, 정작 프리랜서가 된다고 생각하면 일주일에 마흔 시간만 일하면서 최저임금 이상을 벌 자신이 없었다. 그녀는 석사학위를 가졌지만 최저임금을 받고 일했다. 요즘 세상 기준으로 유별난 일은 아니었다. 주휴수당과 식대를 고려하면 최저임금을 받더라도 어딘가에 소속되는 편이 나았다. 그뿐인가. 건강보험과 국민연금, 퇴직금까지 따지면 이쪽이 확실히 이득이었다. 갤러리에서 일하기 전, 미루는 작업과 병행할 수 있으리라는 기대로 여러 아르바이트를 전전했지만, 그 어떤 일에도 정착할 수 없었다. 전시 기획자로 참여했던 영화제에서는 '용역비'로 삼 개월의 계약 기간 동안 총 삼백만원을 받기로 되어 있었는데 그중 일부는 돈이 아니라 프로젝터 장비로 대신 받았다. 그걸 직접 팔아서 나머지 계약 금액을 채우라는 식이었다. 그보다 더 전에는 영상 번역가로도 잠시 일했었는데 케이블 방송의 외주 업체에서 오십 분짜리 다큐멘터리―이상하게도 대부분 사자나 치타, 하이에나들이 나오는 지루하기 짝이 없는 시리즈―를 의뢰받았고, 그 영상들을 스포팅부터 번역, 교정, 수정까지 모두 혼자 작업하고서 이십오만원을 수령했다. 한 편을 마무리하는 데에는 사나흘쯤 걸렸다. 그걸 시급으로 따지자면 최저임금의 절반 정도가 될까 말까였다. 경력이 쌓이면 더 나은 조건으로 계약할 수 있다는 얘기를 들었지만, 다른 대부분의 일과 마찬가지로 계속하고 싶고 오래 할 수 있는 일이라는 생각은 들지 않았다. 미루가 예술계 주변부에서 고군분투하는 사이 같은 시기에 예술학교를 다녔던, 그녀가 별 볼 일 없는 인간들이라고 무시했던 소수의 남자 동기들은 무슨 연줄인지 경력도 없이 대학에 출강하고 기관에 정규직으로 취직하며 위로, 더 위로 올라갔다. 그들에게는 모든 게 더 쉬워 보였다.

갤러리를 운영하는 대표는 좋은 사람이었다. 그 사람이 처한 입장을 고려해볼 때 그러했다는 말이다. 돈이 많고 순수한 인상의 여자였다. 자기 이름을 내세운 갤러리를 소유할 만큼 돈이 많아서 굳이 순수하지 않을 필요가 없는 사람이라고 표현하는 게 더 정확할지도 모른다. 미루는 대표를 '관장'이라고 불렀다. 관장은 미루에게 친절한 편이었다. 친절하려고 무척 노력했다. 자신의 바닥을 드러내지 않으려 애쓰는 사람이었다. K-드라마에 흔히 나오는 피한 방울 안 나올 것 같은 못된 인상의 부잣집 마나님 겸 미술계 인사라는 스테레오타입과는 거리가 멀었다. 그저 미술에 진지한 사람이었고, 알고 보면 불쌍한 사람이었다. 그녀는 미루가 뉴욕에서 알게 된 학교 선배의 지인이었는데, 미국 동부에서 미술사를 공부했고, 원래는 학위를 딴 다음 잡을 구해서 계속 미국에 살 작정이었지만, 결혼하면서 한국에 들어올 수밖에 없었다고 들었다. 그리고 아이가 생겼다. 이어서 둘째를 낳았다. 게다가, 그게 끝이 아니었고, 시어머니가 손자를 간절히 원한 나머지 최근에는 셋째를 임신했는데, 불행인지 다행인지 셋째도 여자애였다. 십오 주 차가 지나 아이의 성별을 알게 된 후 관장의 우울은 더 깊어만 갔다. 그녀는 점심 약속을 위해 출근했다가 자기 사무실에서 한두 시간을 보내고 돌아갔다. 특별한 행사가 있거나 손님이 찾아오는 게 아니라면 그녀가 갤러리에 머무는 시간은 세 시간이 채 안 되었다. 오후 세시쯤부터는 거의 자리를 비운다고 봐야 했다. 관장은 무리를 해서라도 매일 출근하려고 기를 썼다. 그러지 않으면 자기 자신을 잃어버리기라도 할 것처럼 조바심 내면서.

"미루씨는 박사 안 해?"

어느 날 관장이 물었다.

"요새는 작가들도 다 박사더라. 심사 가면 다 박사야."

관장은 힘 빠지는 목소리로 투덜거렸다.

"작가들이 범생이라서 그런가. 스테이트먼트는 그럴듯한데 정작 작업은 재미가 없네."

네네, 정말 그래요. 미루는 장난스럽게 울상을 지으며 그녀의 말에 맞장구를 쳐주었다. 아무도 그 폐해를 모르지 않지만 누구도 거스를 수 없는 작가들의 학력 인플레 현상에 대해 미루도 할말이 없진 않았다. 범생이라서 박사를 따는 게 아니구요, 고령화사회라서요. 작가들이 너무 오래 사는 것 같아요. 20세기에는 마흔 정도만 돼도 죽고 그랬는데 이제는 마흔이 넘고 나서도 먹고살아야 할

날이 구만리잖아요…… 한국에 돌아온 후 미루는 여러 사람으로 부터 박사과정을 밟으라는 조언을 들었다. 작업을 계속하려면 그러는 편이 도움이 될 거라는 이유에서였다. 티칭도 하고, 커뮤니티 안에 소속되어야 뭐라도 접점이 생긴다는 관점이었다. 특히 그녀처럼 사교성 없는 애들은 더더욱.

"미루씨도 박사 하려면 빨리 해. 나처럼 나이들기 전에 미리미리."

관장은 귀국한 뒤로 몇 년째 박사논문을 진척시키지 못하고 있었다. 셋째가 생긴 뒤에는 노산이라 병원에 가야 하는 일이 잦았고, 임신한 태가 날 즈음부터는 양미간에 대충 뉘앙스로만 박혀 있던 피로가 대놓고 얼굴 전체를 잠식해버렸다. 논문 같은 것은 아예 꿈도 꾸지 못하는 처지가 된 것이다. 돈도 많으신 분이 왜 그렇게 정석대로 박사학위를 받으려고 집착하시는지. 대충 시늉만 해도 어렵지 않게 받으실 수 있을 텐데. 미루는 쓸데없는 간섭을 한다며 마음이 꼬여버리다가도 결국은 관장을 미워할 수 없었다. 그녀가 너무 딱했기 때문이었다. 그녀의 고집이, 착한 여자가 되려는 그 미련한 고집이 답답하면서도 저게 맞지, 그래도 저게 맞겠지, 싶다가 다시 그녀가 한심스럽고 미워져서 불퉁거렸다. 항상 언니가 있었으면 하고 바라왔건만 관장 같은 여자가 언니였더라면 딱 질색이라고 혼자 가상의 자매를 만들었다가 없앴다가 했다.

관장의 잔소리가 아니더라도 원래 갤러리 일을 시작했을 때 미루는 빠르게 할일을 해치우고 남는 시간에 공부를 더 하거나 작가로서 개인 작업을 진행해볼 계획이었다. 분명 그럴 계획이 있었는데 실행에 옮기지는 못하고 있었다. 적게나마 정기적으로 월급을 받으니 생활이 안정되었고 돈이 모이자 얼떨결에 주식을 시작했다. 팬데믹으로 인해 대부분의 문화예술 행사가 취소되거나 미뤄졌고, 주식을 하지 않으면 뭔가 시대에 뒤처지는 듯한 '동학개미' 주도의 투자 열풍도 한몫했다. 모바일 계좌를 만들고 나서 한동안은 매수 방법을 몰라 매일 차트만 바라봤다. 쉴새없이 움직이는 숫자들을 멍하니 보고 있노라면 무언가와 연결되었다는 느낌을 새삼스레 받을 수 있었다. 살아 있는 것들을 만나기 힘든 시절이었다. 팬데믹 이전만 하더라도 미루는 주식에 대해 무척 회의적이었다. 돈에 관심이 없는 것은 아니었지만 부동산을 맹신하는 아버지의 영향이 컸다. 주식은 패가망신의 지름길이라는 게 아버지의 지론이었다. 게다가 주식을 한다고 하면 어쩐지 품위가 떨어지는 기분도 들었다. 어느 모임이든 한 명씩 끼어 있는, 주식과 코인 등 실체 없는 세계에서 벌어지는 돈 얘기를 혼자 신나게 떠드는 작가들의 작업이 좋았던 적이 한 번이라도 있었던가. 그 자리에 있는 누구도 공감하지 못하는 말을 늘어놓는 그런 사람을 볼 때마다 그가 무슨 대단한 타락이라도 한 것처럼 속으로 혀를 끌끌 차며 '손절'한 적이 무수히 많았었다. 그게 불과 얼마 전이었건만 미루는 시류가 완연히 변하였음을 느낄 수 있었다. 이제 동시대 미술계에서도 가상화폐 투자, NFT, 빅 데이터, 인공지능, 대체 현실 등 메타버스와 관련된 '첨단' 이슈들을 앞다투어 다루고 있었고, 그 대열에 합류하여 적응하는 자들만이 다음 시대에도 살아남을 수 있어 보였다. 예술이 아방가르드였던 시대는 이미 훌쩍 지나버린 것 같았다. 담론의 속도로만 따지자면 금융, 경제 관련 이슈가 예술보다 훨씬 더 앞서는 듯했다.

어찌되었건 미루는 독학 끝에 어렵사리 첫번째 주식을 매수했고, 인플루언서 블로거가 추천하는 신규 상장 주식을 한두 개 사서 재미를 보았다. 그다음엔 가장 핫하다는, 십 년 안에 다섯 배가 되고도 남는다는 해외 반도체 ETF와 전기차 주식을 매수했다. 해외 주식은 환전이 필요한데다, 이런저런 위험이 있음을 인지했느냐는 증권사의 확인 절차에 수차례 대답해야만 주문이 가능했다. 투자금이 백만원에서 이백만원, 삼백만원이 되었고, 조금씩 물을 타다보니 미루는 불과 몇 주 만에 적금을 깨고 마련한 이천만원이 넘는 돈으로 열다섯 개가 넘는 종목을 보유하게 되었다. 이후로는 혼자여도 심심할 틈이 없었다. 혹시 사람들은 외롭지 않기 위해 주식을 하는 건 아닐까. 유튜브에서 잘나가는 재테크 채널 구독자 수는 기본이 수십만이었다. 전시 하나를 오픈하면 천 명이 올까 말까 하는 상황과 무척 대조되었다. 미루는 아이스 브레이킹이 필요하거나 딱히 할말이 떠오르지 않는 사람에게 날씨 대신 주식 얘기를 꺼냈고, 그러면 서로가 원래 잘 아는 사이였던 것처럼 무언가 소통이 이루어진다는 느낌을 받았다. 그렇게 그녀는 유튜브 알고리즘이 안내하는 신세계에 완전히 빠져버려서 관장이 자리를 비운 동안 틈틈이 넓고 깊은 재테크 채널 네트워크를 떠돌아다니느라 수백 시간을 허비했다. 그나마 최근에는 금리 인상이다 인플레이션이다 뉴스에서 하도 겁을 주는 바람에 손절에 손절을 거듭한 끝에 대부분의 주식을 정리했고, 그제야 겨우 정신을 차릴 수 있었다. 애초에 첫 주식을 산 시점이 기나긴 하락장의 초입이었으므로, 반등세가 약해지자 주식 투자로 n잡러가 되겠다는 부푼 희망도 곧 하찮아졌다. 잃은 것은 석 달 치 월급. 그녀는 세 가지를 깨달았다. 첫째, 주식은 아무나 하는 게 아니라는 것. 둘째, 예술 너머에는 거대한 '진짜' 세상이 존재하며 대다수의 인간은 예술이 아닌 돈에 관심을 갖고 살아간다는 것. 그리고 마지막으로 가장 뼈아프게 다가오는 사실은, 그런 속물적인 욕망에 관한 한 자기 자신 또한 예외가 아니라는 것. 더이상 예술만으로 만족하며 인생을 살아갈 수 없어졌다는 것. 무리라는 걸 알면서도 대학원에 진학하고 작가로 살아남기 위해 안간힘을 썼던 지난 수년간의 삶이 전생처럼 멀게 느껴졌다. 결국 그놈의 유학병 하나 고치려고 그 돈지랄 대잔치를 했던 것인가. 세상에서 가장 중요한 일이라도 하듯 자아도취에 빠져서. 현실은 아버지에게 빌붙어 기생하는 어린아이에 불과했는데도. 애초에 언제 그만두어도 이상할 게 없는 그런 생활을 고집스럽게 이어갔을 뿐인지도 모른다. 그렇지만……

그토록 사랑하던 세계를 어째서 이렇게나 쉽게 내쳐버리게 되었는가. 그녀는 스스로가 만든 정교한 함정에 빠진 듯한 기분을 느꼈다. 너무나도 깊숙이 들어와버렸다. 자신이 인생에 무슨 일을 저지른 것인지 곰곰이 생각해볼수록 그녀는 미로 속에서 길을 잃은 것만 같았다.

여전히 여름

삼청동 갤러리는 부실하게 운영되는 것치고는 위치가 좋은 편이라 나름대로 이름 있는 작가의 개인전이 종종 열리곤 했다. 오프닝에는 온갖 사람들이 찾아왔다. 처음에 미루는 그들과 마주치는 상황이 몹시 부담스러웠다. 게스트가 아니라 호스트로서 미술계 사람들을 대하는 게 어색하게만 느껴졌기 때문이었다. 정확히는 호스트라기보다는 하인이 된 것 같은 기분이었다. 다른 사람들이 물 흐르듯 자연스럽게 파티를 즐길 수 있도록 될 수 있는 한 눈에 띄지 않게 행사를 진행해야 했다. 간혹, 미루를 알아보고 유난히 큰 목소리로 "자기 여기서 일해?" 하고 물으며 안쓰러운 시선을 던지는 이들이 있었다. "미루씨 완전히 '프란시스 하' 같아." 예전이라면 서로 목례만 하고 지나쳤을 텐데 굳이 친근한 어조로 말을 붙여오며 호기심을 충족하려는 인간들. 불행이 아닌 것을 모두 불행으로 만들어버리는 신기한 능력을 가진 부류였다. 사람을 막 대한다는 것이 무엇인지도 다양한 측면에서 알게 됐다. 그러나 그런 일도 이 년쯤 지나자 아무렇지 않아졌다. 오히려 한 걸음 떨어져서 이쪽 군상들을 관찰하는 여유가 생겼다. 사람들도 미루가 한때 작가였다는 사실을 잊어버린 듯 작업에 대해 더이상 묻지 않았다.

그런 시기에 준회와 재회한 것은 어쩌면 다행이었다. 미루는 행사장에서 준회를 한눈에 알아봤다. 대학원 어드미션을 받고 가을 학기가 시작되기 전, 미루는 시간이 남아돌아 두세 명의 남자를 동시에 만났었다. 다 변변찮은 놈들이었으나, 그중에서 지금까지 이름을 기억하는 건 준회가 유일했다. 준회는 젊고 잘생긴 남자였는데도 의외로 본인은 그런 사실을 잘 알지 못하는 듯 행동했다. 그리고 그런 점이 사람을 미치게 했다. 좋은 의미로도, 나쁜 의미로도 그랬다. 그게 자기 인생에 얼마나 유리하게 작용하는지 그는 의식할 필요가 없었다. 미루는 그가 부러웠다. 질투가 났다. 왜 어떤 사람은 모든 것을 그리도 쉽게 얻는 거냐고 원망하다보면 마음이 비뚤어졌고, 그런 자신이 싫어졌다. 정작 준회와의 관계는 썩 괜찮았다. 괜찮았는데, 마지막에는 그냥 헤어질 핑계를 아무거나 생각해냈다. 돈도 못 버는 애가 몇백만원씩이나 하는 자전거를 타고 다니는 게 좀 꼴사나워 보인다는 따위의 혼자만의 이유를 만들었다. 그렇지만 미루는 스스로 잘 알고 있었다. 그녀는 매력을 느끼는 상대에게 경쟁심을 느꼈다. 이상한 일이었다. 어째서 로맨틱한 관계를 맺고 싶은 사람에게 그런 감정을 느끼는 걸까. 그건 모든 관계에 적용되지는 않았다. 이따금 미루의 마음을 건드리는 사람들이 있었다. 마음. 상대를 이기고 싶다는 마음. 혹은 저 사람처럼 되고 싶다는 마음. 그건 오랜 습관이나 강박처럼 자신의 일부가 된 감정이었고, 평생에 걸쳐 싸워야(관리해야) 하는 깊은 질병과도 같은 것이었다. 아주 어릴 적부터, 그녀는 '남자아이'가 되고 싶었다. 아니, 그녀는 아버지가 그토록 원하던 남자아이가 될 수 없다는 사실이 놀랍고 당혹스러웠다. 결코 여자아이는 되고 싶지 않았다. 단지 여자아이이기 때문에 이러저러한 일들을 못 하고, 또 이러저러하게 행동해야 한다는 단속과 통제를 받는 것이 분하고 억울해서 도저히 참을 수가 없었다. 그녀는 일찌감치 알게 되었다. 여자아이들이란 존재하지도 않는 남자 형제와도 차별받을 수 있다는 사실을. 그녀의 어린 시절은 남자아이가 될 순 없어도 충분히 남자아이만큼, 혹은 그 이상을 해낼 수 있다는 것을 증명하고자 하는 수많은 시도로 채워져 있었다.

미루는 먼발치에서 준회를 유심히 지켜보았다. 그는 사람들과 어울리지 않고 갤러리 앞마당 구석에 서서 거대한 초록색 햄버거같이 생긴 가이즈카향나무를 보고 있었다. 정확히 말하면 초록색 햄버거에서 툭 튀어나온 패티의 윗부분을 관찰하고 있는 듯했다. 마치 거기에 다른 세계로 통하는 작은 문이라도 달린 것처럼 유심히 내려다보고 있었다.

"뭐가 있어?"

미루는 다가가서 물었다.

준회는 미루를 알아보지 못한 듯 잠시 멍하니 그녀를 바라보았다. 순간이지만 준회의 얼굴에 상처받은 사람의 눈빛 같은 것이 스쳐지나갔다.

"거미가 있어."

준회가 손으로 가리킨 쪽을 보니 아주 작은 거미가 아주 작고 가는 거미줄에 다리를 걸고 대롱대롱 매달려 있었다. 두 사람은 한동안 말없이 거미를 바라보았다. 이렇게 작은데도 더 작은 벌레들을 잡아먹겠지, 미루는 그런 생각을 했지만 말로 내뱉지는 않았다.

준회와 다시 만난 건 며칠 후였다.

정독도서관 사거리에서 준회를 기다리며 미루에게 맨 처음 든 생각은 얘가 복수하면 어쩌지, 하는 것이었다. 한편으론 복수를 당해도 싸다는 생각이 잠시 들었지만 그건 그냥 상상 속에서나 그렇다는 얘기였고, 막상 실제로 만나려니 준회가 무슨 마음으로 보자고 한 건지 짐작할 수 없었다. 다만 서울이라는 도시는 때론 너무 작아서, 그리고 다른 대안적인 도시가 있는 것도 아니어서 살다보면 종종 달갑지 않은 과거와 마주쳐야만 한다는 현실을 환기했다. 그 달갑지 않은 과거라는 게 누군가에겐 자기 자신이 되지 말라는 법도 없었고. 미루는 전투에 임하는 마음으로 미리 SNS를 뒤져보았지만 준회의 근황에 대한 정보는 딱히 찾을 수 없었다. 몇 년 전의 개인전을 마지막으로 기존에 작업한 사진들 몇 장 정도만 이 검색될 뿐이었다. 한동안 집안일을 돕느라 영 작업을 못 했다고 하더니 과연 그런 듯했고, 여전히 SNS도 하지 않는 것 같았다.

바람맞은 것 같다고 생각하는 순간 사거리 건너편에서 준회가 걸어오는 모습이 보였다. 걷는 모습이 예전과 똑같았다. 미루를 확인하고 손을 슬며시 들어 인사한 다음, 괜히 다른 곳을 둘러보는 척 낯을 가리는 행동도 그대로였다.

"많이 기다렸지?"

"괜찮아. 나도 방금 왔어."

사실 미루는 긴장이 돼서 십 분이나 일찍 도착했지만 거짓말을 했다.

"더러워서 좀 치운다는 게 늦어버렸네."

준회가 손바닥을 펼쳐 내보이며 말했다. 이마에는 긁힌 상처가 나 있었다. 작업실 문이 낮아서 이마를 부딪혀 다친 것이라고 했다.

"작업실 근처로 오라고 하지 그랬어."

"거긴 뭐 먹을 데가 없어서."

준회가 가지런한 이를 드러내며 활짝 웃었다. 타고난 걸까, 아니면 어릴 때 엄마가 교정을 시켜준 걸까. 준회의 티 없이 완벽한 치열을 볼 때마다 주눅이 들었던 것이 기억났다. 자신이 상대방의 치열을 의식하는 딱 그 정도의 빈도만큼, 그들 역시 자신의 삐뚤삐뚤한 치열을 알아보고 어떤—안 좋은—선입견을 가지리라는 것을 짐작할 수밖에 없었다. 왜 아름다운 것을 볼 때 그것을 온전히 즐기지 못하고 자신의 결점부터 떠올리게 되는 걸까…… 미루는 자신의 어떤 기질적인 특성에 대해 생각했다. 그 어떤 상황에서도 무언가 스스로에게 결핍된 면을 찾아내고 슬퍼하는 것.

미루는 준회를 데리고 일본 가정식을 파는 식당에 들어갔다. 갤러리에 지인이 방문하면 자주 찾던 곳으로, 비싸지 않으면서도 어쩐지 품격이 느껴졌는데 이상하게도 사람들에게 잘 알려지지 않은 가게였다.

"이런 데가 있었네?"

"괜찮지?"

"이 앞을 자주 지나는데 전혀 몰랐어."

"관장이 좋아해, 여기."

"그렇구나."

"일하는 사람들이 친절하고 좋아. 사람도 잘 안 바뀌고."

준회가 자리에 앉으면서 높은 천장과 곳곳에 박힌 창문들에 무심코 시선을 주었다. 미루는 어색함을 모면하고 싶어서 묻지도 않은 설명을 이어갔다.

"이 집이 원래는 옆에 있는 고택의 행랑채였대."

"행랑채?"

"하인들 사는 곳."

"하인 집인데도 꽤 좋네."

"그렇지?"

"하인이라는 말 오랜만에 들어본다."

"우리가 앉아 있는 데는 창고였어. 저쪽이 주거 공간이고."

미루가 반쯤 터놓은 중간벽 너머를 가리키며 말했다.

"아, 그래……"

준회가 고개를 길게 빼고 벽 건너편을 보았다. 부엌에서 직원 두세 명이 연어를 굽고 있었다.

"그리고 이거는."

미루가 팔을 뻗어 준회의 뒤편을 손가락으로 가리켰다. 벽면에 빛바랜 에메랄드색의 대형 아치문이 나 있었는데 장식용일 뿐인지 거대한 유리판으로 덧대어져 막혀 있었다.

"본채 뒷마당하고 연결되는 문인데, 사람들이 다니는 길은 아니고 창고에서 짐을 옮기려고 만들었대."

"아. 짐을……"

"우리가 들어왔던 반대쪽 문은 차량용인 거지."

"그렇구나. 진짜 많이 안다. 대단해."

"응, 그러게."

미루는 잠시 멍하니 있다가 어쩐지 비참한 기분으로 입을 다물었다.

두 사람은 물을 마시며 주변을 두리번거렸다. 한시가 다 되어서인지 실내가 한산했다. 문득 테이블 위에 놓인 작은 꽃병이 눈에 들어왔고, 그때부터 두 사람은 유리병에 꽂힌 꽃을 보며 무슨 말을 해야 할까 고심했다. 침묵이 고통스럽게 느껴지기 전, 친절한 직원이 연어 덮밥 이 인분을 가져다주었다.

덥고 습한 날씨 때문인지 '걸어서 십 분 정도'라던 준회의 작업실은 더 멀게 느껴졌다. 북촌은 미루에게도 익숙한 곳이었지만 준회가 안내하는 길은 어쩐지 낯설었다. 큰길에서 조금 안쪽으로 들어갔을 뿐인데도 행인을 찾을 수 없었다. 골목은 고요하고 고양이 한 마리 지나다니지 않았다. 미루는 왠지 너무 방심했다는 생각이 들었다. 자신이 무해한 사람임을 애써 드러내려는 듯한 준회의 태도도 왠지 의심스러웠다. 준회는 예전과 달랐다. 속마음을 숨기고 있었다. 그냥 나이가 든 것일지도 모르지만 어쩐지 더 능숙하고 예의바른 사람이 된 것만 같았다. 그러고 보니 예전에 미루가 한 짓을 생각하면 준회와 이렇게 아무렇지도 않게, 어제도 만난 사람처럼 하하 호호 한다는 게 말이 안 됐다. 이성적으로 판단하면 그랬다. 차라리 준회가 속 시원하게 화를 냈다면 냉큼 사과했을 텐데. 아니, 아까 밥 먹을 때라도 먼저 미안한 척을 했었어야 하는 걸까. 미루는 준회를 흘끔흘끔 바라보며 자기가 뭔가 놓친 게 있는 건 아닐지 바쁘게 머리를 굴렸다. 혹시라도 남들 눈에 띄지 않는 후미진 곳에 들어간 다음 갑자기 흉폭하게 돌변해서 무슨 일을 저지를지도 모르니, 그럴 기미가 보인다면 어떻게든 빈틈을 노려 도망가야 한다고 마음을 단단히 먹고 경계를 늦추지 않았다. 잠깐의 방심 때문에 너무나 큰 대가를 치렀던 여자들의 마지막 순간이 미루의 머릿속에 문득 떠올랐다. 여기서 죽을 순 없었다. 그녀에게는 먹여 살려야 할 고양이가 있었다……

말없이 걷던 준회는 어느 폐가 앞에서 발걸음을 멈췄다. 회색 담장이 끊어진 자리에 커다란 청동 대문이 수십 년 동안 한 번도 열리지 않은 것처럼 녹슨 채 버티고 있었다.

"여기가 작업실?"

"음."

준회는 열쇠를 바로 찾지 못해 주머니를 뒤적거렸다.

미루는 뒤편에 서서 이 기묘한 우연을 어떻게 받아들여야 할지 난감해하고 있었다. 이 집에 대해서라면 미루 역시 잘 알고 있었다. 갤러리에서 나와 점심을 먹고 북촌을 산책할 때 가끔 지나던 집으로, 멀리서도 담장 너머로 뾰족하게 솟은 여러 겹의 청록색 박공지붕이 눈에 잘 띄는 양관洋館이었다. 서양과 일본의 건축 양식이 혼재된 2.5층짜리 주택이었는데, 1930년대에 지어져서 매우 낡긴 했으나 지어질 당시의 기품을 잃지 않은 당당한 모습이었다. 곡선을 이룬 붉은 벽돌 면은 삼분의 일 정도가 담쟁이덩굴로 뒤덮여 있었고, 세로로 긴 아치형의 유리창들은 완벽한 비율을 유지하며 세월의 풍파를 이겨내고 있었다. 집을 지은 사람들의 애정과 자부심이 집의 세부에서 고스란히 느껴졌고 어쩐지 비극적이고 아름다운 이야기가 숨겨져 있을 듯한 묘한 분위기가 감돌았다. 미루는 그 집의 담장 안쪽을 살펴보기 위해 맞은편에 위치한 빌라 옥상에 몰래 올라가 내려다본 적도 있었다. 집의 안마당은 오랫동안 사람의 손길이 닿지 않은 듯 키 큰 잡풀이 무성하게 자라 원시림처럼 보였고, 마당 한가운데 기우뚱하게 놓여 쓰러질 듯 균형을 이루고 있는 흙투성이의 인조대리석 테이블은 일부러 설치해놓은 조각 작품 같았다. 마당 한구석에는 한때 실개울이 흘렀을 긴 구덩이 위로 작은 관상용 돌다리가 원형을 유지한 채 남아 있었다. 현관 포치 앞에는 성인의 키 높이 정도 되어 보이는 두 개의 석탑이 마주보고 서 있었는데 모서리가 마모되어 고풍스러운 분위기를 더했다.

북촌에서 이런 서양풍의 집은 드물지 않게 발견되었는데, 그중 몇몇은 벌써 수십 년째 방치된 모양으로 주변과 비교하면 그 공간만 신경질적으로 헝클어져 있는 듯 보였다. 멀쩡한—이렇게나 좋은 위치에 있는—집을 비워두는 사람들이 실제로 존재한다는 사실은 쉽게 지나치기 힘든 점이었고, 한번 눈에 들어오기 시작하자 곳곳에 비슷한 상태의 집들이 산재해 있음을 의식할 수밖에 없었다. 그 집들의 운명에 대해 미루는 관심이 많았다. 시간의 흐름에서 탈락한 듯한 쇠락한 기운에 몹시 마음이 쓰였기 때문이었다.

또 한편으로는 그곳들이 간직한 특별함—기묘한 여유로움과 무심함—에도 매혹을 느꼈다. 살 집이 없어 난리법석인 서울 한복판에 덩그러니 버려진 이 한가롭고 을씨년스러운 공간에는 도대체 무슨 사정이 있는 걸까. 여기엔 누가 살았고, 그들은 어떤 역사를 지나왔을까. 그녀는 점심시간마다 틈틈이 카메라로 빈집의 사진을 찍어 기록했다. 작가 정체성에 대한 미련을 버리지 못하던 때, 그러니까 주식에 손대기 전 그녀는 북촌의 유령 집을 개인 작업의 소재로 발전시켜보고 싶었고, 방금 준회를 따라 찾게 된 이 주택 역시 한때는 열망 가득한 눈으로 들여다보곤 했던 것이다.

"진짜로 여기라고?"

미루가 믿을 수 없다는 듯 한 발짝 물러서며 물었다.

"여기 있었네."

가방에서 낡은 열쇠를 꺼낸 준회가 문고리의 열쇠 구멍 쪽으로 허리를 숙였다. 미루는 손을 뻗어 급히 준회를 돌려세웠다.

"잠깐만."

"집이 좀 낡았어."

"아니, 대체 왜 여기야?"

"여기면 안 돼?"

준회는 영문을 모르겠다는 얼굴로 되물었다.

"그게 아니라, 왜 나를 여기로 불러냈냐고."

"사진 보여주겠다고 했잖아."

준회는 여전히 어리둥절한 표정이었다.

"지금 그게 중요해?"

"그럼 안 중요해?"

미루가 팔짱을 끼고 미심쩍은 얼굴로 준회를 쏘아봤다. 열쇠로 문을 연다는 상황이 왠지 모르게 '푸른 수염' 이야기를 연상시켜 기분이 좋지 않았다. 영 불길했다.

"지금 너 나한테 복수하려고 그러는 거지? 아니야?"

"뭐?"

준회가 황당하다는 듯 코웃음을 터뜨렸다.

"그럼 아니야?"

준회는 웃기 시작하더니 좀처럼 웃음을 멈추지 못했다. 약간은 어이없어하는 웃음이어서 미루는 잘못 짚었나 하는 생각에 그만 머쓱해졌다. 막상 말로 뱉으니 좀 뜬금없었다는 생각이 뒤늦게 들었다.

"바보네. 너 하나도 안 변했구나."

간신히 얼굴에서 웃음기를 거두고 준회가 말했다.

"그러니까, 네가 그때 아무 말 없이 뉴욕 가서 잠적했다고, 이제 와서 내가 너한테 해코지라도 할 것 같아?"

미루는 준회의 눈을 똑바로 쳐다볼 수 없었다. 그렇게까지 적나라하게 마음을 읽어내서 요약해줄 필요 없지 않은가. 멀찍이 떨어진 길 한가운데에서 호밀이와 똑같이 생긴 삼색 고양이 한 마리

가 귀를 쫑긋 세운 채 호기심어린 눈초리로 두 사람을 쳐다보고
있었다.

"궁금하긴 했지. 왜 그랬을까."

"……"

"한마디라도 해주면 좋았을 텐데, 왜 그랬을까, 하고."

"……"

"그런데, 너."

미루가 비로소 준회를 올려다보았다. 그는 다시 예의 그 반듯한
얼굴을 하고선 그다지 중요한 이야기도 아니라는 듯 낮은 목소리
로 중얼거렸다.

"너 그렇게 치명적이진 않거든."

준회는 몸을 돌려 수그리고 마저 문을 열었다. 녹이 슬 대로 슨
청동 대문이 삐걱하는 소리를 내며 열렸다. 앞마당에 무성하던 원
시림은 어쩐 일인지 온데간데없이 사라져 있었고, 대신 막 가꾸기
시작한 풋풋한 느낌의 정원이 펼쳐졌다. 어디선가 옅은 꽃향기가
흘러오는 듯했다. 오후의 햇살을 받은 정원은 시시할 정도로 안전
해 보였고, 어딘가 텅 비어 있어 공사중인 세트장처럼도 느껴졌다.

"뭐래, 미친놈이……"

미루는 피식 웃으며 자기도 모르게 중얼거렸다. 그 짧은 순간에
엄마 생각이 났다. 무심결에 미쳤다는 말을 쓸 때마다 그래왔던
것처럼 말이다. 그녀는 미쳤다는 말을 얼마나 자주, 그러니까 터

무니없을 정도로 자주 써왔는가. 부주의하게도.

　그리고 미루는 엄마와 함께 살던 집을 떠올렸다. 항상 둘이 남겨져 있던 그 쓸쓸하고 무섭고 오래된 집. 아버지가 돌아올 때까지 엄마 눈에 띄고 싶지 않아 조용히 숨죽이고 살았던 그 집. 엄마만 들을 수 있었던 목소리와 수군거림, 엄마에게만 모습을 드러내던 보이지 않는 존재들…… 어릴 때 미루는 엄마가 미친개한테 물려서 아픈 것이라고 생각했다. 아마도 혼자 그런 장면들을 상상했을 것이다. 커다란 미친개가 무방비 상태로 걸어가던 엄마를 공격하고, 미루만큼 어린 엄마는 비명을 지르며 도망치지만, 막다른 골목으로 내몰려 그만 미친개한테 물리고 만다. 그때 감염된 상처는 그녀의 의사와 상관없이 종종 재발해서 그녀를 아프게 한다. 잘못된 것은 엄마가 아니라 덧나버린 상처다. 엄마는 밖에 나가는 것을 두려워했다. 어느 시점부터는 집에서 한 발자국도 나올 수조차 없게 되었다. 나중에 증상이 더 심해졌을 때 엄마는 본인의 의사와 상관없이 다른 집—정신병원—으로 옮겨가야만 했다. 어린 미루를 보호하기 위해서였다. 그즈음 엄마는 자주 미루를 알아보지 못했다. 그녀는 두려움에 휩싸여서 무언가를 내쫓기 위해 자신의 아이를 때렸다. 집은 어린아이가 도망 다닐 만큼은 넓었으나 끝내 구석에 몰려 아무렇게나 쏟아지는 매를 받아낼 수밖에 없을 정도로는 좁았다. 미루는 소리 내어 울지 않았다. 우는 소리는 엄마의 화를 더 북돋웠으므로. 둘 중 한 명이 집에서 탈출해야 끝나는 지옥이었다. 미루는 엄마를 가엾게 여기면서도 무서워했기 때문에 엄마가 없어졌으면 하고 바랐다. 엄마가 집에서 사라진 후 어떤 삶을 살았는지 미루는 알지 못했다. 아버지도 이모들도 그저 쉬쉬했고 미루도 마주칠 진실이 두려워 묻지 못했다. 그러나 그녀는 기억한다. 수업이 끝나고 집으로 돌아갈 때마다 엄마가 집을 떠났다는 사실을 재차 상기하며 기뻐하는 자신을. 그 여자가 집에 없어. 그 여자는, 이제 정말 집에 없다! 엄마가 죽었을 때도 마찬가지였다. 무척, 무척 슬펐지만 안도했다. 그리고 미루는 죄책감을 느꼈다. 할부로 슬픔을 나눠 갚듯이 천천히, 차곡차곡, 그것은 그녀의 일부가 되었다. 어떤 희생으로부터 현재의 삶을 얻어냈다는 생각을 멈출 수 없었다. 빛나는 삶. 자유로운 삶. 먼 곳에서의 삶. 엄마가 살고 싶었던 그 삶을 자신이 대신 누리는 것. 엄마가 동경했던 어느 외국영화 속의 젊은 서양 여자처럼.

그녀는 세계문학전집 속에 등장하는 미친 여자들을 생각했다. 소설에는 종종 저택에 갇혀버린 미친 여자가 나왔다. 그녀들은 배신당하고 재산을 빼앗기고 감금당했다. 그녀들을 집어삼킨 저택이 실제로 얼마나 크고 미로 같은지 미루는 알지 못했다. 하지만 이야기 속에서 집이라는, 중심이 비어 있는 그 거대한 공간은 인간의 영혼을 필요로 하는 것처럼 느껴졌다. 사람들은 자신들이 집을 소유한다고 착각하지만, 실은 집이 사람을 갖는다. 집은 그 안에 있는 사람들을 집어삼킨다. 집은 대가를 원한다. 점유자는 그에 합당한 대가를 치러야 한다. 그녀는 집의 잔혹함과 관대함을 동시에 느꼈다. 집이 자신을 내려다보고 있었다. 분명히 한 명 이상의 미친 여자가 살았을, 위엄과 품위를 간직한 재투성이 집이 그녀를 응시했다.

우습게도 그 순간 미루는 자신이 준회와의 관계를 더 이어갈 수 없었던 이유도 기억해낼 수 있었다. 그때, 평범하고 행복했던 어느 날들에, 작은 다툼을 끝낼 때마다 그가 미루에게 장난삼아, 작은 동물을 대하듯 그녀를 귀여워하며 "정신 나간 여자 같으니"라고 말했던 것. 아무런 악의 없이 반복되었던 그 말. 그녀의 가장 큰 두려움이었던 그것. 바로 어머니의 세계에 속해버리는 것.

망상.

미루는 일생에 한 번은 환청을 듣거나 환각을 경험하게 되리라는 예감을 안고 살아왔다. 그것은 몸안에 흐르는 잠재된 가능성으로서 항상 그녀를 괴롭혀왔다. 열린 청동 대문 앞에 우두커니 서서 미루는 문득 그런 생각을 했다. 눈앞의 장면이 환영인지 실제로 벌어지는 상황인지, 그것을 확인하기 위해서라도 저길 들어가야 한다. 들어갈 것이다. 언제나 들어가서 부딪칠 것이다. 어쩌면 안쪽으로 한 발을 들여놓는 순간 꿈이 깨져버리고 또다시 지루한 아침을 맞게 될지도 모른다. 그런 일이 일어나지 않으리라는 법은 없었다. 하지만 그러기엔 이 모든 장면이 너무나도 생생했다. 두려웠다. 그것은 동시에 살아 있다는 감각이었다.

정원으로 향하는 계단 위에서 준회가 미루 쪽을 뒤돌아보았다. 역광을 받아서 그의 얼굴이 검게 보였다. 그 누구도 아닌 그림자 같은 형상이었다. 그는 우선 커피를 한잔 마시자고 했다. 미루는 그를 올려다보며 문밖에 서 있었다.

가을

상가는 벌써 아홉 달이 넘게 비어 있었다. 일기예보에 의하면 다음주부터 서울은 태풍의 영향을 받게 될 것이라 했다.

이명식과 이미루는 영등포구청역에서 만나 선유로 방향으로 걸었다. 걸어가는 동안 둘은 말이 없었다. 미루는 처음으로 지각하지 않았고 옷차림도 어쩐지 어른스러웠다. 명식은 슬쩍 미루의 눈치를 살폈다. 아직 애라고 생각했는데 딸이 많이 컸다. 아들보다야 못하겠지만 살면서 딸에게 많이 의지하게 될지도 모른다는 생각이 문득 들었다. 그러자 이내 마음이 짠해졌다. 그는 건강을 더 잘 챙겨야겠다고 마음먹었다. 오래 살아야 했다. 미루를 보호할 수 있을 때까지 최대한 버텨야 하지 않겠는가. 그렇게 지내다보면 혹시라도 딸이 생각을 바꿔 좋은 사람과 가정을 꾸려 살지도 몰랐다.

미루는 명식의 마음을 아는지 모르는지 쌀쌀맞은 분위기로 의례적인 안부를 물었을 뿐 그와 눈도 마주치지 않으려고 했다. 다른 때 같았으면 부녀가 지하철역에서부터 손을 잡고 다정하게 걸어갔을 것이다. 명식은 섭섭했지만 잘못한 게 있어 풀이 죽은 채 반 발자국 뒤에서 미루를 쫓아갔다.

한 달 전, 이명식은 이미루에게 말하지 않고 임대차계약을 맺으려다 하마터면 사기꾼과 엮일 뻔했다. 보증금을 낮추는 대신 월세를 삼십 퍼센트나 올려준다고 해서 옳다구나 싶었는데, 알고 보니 권리금 장사를 전문으로 하는 일당이었다. 최고의 임차인을 만났다고 주장하는 명식의 고집을 꺾은 것은 미루였다. 그녀는 거의 언제나 아버지가 생각하는 것보다 유능했고 그녀의 아버지는 그것을 대체로 몰랐다. 사정은 이러했다. 대표 명함을 가진 임차 희망자가 나름 우쭐거린답시고 떠벌린 몇 가지 정보를 키워드 삼아 인터넷에 검색해보니, 그들은 방송에 한두 번 출연한 경력이 있는 주방장을 얼굴마담으로 내세워 전국 여기저기에 비슷한 상호의 가게를 계약하고 사기를 치는 악질들이었다. 자영업자 카페에 피해자들의 글이 올라와 있었다. 공실 기간이 길어지자 어서 임차인을 들여야 한다는 성급한 마음에 그만 명식의 눈이 어두워졌었다. 미루가 의심스럽다고 했을 때, 명식도 그런 것 같다는 생각이 얼핏 들었지만, 딸의 말을 그대로 듣기가 싫어서 몰래 계약을 추진하려다가 들키는 바람에 큰 다툼이 있었다. 일전에 사기꾼 일당이 가게를 보러 왔을 때, 아내라며 함께 온 여자의 행색이 하도 화려해서 순간적으로 뭔가 어색하다는 느낌을 받긴 받았었는데, 명식은 그걸 뻔히 보고 나서도 잡아내질 못했다. 예전의 그였다면 찰나의 느낌만으로도 단박에 눈치채고 거절했을 터였다. 이제 귀도 잘 안 들리는데 판단력까지 흐려진 건가 싶어 명식은 아찔해졌다. 그동안 딸을 교육시키겠다고 싫다는 것을 억지로 데리고 다녔는데, 이제는 영락없이 자식의 도움을 받아야 하는 뒷방 늙은이가 된 기분이었다.

이명식과 이미루는 그들이 소유한 상가 건물에 먼저 들렀다. 기존의 임차인이 폐업한 후 구 개월이 넘어 그런지 텅 빈 실내는 한기가 돌 정도로 썰렁하고 습했다. 그간 몇 차례 문의가 왔지만 모두 허탕이었는데 이번에야말로 드디어 진짜 계약을 눈앞에 두고 있었다. 한번 개업할 때마다 인테리어다 뭐다 목돈이 꽤 들 텐데 어쨌든지 간에 시간이 좀 걸리긴 해도 매번 새로운 사람들이 꾸준히 흘러들어와 장사를 해보겠다 하니 참 세상이 넓다 싶었다. 명식은 조금의 망설임도 없는 익숙한 품새로 유리창 전면에 걸린 '임대 문의' 현수막을 떼어냈다. 미루는 옆에서 돕는 둥 마는 둥 하다가 자신이 오히려 방해가 된다고 판단했는지 뒤로 한 발짝 물러서서 아버지를 지켜봤다.

공인중개사 사무소에는 가계약을 맺은 임차인이 약속 시간보다 먼저 도착해 있었다. 명식과 미루가 들어오자 임차인은 자리에서 일어나 꾸벅 인사했다. 선량해 보이는 삼십대 중반의 남자였다. 건장하고 듬직한 인상이라 기억했는데, 다시 살펴보니 너무 느긋한 얼굴이라 저런 관상으로 어떻게 자영업을 계속하려나 명식은 우려스러웠다. 그러고 보니 으레 듣기 마련인 임대료를 깎아달라는 말도 일절 없었다. 며칠 전에 살펴본 남자의 카카오톡 프로필에는 초등학생 정도로 보이는 여자아이와 만삭의 아내가 함께 찍힌 가족사진이 올라와 있었다. 아내는 미용실을 운영한다고 했고, 대충 짐작으로는 연상의 아내가 번 돈으로 몇 번의 사업을 말아먹은 경력이 있는 듯했다. 미루 말로는 몇 년 전에 음악 경연 프로그램에 나온 적이 있는 사람 같다고도 했다. 크게 주목받은 건 아니고 고만고만한 화제 속 인물이었다가 금세 사라져버린.

어느 집이나 버는 사람 따로 있고 쓰는 사람 따로 있지……

명식은 일면식도 없는 임차인의 아내에게 동질감을 느꼈다. 얼핏 듣자 하니 임차인의 아내라는 사람은 남편의 개업을 반대해왔는데 어느 날 차를 타고 영등포를 지나가다가 우연히 이명식이 걸어놓은 임대 광고 현수막을 보았고, 누군가 머리채라도 잡아끌듯 왠지 이곳이 마음에 남아 홀린 듯 다시 돌아와 현수막에 프린트된 전화번호를 휴대폰으로 찍어 남편에게 방문해보라고 건넸다고 했다.

희한한 일이지, 이명식은 이번에도 감탄했다. 임차인과의 인연이라는 게 항상 그러했다. 수백 통의 전화를 받고 수십 명을 만나는 내내 헛다리를 짚더라도 단 한 명과 '아다리'가 맞으면 일이 일사천리로 진행되는 것이다. 매번 새로운 임차인을 만날 때마다 확인하게 되는 진실이었다. 이번에는 기존에 해오던 업종이 아니라 임차인의 아내가 오래 알고 지낸 지인의 공장에서 물건을 납품 받아 사무용 가구 매장을 오픈할 예정이라고 했다. 근방에 지식산업센터가 줄지어 생겨나고 있으니 장사가 아주 안 될 것 같지는 않았다. 곧 애가 둘이니 이제 정신을 차릴 때도 되었다고 명식은 생각했다.

"아이고 염사장님, 일찍 와 계셨네요."

명식이 임차인에게 먼저 손을 내밀며 살갑게 인사를 건넸다. 공인중개사 역시 일어나서 명식을 맞았다. 자신을 기다리던 성인 남자들의 시선을 한몸에 받으며 명식은 다시 한번 힘이 나는 것을 느꼈다. 그렇다. 나는 임대인이다. 그는 마음이 뿌듯해졌다.

"딸하고 같이 오느라 좀 늦었습니다."

"아닙니다."

염사장이 엉거주춤 다시 일어났다 앉으며 단답형으로 대답했다. 염사장이란 사람이 말이 많은 타입은 아니었다.

"실은 이 친구가 진짜 주인이죠. 우리 딸 의견이 제일 중요하답니다."

명식의 말에 미루는 뻣뻣하게 선 채로 염사장을 향해 가볍게 묵례했다. 속으로 그녀는 K-드라마에 나오는 피도 눈물도 안 나올 것 같은 부잣집 마나님의 표정을 떠올리고 있었다. 그날 아침 집에서 나올 때에는 임차인에게 만만하게 보이지 않기 위해 일부러 옷차림에도 신경을 썼더랬다.

"아내분은?"

미루가 염사장 곁을 눈짓으로 가리키며 물었다.

"막달이라 컨디션이 좀……"

염사장이 말을 채 끝맺기도 전에 명식이 대화를 이어받았다.

"염사장님, 아주 좋은 계약 하시는 겁니다. 요즘 세상에 권리금 없는 가게 구하기가 보통 쉬운 일이 아닌데 말입죠. 우리 자리가 아주 운이 좋습니다. 다들 장사가 잘되어서 크게 키워 나갔지요."

"네."

"세월이 참 좋아졌습니다. 지금 주변에 땅 파고 있는 지식산업 센터만 해도 세 군데나 되죠. 타이밍을 딱 맞춰 들어오셨습니다."

염사장은 무뚝뚝한 얼굴로 보일 듯 말 듯 고개를 끄덕였다. 명식은 기분이 좋은 나머지 되도록 말을 적게 하라는 미루의 조언을 잊어버리고 혼자 쓸데없는 말들을 계속 이어나갔다. 귀가 잘 들리지 않게 되면서 명식은 말이 많아졌다. 상대방의 말을 듣지 않은 채 떠드는 거라 대화라기보다는 본인의 뜻을 일방적으로 전달하는 방식의 말하기였다. 염사장은 이미 그걸 깨달았는지 그냥 묵묵히 들으면서 몇 번인가 고개를 움직거릴 뿐이었다.

공인중개사가 미리 대필한 월세 계약서 2부를 프린트해서 양측에 전해주었다. 테이블을 마주하고 앉은 이미루와 염사장은 조용히 눈으로 계약서를 훑어보았다. 명식은 중개인이 건넨 믹스커피를 한 모금 마시고는 만족스러운 얼굴로 입맛을 다시며 느릿느릿 안주머니에서 인감도장을 꺼냈다.

맞은편에 앉은 염사장이 계약서를 내려놓고 어디론가 전화를 걸었다.

"사장님 오셨어. 음. 이제 돈 보낸다."

미용실을 한다는 아내에게 상황을 보고하기 위한 것이었다.

이번 계약의 당사자는 염사장 본인이지만, 수천만원에 달하는 보증금은 그의 아내가 자신의 계좌에서 대신 내주는 것이라서, 임대차 계약서에는 공동 명의인으로서 염사장 아내의 이름도 함께 기입하는 것으로 미리 합의가 되어 있었다.

계약서에 도장을 찍으려던 이명식은 염사장의 이름 옆에 또박또박 쓰인 세 글자를 보고 멈칫했다.

이근수.

죽은 첫째의 이름이었다.

* 제목 '시차와 시대착오'는 조르조 아감벤의 「동시대인이란 무엇인가」(『장치란 무엇인가? 장치학을 위한 서론』, 조르조 아감벤·양창렬, 난장, 2010)에서 차용했다.

* 꿈의 내용은 히토 슈타이얼의 〈독일과 정체성〉(1994)과 마야 데렌의 〈오후의 올가미〉(1943)를 참고하여 영화의 맥락과는 무관한 방식으로 변형했다.

* 밑줄을 긋는 문장은 제임스 설터의 『소설을 쓰고 싶다면』(서창렬 옮김, 마음산책, 2018, 89쪽)에서 인용했다.

* 수전 손택은 인터뷰에서 이렇게 말했다. "제가 아는 한 지적이거나 독립적이거나 활동적이거나 열정적인 여자 중에 어린 시절 소년이 되고 싶다고 생각해보지 않은 사람은 한 명도 없어요. (……) 어린 소녀들은 항상 이건 못 한다 저건 못 한다, 이런 소리를 듣게 되어요. 그래서 더 큰 자유를 누리는 성性이었으면 하고 바라게 되는 겁니다. 대다수 소년들은 여자아이가 되고 싶다는 생각을 하지 않아요. 대략 십육 개월 무렵부터 남자아이인 게 '낫다'는 걸 알게 되죠."(『수전 손택의 말』, 김선형 옮김, 마음산책, 2015, 118쪽)

경로 이탈

SINCE 1993 MUNHAKDONGNE

온라인 서점에 전달할 안내문에 최은영 작가를 어떻게 소개하면 좋을지 고민하다가 '함께 성장해나가는 우리 세대의 소설가'라고 적어넣었습니다. 우리가 조금씩 나이를 먹는 순간순간에 최은영 작가의 소설이 함께해왔음을 새삼 깨달았기 때문입니다.

「쇼코의 미소」속 '쇼코'와 '소유'가 그들이 원하던 방향으로 나아가지 못하거나 서로를 향해 날카로운 말을 던질 때 저는 그런 감정이 무엇인지 너무나 알 것 같았던 사회 초년생이었고, 「아치디에서」에서 간호사인 '하민'이 스스로가 엉망이 되었다고 느끼며 훌쩍 아치디로 떠날 때는 저 역시 직업인으로서의 어떤 보람과 소진 사이를 오가며 지내고 있었습니다. 그리고 지금은 「아주 희미한 빛으로도」속 젊은 강사인 '희원'이 자신은 어디까지 다다를 수 있는지, 더 나아갈 수 있는지 어림해보는 모습을 보며 그의 고민과 저의 고민이 겹쳐지는 순간을 경험하기도 합니다.

소리를 내지 않고 우는, 스스로를 오랫동안 용서하지 못하는, 떨리는 목소리로 부당한 일에 대해 말하는 사람들. 그리고 그들과 함께하는 동안 어쩐지 서서히 정화되고 나아가게 되는 마음. 『아주 희미한 빛으로도』가 우리에게 주는 건 그런 드문 순간들인 것 같습니다.

_N (문학동네 국내문학 편집자)

> *"정상적인 생활로의 복귀란 무엇을 의미하는 거지요?"*
> *"영화관에 새 필름이 들어온다는 걸 의미하죠."*
> ─알베르 카뮈, 『페스트』

　어느 날 최사해는 이십삼 년간의 긴 잠에서 깨어났다.

　깨어났을 때, 그는 어딘가를 향해 걷고 있었다. 자동적으로 움직이는 자신의 두 다리가 문득 그의 시야에 들어왔다. 앞으로 쏟아질 것처럼 상체에 무게를 싣고 있었다. 스텝이 엉켜버리면 바로 한 바퀴 굴러 나동그라질 것이다.

　전혀 서두를 이유가 없다는 생각이 들어 그는 발걸음을 멈추고 고개를 들어 주위를 둘러보았다. 거리는 텅 비어 있었다. 어디로 가고 있었는지 생각해내려 했지만 아무것도 기억나지 않았다. 단지, 머릿속에 어두운 방의 이미지 하나가 순간적으로 떠올랐다 사라졌다. 그래, 그곳으로. 왠지 알 것 같은 기분이 들었다. 계속 걷다 보면 도착하리라. 발끝이 이끄는 대로 그는 다시 몸을 기울였다.

언덕이라든가 가로등, 올리브색 벤치 같은 것들이 눈에 익었다. 그대로네 하고 소리 내어 말하고 싶어졌다. 그렇게 해보지 않을 이유가 없었다. 맑은 공기. 소리가 에코를 만들듯 조금씩 지연되면서 보이지 않는 회오리바람처럼 거리를 훑고 사라졌다. 나무들은 원본을 백이십 퍼센트로 확대해놓은 것처럼 확연히 자라 있었다. 좀더 어깨에 힘을 주고 그를 내려다보는 듯했다. 그는 바닥에 드리워진 나무 그림자를 조심스럽게 피하며 땅을 밟았다. 나무 그림자 위로 발을 디딜 때마다 작은 불운이 따라올 거라는, 어릴 적에 들은 짧은 이야기 하나 때문에 그는 나무 그림자를 밟지 않는 사람이 되었다. 이제 그런 미신들은 행복한 유년기의 기억보다 더 또렷이 그의 몸에 새겨져 있었다. 마치 누군가가 의도적으로 한 사람의 기질적 특성을 입력해놓은 듯이, 선명한 상흔을 남긴 채. 이런 것들을 강박이라 불러도 좋을 것이다. 어둠의 영역이 시간의 물결에 따라 출렁거렸다. 자연스럽고 아름다운 풍경이었다. 하지만 그는 걸어온 길을 흘끔 돌아보며 어쩐지 사물의 비례가 맞지 않는다는 생각을, 그만 해버리고 말았다.

한동안은 걷고 있는 상태에서도 졸음이 쏟아졌다. 그러나 어느샌가 정신이 또렷해졌고, 그는 극장으로 가고 있었다는 사실을 기억해냈다. 한참 전부터, 아마도 이십삼 년 전부터 그곳으로 가려 했었다. 쉽게 설득당하지 않으려는 사람처럼 그는 고개를 가로저었다. 설마. 거리는 여전히 한산했고, 사방에 움직이는 것이라곤 아무것도 보이지 않았다. 얼마 동안 최사해가 목격할 수 있었던 유일한 사람의 형상은 어느덧 가까이 다가온 건물 유리창에 비친 그 자신의 창백한 얼굴뿐이었다. 그는 틈틈이 유리창을 흘깃거리며 자신의 실루엣을 확인했다. 반사면 속에서 아른거리는 그를 닮은 사람은 빠르게 손바닥으로 머리를 쓸어보았고, 이어서 얼굴을 한쪽으로 기울이며 양턱을 쓰다듬었다. 머리카락과 수염이 자라 있지 않았다. 그대로인 것 같았다. 정수리 부분을 원래대로 헝클어뜨리자 남자는 더 자기 자신이 된 것처럼 느껴졌다. 그는 유리창 앞에서 멍하니 멈춰 선 채로 언젠가 읽었던 한 편의 글을 기억해냈다. 소수의 인류만이 경험한다는, 심연과도 같은 깊은 단계의 수면 활동에 대해. 그리고 그중에서도 특정 부류에게서만 발견된다는 정신적인 현상―몽유병―에 대하여……

*

최사해는 이십삼 년 동안 잠들어 있었고, 지금은 미술관을 향해 걷고 있다. 왜 미술관 안이 아니라 밖에서 깨어났는지, 그 이유는 알 수 없었다. 잠들지 않은 곳에서 깨어나는 일에 대해 언젠가는 깊이 생각해볼 작정이다. 그는 비스바덴에서 배송되어 온 외장하드가 담긴 작은 메신저 가방을 한 손에 들고 있었다. 방금 떨어져 나간 몸통의 일부인 양 그는 그것을 멀뚱히 쳐다보다가 다시 어깨에 걸쳐 뗐다. 외장하드에는 암호화된 파일로 저장된 영화 한 편이 담겨 있었다. 최사해는 영화를 극장으로 가져가는 중이었다는 사실을 문득 깨달았다. 그것이 그의 일이었다. 미술관 내부를 돌며 이런저런 물품과 우편물을 배송하는 일. 이런 걸로 돈을 벌어왔군. 그는 무심하게 인정했다. 흥미로운 직업이라 할 순 없겠지만 골치 아픈 일에 휘말릴 염려도 없겠다는 생각이 들었다. 어쨌든 지금 그는 극장으로 가야 했다.

극장은 미술관 안에 있었다. 미술관은 하나로 통합된 단일한 건물이 아니라 여러 개의 건축물이 맞물려 확장되는 복잡한 구조를 가진 단지로 이루어져 있었다. 큰 공간 안에 보다 작은 공간들이 듬성듬성 들어차 있고 여러 개의 큐브가 나선형처럼 이어지는 형태였다. 하얀 벽면은 매끄럽게 연결되다가도 갑작스러운 경사면으로 내부가 단절되었다. 때문에 안에서는 그 구조를 잘 파악할 수 없었지만 멀리서 보면 비정형의 건물들이 조화롭게 어우러져, 미술관의 전체적인 실루엣은 아름답게 부서진 성이나 반쯤 조각난 거대한 사기그릇 같아 보였다. 형태 외에도 이 미술관만의 특별한 점을 하나 더 언급하자면, 정교하게 결합된 큐브―외부 형태야 어떻든 내부가 모두 화이트 큐브로 채워져 있었기 때문에 그렇게 불렸다―를 이동시키면 완전히 새로운 조합의 공간을 연출할 수 있도록 설계되었다는 점이다. 하지만 그가 아는 바로는 개관한 이후 단 한 번도 처음의 구조가 변화된 적은 없었다. 그건 그다지 합리적인 일로 여겨지지 않았다. 우선 예산상의 문제. 얻을 수 있는 무형적, 미학적 가치에 비해 낭비되는 비용이 너무 막대하다는 것. 둘째로, 미술관의 구조를 바꾸고 싶다고 요구한 작가 혹은 큐레이터가 현재까지 전무했다는 점. 마지막으로는 가장 인간적이고 누구든 쉽게 납득할 수 있는 이유로서, 변형되고 개조된 임시 구조에서는 누군가 반드시 어떻게든 길을 잃게 되지 않을까, 하는 지극히 상식적인 우려가 보이지 않는 공감대를 형성했다. 물론 그런 혼란과 무정형성 자체가 설계자의 기본 취지였다고 추측함이 타당할 것이다. 가장 현대적인 현대미술관. 움직이는 하나의 거대한 조각으로 작동하는, 상상의 미술관. 하지만 최사해는 애초에 그 이야기를 들었을 때부터 큐브를 움직인다는 것이 일종의 '가설', 그러니까 도시괴담 같은 것에 불과할지도 모른다는 생각을 했다. 괴담의 종류는 여러 가지로 제시될 수 있다. 그중 이 업계에서 가장 선호되는 것으로는 실현되지 못한 천재 건축가의 독창적인 설계 같은, 약간의 비극적인 요소가 가미된 낭만적이고 감상적인 비화가 있다. 그런 이야기를 좋아하는 사람들이 세상에는 여전히 많이 존재한다. 어쩌면 학교나 병원, 도서관, 박물관처럼 여백이 발생하는 공공시설에는 인간의 상상력으로 채워넣어야 하는 어떤 공통적인 결핍 같은 게 존재하는지도 모른다.

최사해에게 맨 처음 그 이야기를 들려준 사람은 늙은 영사기사였다. 영사기사는 오래전 한쪽 눈의 시력을 잃었다. 그는 왼쪽 눈에 안대를 둘러서 해적처럼 험상궂은 인상이었지만 실은 벌레 한 마리도 죽이지 못할 정도로 선한 사람이었다. 혹시 '인간문화재'라는 개념이 아직까지 존재하는가? 그렇다면 영사기사를 해당 리스트에 가장 우선적으로 등록시켜야 한다. 새로운 아카이브 폴더를 생성해 그의 말과 태도와 지식과 기술을 모조리 기록하고, 전수하고, 기념하고, 제자를 들이고, 또 그에게는 죽을 때까지 합당한 연금을 지급해야 한다…… 이 시대가 문화라는 것을 진정으로 존중한다면 말이다. 아무튼, 늙은 영사기사는 극장에서 하루종일 홀로 시간을 보냈다. 극장은 미술관 외곽에 자리하고 있었는데, 어떤 벽면으로도 햇빛이 닿지 않는 한갓진 장소였다. 햇빛이라는 단어를 꺼내는 것조차 사치스럽게 느껴질 정도였고 수장고만큼이나 접근성이 떨어졌다. 극장에서 미술관 외부로 나가기 위해서는 성인 남자의 빠른 걸음으로도 이십 분이 넘게 걸렸다. 외식을 포기한 영사기사는 언젠가부터 똑같은 크기로 썰린 피넛버터 샌드위치를 낱개로 포장해와 냉동실에 차곡차곡 보관해두고 매일 하나씩을 꺼내 먹었다. 그것이 그의 점심이었다. 가끔씩 최사해가 극장에 들를 때면 이미 영사기사는 극장 옆 창고—'사무실'이라 불리는—에 틀어박혀 지독한 냄새를 풍기는 쓴 차와 함께 단숨에 식사를 해치운 뒤 커다랗고 오래된 책상 앞에 우두커니 앉아 있곤 했다. 그는 매일 조금씩 책을 읽는다고 말했다. 읽었던 책을 읽고, 읽고, 또 읽었다. 기억력이 좋지 않다는 건 축복이야. 영사기사는 콜록거리며 최사해의 등에 대고 혼잣말처럼 외쳤다. 그의 청력이 시력만큼 좋지 않다는 사실은 꽤나 명백해 보였다.

*

층별 안내. B3F.

미술관에서도 가장 접근하기 어려운 공간에, 인적이 드물어 조명등조차 켜놓지 않은 안내 부스 부근에 블랙박스가 있다. 지금은 '미디어박스'라고 불러야 하겠지만 편의상 그것을 '극장'이나 '영화관'처럼 관습적인 이름으로 불러도 무방하겠다. 긴 복도의 끄트머리에 위치한 극장 입구에는 C I N E M A라는 오래된 채널 간판 글자가 커다랗게 붙어 있다. 그중 불이 들어오는 건 오직 M 하나뿐.

퇴락한 분위기에도 불구하고 극장에서는 매일 오후 네시에 영화를 상영한다. 네시 정각이 되면 아주 오래된 영화 한 편이 시작된다. 영화는 유럽의 작은 도시에서 영세하게 운영되는 1인 배급사로부터 암호화된 파일로 보내진다. 원래는 필름으로 찍혔지만 21세기 초에 대부분 디지털화된 영상이다. 영사기사는 미리 파일을 다운로드 받고 대략 세시 삼십분부터 영사실에서 대기한다. 프로젝터와 사운드 시스템을 점검한 후 남는 시간엔 멍하니 맨 뒷좌석에 앉아서 관객들을 기다린다. 관객이라고 해봤자 보통은 서너 명 남짓에 불과하다. 그러나 가끔씩 유명한 감독의 영화가 상영되면 백 명의 관객이 몰려왔다. 미술관 극장이 소화할 수 있는 최대 인원이었다. 사람들은 유명한 배우가 나오는 유명한 감독의 유명한 영화를 좋아한다. 영사기사는 그런 경향에 대해 어떠한 코멘트도 하지 않는다. 그에게 중요한 문제는 어찌됐든 매일 오후 네시에 영화를 시작시킨다는 루틴뿐이다.

극장을 찾는 이들은 매번 제시간에 도착하지 못해 영화 초반부를 놓쳐버렸다. 관객들은 극장으로 오는 길이 무한에 이르기라도 하는 것처럼 제각각 다양한 방식으로 극장에 도달했다. 헤맨 끝에, 멀리서 깜빡이는 M을 발견하면 그들은 구조대가 보내는 신호를 발견한 듯 안도했다.

M……!

서너 명, 혹은 백 명의 사람들은 먼 복도 끝을 향해 허겁지겁 뛰어가 무거운 철문을 열고 극장 안으로 들어섰다. 뒤를 따르는 이들에게 그 문은 작은 상자로 통하는 더 작은 구멍처럼 보였을 것이다. 문을 통과한 관람객들은 빛을 막기 위해 설치된 검은색 암막 커튼에 휘감겨 한참을 허우적대다가 어둠 속으로 한 걸음씩 발을 뗄 수 있었다. 사방과 구분되지 않는 시커먼 벽을 손바닥으로 짚어가며 긴 통로를 지나, 희미한 실루엣 정도로 구분되는 객석 쪽으로 팔을 뻗어 더듬거린 끝에 겨우 좌석 쿠션 위에 엉덩이를 안착시켰다. 늦게 입장한 사람들은 방금 그들이 경험한 유일무이

한 어둠의 체험에 대해선 완전히 망각한 채, 그들로부터 빠른 속도로 멀어지는 밝은 스크린 위의 움직임에 시선을 고정시켰다. 만 팔천 안시로 흔들리는 거대한 형상들. 마취된 것처럼 미동 없이 한 방향을 응시하는 굳은 뒷모습들. 단체로 돌입한 최면 상태. 개별적인 광기와 망상들이 하나의 시선으로 수렴되는, 영화 관람이라는 시대착오적인 취미. 이 모든 동시적 사태의 아름다움이 경이로웠다. 이것은 매일 오후 네시 무렵 극장에서 벌어지는 일이다. 누군가에게는 그것이 '괴담'이라 하더라도 말이다.

*

어느 봄날 오후.

최사해는 홀로 산책하고 있었다. 심장이 세차게 뛰어 세 번이나 멈춰 서서 호흡을 가다듬었다. 깊은 잠에서 깬 기분이 들었다. 종종 그런 기분이 들곤 했다. 언젠가는 누군가에게 고백할 수 있을 것이다. 저에겐 한 가지 특별한 습관이 있습니다. 그것은……

애초에 그의 계획은 점심을 먹은 후 미술관 주변을 산책하는 것이었다. 그런 다음 무인 우편함에 들러 외장하드를 픽업해올 생각이었다. 그는 그날그날의 기분에 따라 즉흥적으로 산책길을 정했다. 미술관 주변에는 작은 골목들이 많아서 약간의 노력만으로도 다양한 조합의 새로운 루트를 만들어낼 수 있었다. 조금은 설계자가 된 기분을 만끽할 수 있는 것이다. 그는 이름 모를 천재 건축가의 수고에 감사하고 싶었다. 그 덕분에 알려지지 않은 출구를 찾아내는 기쁨을 느끼곤 했다. 마찬가지로 길을 쌓아가는 마음으로 틈새에서 시작되는 전혀 다른 산책길을 고안해냈다. 그는 자신이 이 분야의 대가라고 스스로를 생각해보았다.

그는 미술관을 둘러싼 정원을 어슬렁거리며 걸었다. 이곳은 쓸데없이 넓어서 공원처럼 느껴진다. 매일매일 좀더 넓어지는 것 같았다. 거대한 나선형을 그리는 구름다리를 지나면 미술관과 정원을 구분 짓는 낮은 성벽이 나왔다. 성벽 옆으로는 군도를 이루는 섬처럼 한 줄로 일정하게 떨어져 배치된 돌 화분들이 점점이 늘어서 있었다. 각각의 돌 화분 안에는 세 가지 색의 양귀비가 빽빽이 자라 있었다. 그는 활짝 핀 노란색 양귀비 꽃잎을 오랜 버릇처럼 톡톡 건드렸다. 걸음을 멈추진 않는다. 일정한 속도로 앞으로 나아간다. 언젠가 그에게 그 꽃들의 이름이 '양귀비'라고 말해준 사람이 있었다. 그는 반쯤은 그의 말을 믿지 않았다. 양귀비라니. 그건 정말 이상한 선택이 아닌가. 하지만 그 꽃들을 양귀비가 아닌 다른 것으로 부를 방도가 없었다. 그는 그때의 감각을 떠올려보듯 미간을 살짝 찡그렸다. 미소를 머금은 직원들이 반대편에서 걸어오고 있었다. 친절한 얼굴. 그와 마주치게 될 것을 예상하는 듯한 표정이었다. 인사를 해야 할 만큼 그들에게 근접하기 전에 그는 최대한 자연스럽게 다른 방향으로 길을 틀었다. 점심시간만큼은…… 혼자 됨이 필요하다. 일할 때도 그는 대개 혼자였지만 그에게 필요한 것은 다른 종류의 혼자였다. 오픈된 공간에서, 자신을 모르는 타인들로부터 적당한 거리를 유지하고 있을 때 밀려드는 아늑한 종류의 혼자. 태양빛 아래서 나른한 현기증을 동반하는 혼자. 조금쯤 시를 쓰고 싶어지는, 그런 기분의 사정권에서 벗어나지 않는 혼자.

시를 써볼까……

시.

시 같은 것.

나는 시를 썼었나.

시를 써왔던 걸지도 모른다. 그건 부끄러운 일이 아니다. 하지만 왜 갑자기 부끄러움이라는 감정을 떠올렸는지?

최사해는 자신에 대한 생각에 골몰했다. 그리고 여느 때처럼 모든 사물에서 자신을 발견하기 시작했다. 얼마 지나지 않아 별로 애를 쓰지 않았는데도 자기 자신에 대해 좀더 알게 된 기분이 들었다. 무심코 바지 주머니에 손을 넣었는데 어릴 적 가장 아끼다가 잃어버린 구슬을 발견했을 때처럼. 상상의 주머니에는 빛나는 구슬 하나와 그것이 빠져나가지 않을 만큼 작고 검은 구멍이 하나나 있었다. 블랙홀 같은 구멍과 그 안으로 빨려들어간 삭제된 기억들.

그리고 어떤 거리감.

마취에서 깨어난 뒤 찾아온 갑작스러운 고통 속에 놓인 사람처럼 그는 소스라치게 놀랐다. 잠들기 전엔 분명 스물셋이었는데 깨어나니 사십육 세가 되었다는 사실을 깨달았기 때문이었다. 그리고 그것이 실제로 무엇을 의미하는지 도무지 알 수 없으리라는 것도. 혼란스러운 가운데에서도, 그는 스스로가 무려 이십삼 년이나 잠들 수 있는 능력을 가졌음을 새롭게 인식했다. 시간을 건너뛰는 것. 어떤 식으로든 간에. 원체 죽은듯이 자는 편이지만, 그런 일을 할 수 있으리라고는 한 번도 생각해본 적 없었다. 또한 원해본 적도 없었다. 그는 증폭된 자신의 재능을 두 눈으로 확인한 어설픈 초능력자처럼 어리둥절한 기분으로 낯선 세계를 바라보았다. 잘 정돈된 정원에서는 사람들이 서로의 영역을 존중하듯 일정한 거리를 유지한 채 거닐고 있었다. 개를 데리고 온 이들은 이따금 멈춰 선 채 개들이 서로의 냄새를 맡으며 킁킁대는 시간을 기다려주었다. 개들이 상대를 향해 짖으면 그제야 인간들은 때가 되었다는 듯 무심한 얼굴로 줄을 당겨 방향을 틀었다.

고개를 들어 하늘을 보니 마름모꼴 모양의 구름이 서서히 뭉개지고 있었다. 평화로운 날씨. 순조로운 산책. 이전과 달라진 점이 있더라도 전혀 알아챌 수 없을 것만 같은 기분이 들었다. 특별히 더 나이를 먹었다는 실감도 나지 않았다. 여전히 세계와 거리를 두고, 가난한 기분으로 혼자 서 있었다. 그런 기질만큼은 계절의, 시간의 영향을 받지 않는 듯했다. 기질…… 그는 자신의 기질에 대해 생각하길 좋아했다. 그것만으로도 하루종일 심심하지 않게 시간을 보낼 수 있었다. 스스로를 견딜 수 없는 척하지만 자기 자신에 대해 생각하기를 멈추지 않는다. 그렇다. 끔찍이도 사랑하는 것이다. 그런 것은 도무지 변할 줄을 모른다.

그는 누군가를 만나고 싶은 기분으로 사람들을 피해 다녔다. 멀찍이 사진 찍는 사람들이 보였다. 네 명의 남자가 그중 하나를 중심에 두고 위성처럼 일정한 거리를 유지한 채 조금씩 이동해가며 촬영에 몰두하고 있었다. 가운데 선 남자는 동일한 색의 반바지와 반팔 셔츠를 세트로 입고 있었다. 그는 피팅 모델처럼, 아니 피팅 모델이었고, 미술관 외벽을 배경 삼아 연속적으로 몇 가지 포즈를 취하는 중이었다. 남은 세 명 중 덩치가 큰 남자는 벽돌 같은 카메라를 들고 그를 향해 연신 셔터를 눌러댔고, 나머지 두 사람은 인간 옷걸이 역을 맡은 듯 엉거주춤 여러 벌의 셔츠와 바지 등을 어깨와 팔에 걸쳐 들고 카메라맨을 따라다녔다. 그들이 네쌍둥이마냥 서로 무척 닮아 있어 기묘한 인상을 받았다. 한 가지 얼굴밖에 그리지 못하는 고집스러운 작가의 캔버스 속에서 체격만 조금씩 다르게 설정되어 배치된 캐릭터들 같았다.

그저 미술관을 한 바퀴 도는 동안에만도 비슷한 광경을 두 번이나 더 목격할 수 있었다. 야외 조각공원 입구에서 또다른 남자 네 명이 비슷한 구도로 촬영을 하고 있었고, 원형 광장을 마주하고 세워진 사자상을 배경으로는 여자 넷이 뭔가를 찍고 있었다. 두번째 남자들 무리는 그냥 지나쳤지만 여자들이 모여 촬영하는 모습은 멈춰 서서 조금 더 오랫동안 지켜보았다. 여자들은 퍼포먼스를 기록하는 중이었다. 한 사람이 촬영을 하고 세 사람은 나란히 서 있다가 이해할 수 없는 몸부림을 치다가 또 가만히 멈춰 서기를 반복했다. 아마추어 예술가들을 바라보던 그 순간에야 비로소 그는 자기 자신에 대해 생각하기를 잊어버렸다. 하지만 그것을 깨닫자마자 다시금 스스로에 대한 생각이 작동되기 시작했다. 잠시 원 밖으로 걸어나가지만 금세 원 안으로 회귀하는 자동적인 움직임같이. 그런 것을, 제어되지 않는 어떤 힘을 느끼곤 했다. 더 큰 영역에 소속되어 있는, 압도적이고 거대한 혼돈 가운데 놓인 상황을.

여자들이 서로를 닮지 않은 것이 어쩐지 이상하다고 생각하며…… 그는 발걸음을 옮겼다. 하지만 그보다 더 수상한 점은 그가 여전히 미술관을 빠져나가지 못하고 있다는 사실이었다. 미술관으로부터 멀어졌다고 생각하는 순간 다시 미술관이 나타났고, 먼 방향으로 걷고 있다고 생각했는데 다시 미술관 정원 어딘가를 서성이고 있었다. 경계 지점에 이르러 제자리걸음을 하면 이내 다른 내부에서 정신을 차리듯이.

그냥 지나쳤던 두번째 남자들 무리와 다시 마주쳤을 때에는 그들에 대해 전보다 호기심이 일었고 걸음을 멈추고 촬영하는 상황을 구경하기로 했다. 알고 보니 그들은 옷과 모델을 촬영하는 것이 아니라 어떤 영상을 찍고 있었다. 촬영팀이 단출하고, 아무도 대사를 치지 않았기 때문에 첫번째 남자들과 구별되지 않았을 뿐이었다. 그들은 똑같은 장면을 열다섯 번도 넘게 찍고 있었다. 모델 역을 맡은 남자가 멀리서 걷고, 걷고, 또 걸었다. 그 반복에 어떤 차이점이 있는지 알 수 없었으나, 그들은 진지했다. 반복을 통해 얻을 수 있는 깊이 그 자체가 그들의 목적인 것처럼. 남자들이 잠시 촬영을 멈추고 담배를 피우며 쉬는 동안 그는 자신도 모르게 그들에게 다가가 물었다.

뭘 하는 거예요?

뻔히 영화를 찍는 거라고 생각했으면서도 그는 그렇게 물었다.

그냥 뭐 좀 찍어요.

뭘요?

영화.

옷걸이 역 비슷한 것을 맡은 사람이 무표정한 얼굴로 대답해주었다.

제목이 뭔데요?

옷걸이가 바로 귀찮다는 표정을 지었지만 역시 대답해주었다.

나는 마스크를 쓴 채 전진한다.

그는 갑자기 할말을 잃었고 자신을 포함한 모든 사람들의 얼굴에 마스크가 붙어 있다는 사실을 새삼스럽게 환기했다. 왜 모든 모임이 네 사람으로만 이루어졌는지도 단번에 이해했다. 그 이상한 바이러스는 아직도 우리 곁에 있었다.

정체를 알 수 없는 울적한 기분에 휩싸인 그는 남자들을 떠나 한적한 나무 그늘 아래로 들어갔다. 서늘한 벤치에 반쯤 걸터앉았다가, 이물감을 느끼고 일어나 바지 뒷주머니에서 손바닥만한 노트 하나를 꺼냈다. 그가 항상 지니고 다니는 것으로 파란색 표지에는 흰색 구체 세 개가 허공에 떠 있는 듯 그려져 있었다. 노트 안쪽에는 두번째 손가락 길이만한 가늘고 매끈한 검은색 볼펜이 책갈피처럼 꽂혀 있었다. 맨 앞 페이지에는 "나는 무작정 걷기를 좋아한다. 거리의 이름들은 별로 중요하지 않다"라는 문장이 쓰여 있고 그 바로 아래에는 좀더 작은 글씨로 프랑시스 피카비아의 이름이 적혀 있었다. 분명 그의 필체였으나 어디서 옮겨왔는지 도무지 기억나지 않았다. 한때 그의 마음을 대변했을지도 모르지만 이제는 그 출처를 완전히 잊어버린 문장이었다. 그러나 그걸 적어내려갈 때의 그 느낌만은 순식간에 되살아나 바로 어제 일처럼 생생하게 느껴졌다. 그것을 쓴 때는 아주 오래전이었고, 온통 유쾌한 마음뿐이었다. 매우 젊었고, 앞으로도 당분간은 계속 젊을 거라는 사실을 의식하고 있었다. 그런 기분은 이제 아득하기만 했다. 사건들에 대한 기억은 온데간데없이 사라지고 그때의 기분과 감정만이 남아 있을 뿐이었다. 그것은 뜬눈으로 길을 잃어버린 느낌이었고, 가려던 길이 무엇이었는지조차 잊어버린 상태였다. 가려던 길, 하고 노트에 적으려다 말고 문득 낯익은 기분이 들어 앞부분을 뒤적여보았다. 바로 몇 페이지 앞에 똑같은 문구가 적혀 있었다. 그리고 그가 이어서 써보려 했던 내용이 이미 적혀 있다가 일순간 흩어져 사라졌다. 그는 조금 혼란스러운 기분으로 노트를 덮었다. 어떤 반복이, 수상한 반복이 그를 따라다니고 있었다. 아직도 자고 있는 걸까. 꿈속인 걸까. 그렇다면 어서 깨어나고 싶다.

그는 기억나지 않는 꿈의 파편들을 맞춰보려 했다. 꿈속의 꿈일지 모르는 것들에 대하여. 생각의 초점을 맞춘 상태에서 이리저리 조각 모음을 해보는 정도였다. 그것이 그를 다시 상쾌하게 만들었다. 처음에는 정말이지 아무런 기억이 없었다. 한 점의 기억도 없는 것. 아니, 아침이 있었다. 오늘 아침에는 책이 너무 잘 읽히는 바람에 약간의 어지럼증까지 느끼지 않았던가. 눈에 바로바로 사로잡히는 글자들을 뇌가 다 처리하지 못할 정도였다. 현기증. 현란함. 찬란함. 찰랑거리는 의미들, 물결들에 대하여…… 그는 떠오르는 단어가 아무렇게나 머릿속을 부유하도록 내버려두며 그것들을 노트에 옮기려 했다. 하지만 볼펜을 놀리는 속도가 너무 느려서 겨우 현기증까지밖에 적지 못하고 그뒤의 말들을 모두 잊어버렸다. 볼펜이 무척 가늘어서 쥐고 있기가 힘들었다. 그것은 이십삼 년 전에 열린 한 작가의 회고전을 기념하기 위해 만들어진 굿즈 중 하나였는데 눈에 쏙 들어오는 디자인이었지만 여러모로 실용성과는 거리가 멀었다. 볼펜대에는 죽은 작가의 이름이 필기체로 비스듬하게 새겨져 있었는데, 테두리가 희미해져서 더이상 글자를 알아볼 수 없었다. 작가는 죽고, 전시는 끝나고, 도록은 아무도 방문하지 않는 아카이브에 모셔진다. 이제 그 흔적은 빛바랜 상품으로 삶의 주변에 남아 있다.

이름.

그는 문득 자신의 이름이 기억나지 않아 출입증을 살펴보았다. 어느 틈엔가 그것은 목에 걸려 있었다. 또다시 머리가 지끈거렸다. 경미한 뇌졸중. 각성된 상태의 기면증. 감염병이 잦아들고 찾아왔다는 정체를 알 수 없는 수면병의 대유행. 인류세의 대단원에 들이닥친 난데없는 멜랑콜리. 지금 상태를 정확하게 표현할 수 있는 적절한 단어를 생각해내고 싶다. 그는 단어 몇 개를 입안에서 중얼거려보다 그만두었다. 나는 아주 예민한 어지럼증을 느끼고 있다. 섬세하고 바보 같은. 아주 잘생기고 늠름한 어지럼증. 커다란 휠 안에서 제자리를 전속력으로 뛰어가는 고양이의 발 같은 기억력. 그는 그날 오후 산책길에 고양이 한 마리를 보았다. 미술관 정원에 있는 작은 호숫가를 배회하면서.

이십삼 년 동안 꾸는 꿈이라면, 무엇이든 단번에 떠오를 리 없겠지.

아마도 말이야.

그는 두 손가락으로 고양이의 머리를 가볍게 쓰다듬으며 혼잣말을 내뱉었다. 그러고는 이십삼 년 전에도 똑같은 고양이를 만진 적이 있었던 것 같아 조금 몸서리쳤다. 작은 몸집의 턱시도 고양이가 갸르릉거리며 그의 손에 머리를 비비다가 살짝 고개를 돌려 허공에 멈춰 있는 그의 손가락을 가볍게 깨물었다. 하나도 아프지 않았다.

어디선가 여자 두 명이 다가와서 고양이 사진을 찍어도 되겠느냐고 물었다.

제 고양이가 아닌데요.

그럼 그냥 잠시만 가만히 계셔보세요.

최사해는 아무 포즈도 취하지 않으려 노력하면서도 얌전한 반려견이 된 것처럼 반듯한 자세로 고분고분하게 멈춰 있었다. 잠시라고 했지만 여자들은 굉장히 오랫동안 공들여 고양이 사진을 찍었다. 그는 턱시도 고양이와 가장 잘 어울리는 또다른 피사체가 된 것처럼 고양이 옆에 계속 그대로 앉아 있었다. 그사이에 그가 깜빡 잠이 들었던 것일지도 모를 일이었다. 정신을 잃으면서 그는 미술관 밖으로 나갈 수 있는 방법을 순식간에 깨우쳐버렸지만 그것을 필기해야겠다고 생각하는 순간 곧바로 그 느낌을 잃어버렸다. 그런 일들은 모두 찰나의 순간에 이루어진다.

*

하루 만에 스물셋에서 마흔여섯이 된 최사해는 화단 앞에 쭈그리고 앉아 한데 뭉쳐 있는 꽃들을 내려다보고 있었다. 양귀비는 아니고 더 작은, 이름 모를 꽃들이었다. 팬지꽃. 아마 그럴 것

이다. 살며시 고개를 끄덕이는 꽃잎의 부드러운 살결. 그는 꽃의
소멸을 생각했다. 어느 시점이 되면 꽃들은 퇴장해야 했다. 그때
가 되면 한 송이도 남김없이, 뿌리까지 무자비하게 뽑혀나가 쓰레
기통에 버려졌다. 같은 자리에는 그 계절 만개하는 다른 식물군이
이식되어 교체되었다. 그런 활동이 매 계절 끊임없이 반복된다는
사실이 끔찍하게 느껴졌다.

그는 기억한다. 무척 오래전, 아버지라고 생각했던 사람에게 물
었다. 그때는 그가 열 살 하고도 팔 개월 정도 되었을 무렵이었다.
그는 그의 아버지가 마흔여섯 살이 되었을 때에야 비로소 태어난
첫아이였다. 마흔여섯이라니, 어린 그에겐 그것이 끔찍한 나이였
다. 처음으로 아버지가 되기엔 지독히도 많은 나이다. 언젠가 아
버지에게, 그의 아버지였을 사람에게 다음과 같이 물었던 것도 그
는 기억해냈다.

아버지, 인생의 반을, 그 이상을 살아버렸다는 건 어떤 느낌이
에요?

혹은,

앞으로 남은 삶이 지나간 삶보다 더 짧아졌다는 건 어떤 느낌이
에요, 아버지?

네. 맞아요. 죽을 날이 태어난 날보다 더 가까이 있는 상태 말이
에요.

아버지,

하고 그는 자꾸 부른다.

상대는 그의 말을 듣고 있지 않다. 듣지 못하는 상태였을 수도 있다.

아예 질문 자체를 꺼내지 않았을 수도 있다.

마지막으로 아버지를 만난 건 무척 오래전이었다. 아버지는 눈을 감고 누워 있었다. 처음 만났을 때와 마찬가지로 그는 깊이깊이 잠들어 있었다. 이제 그는 아흔두 살이 되었을 것이다. 몸은 아흔두 살이고 정신은 마흔여섯 살인 채로.

아버지, 인생의 절반 이상을 살았다는 건…… 아무 느낌도 아니군요.

그는 몸의 무게중심을 왼발에서 오른발로 옮겼다. 꽃잎들이 그의 그림자 안으로 들어왔다. 그는 그대로 얼마간 고개를 숙인 채 멈춰 있었다. 아주 작은 꽃잎 하나를 오래도록 쳐다보았고, 태양 빛이 그의 뒤통수를 통과하지 못하고 땅 위에 까만 영역을 만들고 있는 풍경을, 또 그것을 쳐다보는 자신의 실루엣을 멀리서 다시 들여다보는 것처럼 마음속에 그려보았다. 다리가 저려오는데다 쭈그린 모습이 추할 것 같다는 생각이 들어, 최사해는 일어나서 몸을 쭉 펴고 고개를 한번 크게 젖혔다가 다시 꽃밭을 내려다보았다. 똑같이 생긴 작은 꽃들이 한데 뭉쳐 피어 있었기 때문에 방금 전까지 마음을 주고 쳐다보았던 하나의 꽃잎이 개중 어떤 것인지 도무지 알아볼 길이 없었다. 알아볼 수 없다는 것. 그것이 그를 조금 슬프게 했다.

꽃잎 찾는 일을 아주 빠르게 단념하고 그는 다시 걸었다. 멀리까지 걸어온 것 같은데 아직도 미술관 안을 벗어나지 못했다. 그때 갑자기 잔디밭에 숨어 있던 스프링클러가 일제히 작동하는 바람에 한시 정각이 되었음을 깨달았다. 한시는 아주 빠르게 다가왔다. 그 무엇보다 빠른 것은 한시다. 점심시간은 이미 끝났다. 그는 먼 곳을 바라봤다. 한시보다 빠른 걸음으로 한시 일분이 되기 전에 미술관 안으로 빨려들어가는 사람들을. 아니, 이런 표현은 과장이고, 겹겹이 회귀하는 개미떼처럼 출입증을 목에 건 직원들이 줄지어 미술관으로 복귀하는 장면을 쳐다보았다.

그는 천천히, 되도록이면 가장 천천히 극장에 돌아가기로 마음먹었다. 어찌된 일인지 밖으로 나갈 순 없지만, 안으로 들어가는 길은 열려 있으리라는 믿음이 있었다. 그는 확신을 가진다. 오늘의 일정은 내부로의 실험적인 산책. 반항적인 산책. 있어서는 안 되는 시간에 그곳에 있기. 비어 있는 극장, 혼자 울리는 전화벨, 투덜거리는 영사기사, 넘어지는 찻잔, 쓰러짐 깨짐, 혼자 남음. 아무도 제자리에 있지 않음. 영화는 네시에 시작합니다. 그러므로 한시를 맞추지 못하는 것은 문제가 되지 않을 것입니다. 극장은 미술관 입구에서 가까운 쪽에 두는 편이 좋았을 것입니다. 이것은 순전히 아마추어적인 생각일지도 모르지만 말입니다. 그는 천재 건축가가 저지른 실수에 대해 생각한다. 평균값에서 초과되는 그의 재능을 생각한다. 극장에 도달하기 위해 거쳐야 하는 수많은 나선형들에 대해서 생각한다. 쓸모없는 아름다움과 정오에서 끝없이 멀어지는 네시에 관해서도 생각한다. 천재도 아니다, 그자는. 그의 오류를 오직 최사해만이 의식하고 있었다. 절친한 친구의 배신을 뒤늦게 깨달은 사람처럼 그는 갑자기 깊은 허무감에 빠졌다. 아무렇지 않게 지나쳐온 길이 뒤돌아보는 순간 낭떠러지가 되어 사라지는 영화가 있었다. 그런 이미지들은 언제나 순간적으로만 스칠 뿐, 그의 기억력은 그것들을 붙잡지 못한다.

*

그는 다시 깨어난다.

비슷한 햇빛, 비슷한 습도, 비슷한 건물. 그는 길 위에 서 있다. 보이는 것은 한가한 풍경이다. 다른 날들의 같은 시간 속에서 눈을 뜨는 건지도 모르겠다. 동일한 시간대에 촬영된 영상을 무작위로 추출하여 이어붙인 타임라인 속에 갇힌 인물처럼.

그는 힘겹게 어느 한 지점에 도달한다.

점심.

어느새 그의 손에는 브라운 백이 하나 들려 있었다. 흉측하게 짜부라진 샌드위치를 상상하며 그는 조심스럽게 입구를 열어젖혔다. 안에는 아무것도 들어 있지 않았다. 그러나 자세히 쳐다보니 구석 한 귀퉁이에 물기가 스며들어 짙은 갈색으로 변한 흔적이 희미하게 남아 있었다. 그는 브라운 백 안으로 숨을 불어넣고 코를 넣어 킁킁거렸다. 옅게 음식 냄새가 배어 있는 듯했다. 벤치에 앉아 있을 때 샌드위치를 먹었는지도 모른다. 영화 찍는 사람들을 만나기 전, 혹은 고양이를 만난 다음에…… 자신도 의식하지 못할 정도로 허겁지겁. 기억에서 잊힐 정도로 다급한, 동물적인 필요에 의하여. 아마도 한두 입만으로 샌드위치를 끝장내버렸을 것이다. 기억의 틈새로 빠져나갈 만큼 단숨에. 그런 일은 놀랍지 않다. 자주 있는 일이다. 샌드위치 하나로는 성이 차지 않을 때가 많다. 그는 주먹보다 작은 크기로 브라운 백을 구겨서 대여섯 걸음쯤 떨어진 쓰레기통을 향해 던졌다. 그것은 완만한 포물선을 그리며 쓰레기통 안으로 들어갔고, 이상할 정도로 한참이나 후에 작게 '툭' 하는 소리를 내며 바닥으로 떨어졌다.

잔디밭에서는 여전히 스프링클러가 돌아가고 있었다. 최사해는 한동안 스프링클러가 돌아가는 모습을 멍하니 바라보았다. 중독성 있는 움직임이다. 하려던 생각을 모조리 잊도록 만드는 움직임이다. 단순하고 아름다운. 스프링클러는 고장난 시곗바늘처럼 제자리에서 멈칫거리면서도 지치지 않고 꾸준히 방향을 틀어 사방으로 물을 분사해나갔다. 물줄기는 나선형을 그리며 힘차게 밖으로 퍼져나가 주변의 땅을 골고루 적시고 있었다. 미술관을 만든 건축가는 나선형을 좋아한다. 최사해는 곳곳에서 나선형을 발견했다. 무언가를 암시하는 것처럼 도처에 숨어 있었다. 내부에서 외부로 밀어내는 것. 회전하는 것. 입력된 시간이 되면 스프링클러 헤드가 땅 밑에서 일제히 올라온다. 그것들은 한시가 되면 자동적으로 깨어나 변하지 않을 움직임을 반복한다. 식물들을 위한 자동급식 기계장치. 직원들은 모두 제자리로 돌아가서 일을 시작하십시오. 자연스럽고 조화롭다. 최사해는 멍하니 물안개를 바라보았다. 영원히 그 상태로 있었던 것처럼.

그는 문득 정신을 차리고 노트를 꺼내 스프링클러, 라고 휘갈겨 적었다. 그러나 쓰는 동안에 그다음에 올 단어를 잊어버리고 그 옆에 단지 몇 개의 점을 꾹꾹 눌러 찍으며 잃어버린 기억이 돌아오기를 기다렸다. 기억은 돌아오지 않았다. 언제나처럼. 이어 적기를 포기하고 그는 노트를 주머니에 도로 넣었다. 갑작스러운 피로감이 몰려들었다. 점심시간을 내내 미술관 안에서 보냈다는 사실을 믿을 수 없었다. 그는 성벽을 따라 돌아와 정문을 향해 터덜터덜 걸었다.

건물 입구로 들어서기 전에 최사해는 바지 뒷주머니에 있던 직원 출입증을 찾아냈다. 출입증 사진은 몇 년 전 어느 놀이공원에서 발견한 포토 부스에서 찍은 것이었다. 그는 어릴 적부터 왠지 그 기계가 좋았다. 갑자기 터지는 플래시라이트, 모든 공정을 일분 만에 끝내버리는 신속하고 퉁명한 일 처리 방식, 섬세함이라곤 찾아볼 수 없는 싸구려 인화지, 금세 변색되어 디테일이 뭉개져버리는 피사체—그것이 누구든 간에 공평하게. 사진 속 그의 얼굴은 오려붙인 듯 새하얀 배경으로부터 분리되어 있었다. 혈색 없고 누리끼리한 피부는 19세기에서 날아온 흡혈귀의 것이라 해도 과장이 아니었다. 미술관 조직도에도 그 사진이 붙어 있을 것이다. 활짝 웃는 고급스러운 증명사진들 사이에 그의 흡혈귀 사진이 음침하게 한 귀퉁이를 차지하고 있다. 의심할 바 없이 그중 가장 허름해 보이는 사진이었고, 그 점이 어째서인지 그의 마음을 흡족하게 했다. 미술관에는 일시적인 것과 영구적인 것이 한데 뒤섞여 있었다. 관리자부터 말단 직원까지, 무슨 일을 하는지 알 수 없는 상태로 오가는 인물들이 상당수였으므로 사람들은 최사해가 이십삼 년이나 나타나지 않았어도 전혀 의식하지 못했다. 극장이 무엇인지, 거기서 무슨 일이 벌어지는지 거의 모든 직원들이 대체로 무지하다는 사실은 참으로 다행이었다.

출입증 사진 밑에는 조그맣고 정중한 서체로 이름이 적혀 있었다. 최…… 아주 불안해 보이면서도 낯익은 글자였다. 다른 형태는 도저히 상상할 수 없는 완고한 모양새였다. 그는 설득된다. 수십 년 동안 운명을 같이한다면 서로가 서로를 닮아갈 수밖에 없는 것이다. 비록 상대가 문자에 불과할지라도……

아트리움 아래로 매표하려는 사람들의 긴 줄이 이어졌다. 그들을 지나치며 최사해는 출입증을 목에 걸었다. 화난 얼굴로 서 있던 보안 요원이 표정을 풀고 묵례하며 알은체를 했다. 최사해도 머리를 숙이는 둥 마는 둥 인사하고 그를 지나쳤다. 일정한 거리를 두고 사람들이 흩어져 있었다. 유니폼을 입은 직원들이 친절한 미소를 지으며 다가와 빠르게 그를 스쳐지났다. 아는 얼굴은 하나도 없었다. 그는 아무하고도 교류하지 않았다. 아마도 그러했다. 그런 것은 기억하지 않아도 알 수 있었다. 반복적인 인사가 계속됐다. 괜히 화가 났다. 어느 시점엔가는 인사하는 사람에게 다가가서 우악스럽게 상대의 손을 잡아채 과격한 악수를 하고 싶다는 충동을 느꼈다. 성큼성큼 걸어가 길을 막고는,

제 몰골을 알아보시겠습니까?

하고 소리친다.

그러고선 미처 반응을 살피기도 전에 상대로부터 훌쩍 멀어지는 것이다. 단지 상상만 할 뿐이었다. 언젠가는 그런 말을 하게 될 날이 오리라 예상하면서. 머지않아. 아니, 이미 여러 번 그러했을지도. 그가 기억하지 못하는 나날에.

갑자기 나타난 로비는 텅 비어 있었다. 의외의 풍경을 맞닥뜨린 그는 그리운 과거의 한때로 돌아간 듯한 착란에 빠진다. 그리고 이상하게도 그 순간에 아버지가 여전히 어딘가에서 그가 기억하던 그 모습 그대로 살아 있을 거라 확신했다. 그가 무슨 잘못을 했든지 간에, 어떤 연유든 간에 시간을 놓쳐버린 지금 상황과는 전혀 상관없이. 모든 것이 그때 그대로 온전히 보존되어 있으리라고 생각했다.

로비에서 가로질러 보이는 넓은 중앙홀에는 아흔 살이 넘은 예술가가 만든 영상 작품이 실내를 얼룩덜룩한 빛으로 가득 채우며 루핑되고 있었다. 그것만큼은 예전 그대로였다. 그의 기억에 의하면 그 작품—〈행성 또는 거울〉—이 처음 설치될 때 구십대의 예술가는 생존해 있었고 자신의 개인전임에도 건강상의 문제로 미술관을 직접 방문하지는 못했었다. 그는 서서히 몸이 마비되어가는 병을 앓고 있었다. 그는 고통보다는 쏟아지는 잠 때문에 이동에 제약을 받았다. 그를 대신해 충실한 어시스턴트들이 작품을 설치했다. 예술가는 휠체어와 연결된 화상 모니터 앞에 앉아 자기만의 속도로 중얼거리다가 또 잠들었다가 하며 지시를 내렸다. 그가 잠들면 어시스턴트들은 간식을 먹거나 각자의 휴대기기를 만지작거리거나 하며 서두르지 않고 작업을 이어갔다. 아무도 불평하지 않았다. 아름다운 광경이었다. 최사해는 주머니에 두 손을 찔러넣고 중앙홀 한가운데에 다다랐다. 그는 발걸음을 멈추고 고개를 들어 영상을 올려다보았다. 천장에 비스듬히 매달린 네 개의 대형 프로젝터에서 빛이 쏟아져나와 거대한 사면을 비추고 있었다. 텅 빈 공간은 빛으로 가득했다. 벽면에서는 알아볼 수 없는 이미지가 폭포수처럼 쏟아지다가 이내 흩어지고 다시 채워졌다. 이제 이곳은 포스트 현대미술관이다. 갓 죽은 것들은 벽면에 매달려 있지 않고 공간을 부유한다. 영상은 중앙홀 사면에 딱 맞춰 제작되어 어떤 빛도 새나가지 않게 효율적으로 매핑되었다. 어두운 구석이라곤 하나도 찾을 수 없는 네 개의 세로 이미지. 그가 세로로 된 프레임에 적응하는 일은 결코 없을 것이다. 그것은 영원히 잘린 이미지거나, 이상할 정도로 텅 빈 이미지였다. 낯선 것을 싫어하는 마음. 보수적인 마음. 그런 것들로 밀려나는 상황이 그를 비참하게 만들었다. 최사해는 허공을 향해 한 팔을 내밀었다. 손바닥과 손등 위에 빛의 얼룩이 출렁거렸다. 뭔가 어긋나버렸다. 그게 당연하다는 듯이. 암전.

*

그는 미술관 내 카페로 들어간다. 점심을 먹기 위해서였다. 점심을 먹는 것도 잊을 뻔했다. 예전에는 기념품 판매 숍이었던 곳이 카페로 변해 있었다. 카페의 이름은 '바로크'.

바로크……?

손바닥 두 개 정도 크기의 상호가 입구 벽에 돋을새김되어 있었다. 그러나 가까이서 보니 도드라져 보였던 면은 그저 눈속임 효과에 불과했다. 카페 안은 예술가처럼 보이고 싶어하는 사람들로 가득했다. 18세기부터 22세기의 사람들을 한데 모아놓은 듯 복장이 각양각색이었다. 어딘가 복고적이면서도 병적인 분위기였는데, 그래서 이상한 생기와 활력이 넘쳤다.

그는 하나 남은 베지테리언 샌드위치를 주문한다. 큼직한 브리

치즈와 얇게 슬라이스된 배. 바게트에는 꿀이 발라져 있다. 만든 후 얼마간 시간이 흐른 모양으로 바게트 빵을 열어보니 꿀이 Z자 모양으로 굳은 채 스며들어 있었다. 그는 샌드위치와 커피가 담긴 트레이를 들고 앉을 자리를 찾아 두리번거린다. 내부가 번잡하진 않지만 빈자리가 눈에 띄지 않았다. 그는 넓은 다인용 좌석을 띄엄 띄엄 차지한 바로크인들을 둘러보다가 순간적으로 한 사람과 눈이 마주친다. 여자는 어쩐지 눈에 띄게 놀라며 그의 시선을 피한다. 만약 그녀가 잠복근무중인 형사라면 다른 직업을 찾는 게 좋을 것 이다. 그는 여자 쪽을 쳐다보지 않으려 노력하며 빈자리를 찾아 카페를 반 바퀴 정도 천천히 돌았다. 후미진 곳에 빈자리가 있었 다. 안쪽 벽이 전면 거울이어서 구석이라는 느낌이 들지 않았다.

급히 몰려온 허기에 약간은 게걸스러운 느낌으로 샌드위치를 한입 크게 물었고 동시에 머쓱한 기분이 되어버렸다. 시선을 피했 던 여자가 몸을 완전히 돌려 거울에 비친 자신을 쳐다보고 있었 고, 입을 벌린 바로 그 순간 눈이 정면으로 마주쳤기 때문이었다. 최사해는 그녀를 애써 모른 체하고 샌드위치를 마저 덥석덥석 먹 는다.

경로 이탈인데.

어느샌가 곁으로 다가온 여자가 머리를 낮추어 그의 귀에 속삭 였다. 그는 깜짝 놀랐고—적어도 그런 척은 했고—그 말이 무슨 뜻인지 알 수 없어 어리둥절한 기분으로 멍하니 그녀를 올려다본다. 거대한 조각상 같은 얼굴이 그를 내려다보고 있었다.

경로 이탈이라고.

엄격한 목소리여서 최사해는 자신도 모르게 움츠러든다. 이상하게도 여자 앞에서는 수동적으로 행동해야 할 것 같았다. 얌전하게, 그녀의 말을 잘 들어야 한다는 기분. 선선히 투항해야 신상에 이로울 거라는 느낌. 무력함과 긴장. 그는 서서히 마비된다. 모든 것을 압도하는 이상한 안정감이 뒤따른다. 아주 오래전부터 그 자신이 그녀의 일부였다는 느낌.

그녀를 끝까지 마주볼 수 없어 그는 눈을 내리깔고 말았다. 여자는 맞은편에 있는 의자를 끌고 와 앉더니 그의 얼굴 측면을 한동안 자세히 살펴보았다. 그는 거짓말을 들킨 아이처럼 조마조마해졌다. 주머니에 훔친 돈 같은 게 있다면 당장 꺼내놓고 용서를 빌고 싶었다. 무릎을 꿇고 그녀의 양손에 얼굴을 파묻은 다음 자신의 기나긴 죄를 고백하고픈 심정. 그것 역시 아주 오래된 느낌 같았다.

왜 자꾸 오류가 나지?

여자가 중얼거렸고, 그는 영문을 알 수 없다.

뭐가 잘못된 건지 모르겠네.

그녀가 그렇게 말하고선 다짜고짜 그의 앞이마를 만지작거린다. 그는 놀랐지만 아무렇지도 않은 척했다. 그래야만 할 것 같았다. 왜냐하면 지금 그의 앞이마 부분이 카세트테이프 플레이어처럼 활짝 열려 있었기 때문이다.

매평인가? 타임 테이블?

여자는 알 수 없는 손짓을 계속한다. 리드미컬한 움직임⋯⋯ 드디어 조작을 마치고 '문'이 닫히자, 동시에 딸깍 소리가 나서 그는 흠칫한다.

영화는 언제 시작하죠?

매일 네시에.

기계적인 대답이 튀어나왔다. 그것은 그가 가장 빠르게, 무의식적으로 답할 수 있는 질문이었다. 사고 과정 없이 신체 반응이 앞서는 종류의 정보.

그렇죠.

그녀는 가볍게 한숨을 쉬었지만 이내 다정한 표정이 되었다. 그가 좋아하는 얼굴이었다. 관리자가 갖기엔 너무 다정한⋯⋯

영화를 보기엔 좀 이른 시간이에요. 안 그래요?

그는 뭐라고 대꾸해야 할지 잘 몰라서 그냥 가만히 있었다. 왠지 그녀의 말이 그를 아프게 했다. 그녀는 그를 슬프게 만들 수 있다. 그는 무표정을 유지하려 애쓴다.

여자가 이어서 말한다.

뒤돌아보지 마요. 알겠죠? 그냥 가는 거예요. 앞으로 계속 나아가요.

*

　그녀와 좀더 많은 얘기를 나누고 싶다는 생각을 했을 때, 그는
다시 잠에서 깨어났다. 반복되는 깨어남으로 인해 그는 점차 지쳐
가고 있었다. 정신을 차렸을 때는 Y동 전시장 입구의 중층 계단
아래 소파에 앉아 있었다. 아니, 널브러져 있었다. 그는 녹아내릴
것처럼 소파에서 흘러내리고 있었다. 여기까지 오는 동안에도 몇
번이나 잠들었다 깨어났다고 어렴풋이 느꼈지만 그사이에 더 나
이가 들어버리지는 않았다. 여전히 마흔여섯이었고, 또 스물세 살
인 것처럼 느껴졌다. 한 가지 분명한 건 나이에 대해 너무 많이 생
각하고 있다는 점이었다. 여자는 어디에도 보이지 않았다. 이제는
없어짐에 대해서도 익숙해져야 할 것이다. 생생했던 꿈이 순식간
에 흔적도 없이 사라지듯 여자에 대한 기억도 어느새 휘발되어 희
미해졌다. 큰 지진이 발생한 후 이어지는 여진처럼 깊은 잠 뒤에
는 작은 잠들이 뒤따르는 걸지도 모른다.
　그가 스스로의 상태를 점검하는 동안 밝은 옷을 입은 남자 하
나가 반대쪽 소파 끄트머리에 앉은 채 최사해를 물끄러미 바라보
고 있었다. 최사해가 그를 향해 고개를 돌리자 남자는 움찔하더니
자신의 휴대기기로 급히 시선을 옮겼다. 사진을 찍은 걸까. 아니
면 영상? 자는 모습, 자는 남자. 그런 이미지는 항상 매혹적이다.
대상이 자기 자신일 때조차. 어느덧 소파가 무척 길어졌고 고개를

돌려 상대를 바라보는 것이 무례하다는 생각이 들지 않을 정도로 양끝의 거리가 멀어졌다. 그것은 점점 길어지고 있었던 것이다. 얼핏 당황한 것처럼 보였던 남자는 여유를 되찾은 듯 그에게 눈을 찡긋거리고는 휴대기기를 주머니에 넣고 일어섰다. 무슨 의미지? 최사해는 허리를 곧추세워 앉았다. 어째서 극장까지 가는 길이 이토록 먼 것인지 다소 의아하다는 생각을 하지 않을 수 없었다. 하지만 다시, 남자가 그의 관심을 끌었다.

남자는 어느 틈엔가 전시장 쪽으로 걸어가고 있었다. 걸음 소리가 사방에 울릴 정도로 복도에는 사람이 없었다. 설핏 불길한 예감이 들어 최사해는 바지 뒷주머니를 확인했다. 파란 노트가 손에 잡히지 않았다. 그 안에 겹쳐둔 볼펜도 마찬가지였다. 그는 자리에서 일어나 허겁지겁 모든 주머니를 뒤졌다. 웬일인지 여름용 재킷을 입고 있었다. 자는 동안, 노트와 볼펜이 증발하고 여름용 재킷이 생겼다. 그에게는 죽은듯 자는 버릇이 있었다. 누군가 정신을 잃고서 누워 있는 그의 몸을 이리저리 뒤집었다가 팔을 들었다가 하는 장면을 그려보았다. 그 누군가는 땅바닥에 떨어진 노트를 발견하고 잠시 훑어본 뒤 그것을 기념품 삼아 챙기기로 한다. 하지만 어째서? 그는 허탈한 심정으로 재킷을 벗어 공중에 털어보았지만 안에서는 아무것도 나오지 않았다.

잃어버린 개를 찾듯 최사해는 다급하게 남자가 사라진 방향으로 뛰어갔다. 금방이었는데도 남자는 눈에 띄지 않았다. 전시장이 넓고 미로 같아서 애초에 방향이 어긋나버린 걸지도 몰랐다. 정신이 흐릿할 때 남자를 보았기 때문에 생김새가 잘 기억나지 않았다. 얼굴에서 표정만 떼어낸 것 같은 이미지가 허공에 남아 있었다. 흐려지는 기억을 붙잡고 최사해는 전시장을 헤매고 다녔다. 그가 노트를 가져갔을 것이다. 남자는 수집가이다. 그는 프랑시스 피카비아일까. 그럴지도. 그는 그저 자신의 문장을 수거해간 것일 수도 있다. 화를 내는 대신 잠든 최사해의 얼굴을 물끄러미 내려다보고는 노트를 안주머니에 쏙 넣고 자리를 떠나버린다. 사진은 또다른 기념품. 거기엔 그의 영혼이 알아챌 수 없을 만큼 소량 담겨 있을 것이다. 남자는 사과할 마음이 전혀 없다. 훔친 쪽은 최사해다. 그렇다면 그는 남자에게 정중히 사과하고, 반성문을 쓰듯 남자의 눈앞에서 노트에 적힌 문장을 박박 지우고 돌아설 생각이었다. 아니, 돌아서기 전 노트를 말없이 가져간 것에 대해서 한 번쯤은 따져야 할까. 따지기보다는 대화를 할 생각이다. 마찬가지로 남자에게도 사과할 기회를 줘야 할 것이다. 누그러진 남자는 정중하게 사과할 것이다. 갑자기 무릎을 꿇을지도 모른다. 무릎이라니. 무릎 꿇는 것은 꽃을 볼 때나 하는 일이다. 어쩌면 어처구니없게도 남자와 사랑에 빠져버릴지도 모른다. 그는 항상 쉽게 사랑에 빠져버리곤 했다. 그는 가능성에 끌리는 사람이다. 무한한 가능성을 생각하며 그는 전시장을 헤맸다. 하얀 벽으로 나뉜 공간들이 끝없이 펼쳐져 있었다. 끝없이. 그런 것은 참 과장이다 생각하면서도 그는 앞으로 앞으로 나아갔다.

전시장은 층고가 높았다. 그는 바람 많은 날 땅바닥에 나뒹구는 작고 메마른 꽃잎 한 장처럼 하찮게 보였다. 잠시만 한눈을 팔아도 금세 여러 꽃들 사이에 묻혀버리는 그런 꽃. 꽃보다는 풀잎에 가까운. 안에 있는 사람들은 천천히 바닥에 표시된 화살표를 따라 움직였다. 간혹 플래시를 터뜨리는 사람들이 주의를 받았다. 두 번 터뜨리면 퇴장입니다. 보안 요원이 갑자기 나타나 무표정한 얼굴로 제지했다. 최사해가 전시장을 가로지르며 다니자 그를 발견한 직원들이 인사를 시작했다. 자동인형들. 남자를 찾는 데 정신이 팔린 그가 제대로 답을 하지 않고 지나치자, 한 명이 그의 어깨를 잡아 흔들며 왜 자신의 친절을 무시하느냐고 화를 냈다. 화를 낼 수 있는 자동인형들. 가능태들. 그러나 그 직원보다는 최사해가 더 힘이 셌다. 그는 인사의 도미노를 쓰러뜨리며 안쪽으로, 더 안쪽으로 침투했다. 아무래도 인사 같은 것은 하지 않는 편이 좋다. 침투라는 단어는 어울리지 않는다. 직원들, 그리고 직원들, 어디 숨어 있었는지 도통 모르겠는 수많은 사람들이 나타나 북적거렸다. 갑자기 튀어나와서 그에게 예의바른 인사를 하고 어디론가 홀쩍 사라지는 인간들.

왜 모든 전시장에는 영상이 재생되고 있는 것인가? 작은 로봇 헤드처럼 천장에 고정된 프로젝터에서 푸른색 빔이 나오고 있었다. 끝없이 이어지는 화이트 큐브는 공중에서 촘촘히 발산되는 빛

으로 가득했다. 아무리 뛰어도 이 어지러운 파란 물결에서 벗어날
순 없다. 너무 오랫동안 잠들어 있었다. 너무나도 오래. 그는 문득
제자리에 멈춰 섰다. 집중할 것. 그러면 잠에서 깨어날 수 있을지
도 모른다. 아주 오래전부터 자신은 꿈속을 걷고 있었던 것이다.
모두가 깨어 있는 사이 혼자서, 여전히 꿈속에서, 이 모든 것을 경
험하고 있는 것이다. 그는 자신을 깨워줄 누군가를 찾아야 한다고
생각했다. 다시 여자를 만날 필요가 있다. 여자는 비밀을 알고 있
을 것이다. 그녀는 말했었다. 뒤돌아보지 마요. 왜 뒤를 돌아보면
안 되는지, 뒤를 돌아본다면 무슨 일이 벌어지는지, 혹여 그것은
잠에서 깨는 주문이 아닐지. 거기까지 생각이 미쳤을 때 그는 망
설이지 않고 바로 뒤를 돌아보았지만 아무 일도 일어나지 않았다.

*

그는 지쳤다. 너무 지쳤다. 또다시 잠에서 깨어난 것이다. 그리
고 그는 깨어 있는 시간이 점점 더 길어지고 있음을 알아차릴 수
있었다. 앞선 의식들이 잔상처럼 그의 뇌에 어슴푸레 남았기 때문
이었다. 무거운 다리. 낮이지만 단지 환한 밤일지도 모른다. 깨어
남이 이토록 불편하게 느껴진다면 의식이 없는 상태로 머물러야
하는 건 아닐까. 그렇다면 영화는. 영화는? 어서 극장으로 돌아가
야 했다. 영화는 시작할 것이다. 아무튼 곧. 시작해야만 한다. 극

장에 딸린 '사무실'의 커다랗고 오래된 책상에서 깨알 같은 글씨를 읽고 있을 자신에게로 돌아가야 한다고 느꼈다. 어쩌면 그것은 겨우 오늘 오전이었는지도 모른다. 노트를 가져간 남자는 도무지 보이지 않았다. 그는 그를 영영 잃어버리고 말았다. 그리고 노트 역시. 파란색의. 일기 같은 것. 거기에는 그가 끄적거리던 단어들이 낱낱이 흩어져 있었다. 아무에게도 보여주지 않겠다고 생각하면서도 누군가에게 들켜버리길 바라고 쓴 문장들이 적혀 있었다. 극장은 멀었다. 극장이 있는 큐브로 가려면 아직 한참을 걸어야 했다. 그는 이제야 마흔여섯 살이 된 것 같다고 생각했다. 마흔여섯이 되지 않았다면 마흔여섯 살이 되거나 되지 않은 것에 대해서 이토록 자주 곱씹을 리가 없다고 생각하면서.

통로가 되는 전시장 안에는 여러 개의 거대한 원기둥 주변을 휘감듯 같은 방향으로 걷고 있는 사람들이 있었다. 그도 그들 사이에 섞여 천천히 맞은편을 향해 걸어나갔다. 벽에 붙어 있는 월 텍스트를 읽어보려 했지만 글자가 조명에 반사되어 아무것도 읽을 수 없었다. 원기둥 내부마다 1:100의 비율로 축소된 건축 모형이 전시되어 있었다. 미술관의 다른 가능성들. 실현되지 못한 큐브 조합들이 과거와 현재와 미래가 응축된 원자로처럼 허공에 떠서 무언가를 지시하고 있었다. 관람객들은 조용히 모형을 응시하다가 가끔씩 그들이 서 있을지도 모르는 공간의 위치를 손가락으로 가리키며 기뻐했다. 원기둥이 끝나는 지점에는 발코니처럼 허공으로 튀어나간 공간이 있었다. 그 앞으로는 심연과 같은 어둠이 시야를 가로막았다. 그는 앞으로 좀더 나아가보려다가 겁이 나 걸음을 멈추었다. 동굴처럼 보였던 그곳은 다름 아닌 그의 목적지, 극장이었다. 그것은 모형이라기엔 지나치게 컸다. 텅 빈 스크린이 어둠 속에 잠겨 있었다. 안에는 아무도 없었다. 아래에서부터 차가운 공기가 밀려왔다. 옆에 서 있던 사람 하나가 혼잣말하듯 중얼거렸다.

영화가 끝났나보네요.

그의 입에서 하얀 입김이 나온다.

그럴 리가요.

최사해는 자신도 모르게 짧게 대답한 후 잠시 침묵하다가 건조하게 덧붙인다.

시작도 하지 않았습니다, 그것은.

눈이 어둠에 익숙해지면서 그는 공간의 모습을 더 자세히 살펴볼 수 있었다. 극장 안에는 한 사람이 무언가를 찾는 듯 돌아다니고 있었다. 그를 더 자세히 보고 싶어 눈을 가늘게 떠보았지만 사람처럼 보이던 형상은 이내 시야에서 사라지고 말았다. 극장을 내려다보던 두세 명의 사람들은 속으로 일제히 '유령'이라는 글자를 떠올렸다가, 떠올리기를 그만둔다.

최사해는 이십삼 년간의 잠으로부터 서서히 벗어나는 중이다. 잠이 그의 기력을 모두 빼앗아갔다. 잠이란 그런 것이다. 그는 영혼을 잃은 사람처럼 퀭한 얼굴로 가난하게 서 있다. 그는 '가난하게 서 있다'라는 표현이 마음에 들어 기뻤지만 노트를 잃어버렸다는 사실을 자각하고 이내 슬픔에 빠진다. 잠자코 서 있던 최사해는 뒤늦게 생각났다는 듯 복도에 난 작은 문을 열고 들어간다. 문을 열면 또다른 문이 나온다. 그는 출입 제한 구역으로 연결되는 직원용 문을 차례차례 통과하며 안으로, 안으로, 아주 느리게, 하지만 빨려들어가듯 극장 쪽으로 걸어간다. 이 길은 관람객들의 상상 속에만 존재하는 길이다. 지하로 내려가는 계단참에서 비로소 그는 그 길 위에서 아무도 만나지 못했다는 사실을 불현듯 깨닫는다. 그가 통과하고 있는 길은 아주 오래 방치된 것 같다. 자라지 말았어야 할 이끼들이 여기저기 바닥을 뒤덮고 있었다. 미화 직원의 손길이 닿지 않는 곳이었다. 그리고 은퇴한 영사기사가 끝끝내 발견해내지 못한 방향의 길이기도 하다. 시간을 거스르는 사람만이 찾아낼 수 있는 통로. 그는 이제 너무나도 쉽게 극장 앞에 도달한다.

*

어느 날 아침.

지하까지 흘러드는 산뜻한 공기. 그는 약간의 여유를 부리며 '사무실'에 들어가 물을 끓이고 커피 한 잔을 마실 것이다. 커피를 내려 마신 다음엔 영사실에 들어가 아직 명이 다하지 않은 각종 기계들을 차례로 점검할 예정이다. 남은 오전 시간에는 꼼짝하지 않고 책상 앞에 앉아 무언가를 읽고 쓰며 시간을 보낼 것이다. 그의 손에 들려 있는 빳빳한 문서철에는 필름부터 데이터 포맷에 이르기까지 지금껏 그가 다뤄온 온갖 영화들에 관한 사적인 일지가 기록되어 있다. 그가 한쪽으로 비스듬하게 몸을 기대고 있는 나무 책상에는 이제 막 잔잔한 물결처럼 흉터가 새겨지기 시작했다. 거의 완벽하다고 표현할 수 있을 정도로 아름답게 낡아버릴 책상이다. 또한 책상을 둘러싼 이 한 평의 공간은 늙은 영사기사에게 가장 오랜 시간을 보낸 곳으로 기억될 것이다. 그러나 그가 이 책상을 들여다보며 추억에 빠지는 일은 당분간 일어나지 않을 것이다. 아직 일어나지 않은 일이기 때문이다. 그에게는 아주 어릴 때부터 미래를 볼 수 있는 능력이 있었다. 너무 자주 부정당했기 때문에 지금은 거의 잊힌 능력이었다. 그러나 그는 종종 마주치곤 했다. 환영이나 환각을. 출처가 어디인지 알 수 없는 낯익은 기억들이 불쑥 튀어나왔다. 사물들에서. 낯선 사람들에게서. 부채처럼 접힌 시간의 흐름 속에서. 손에 잡힐 듯 그것들은 모습을 드러냈다.

점심시간이 되면 그는 걷는다. 느긋하게 미술관 여기저기를 거닌다. 시간은 충분하다. 아마 오늘은 만날 수 있을 듯하다. 호숫가에서. 고양이 한 마리가 그를 맞이한다. 그는 붙임성 좋은 고양이에게 간식을 준다. 저쪽 어딘가에는 사람의 손을 타지 않은 형제 고양이가 숨어 있을 것이다. 아직 눈을 다치기 전이기 때문에 그는 많은 것들을 더 자세히 볼 수 있다. 숨은 고양이 몫으로 간식을 한쪽에 덜어둔다.

미술관 밖으로 연결되는 작은 골목을 향해 천천히 걸어간다. 골목은 도시로 연결된다. 앞으로 한두 시간 정도는 외부 세계를 탐색한 후 아주 효율적이고 익숙한 방식으로 극장에 도달하여 출입문을 열 것이다. 여느 때와 마찬가지로 오후 네시에는 그날의 영화가 상영된다. 관객들이 오기 전까지 그는 자리에 앉아 대기하며 곰곰이 생각할 것이다. 망각과 망상 사이에 존재하는, 오직 그만이 알고 있는 무섭고 아름다운 이야기에 대해서.

오늘의 영화—한 줄 줄거리 요약.

고고학 유적지만큼이나 오래된 묘지. 그 아래에는 보이지 않는 관들이 잠자고 있다.

(커튼)

이끼가 낀 석회석 묘비 사이로 한 사람이 보인다. 익숙한 얼굴. 예전에 그녀를 잠시 만난 적 있다. 그를 닮은 여자. 그가 잃어버린 원본. 화면 속은 평화롭다. 꽃과 그림자, 산책자들. 조용히 하십시오. 안내 표지판. 죽은 자들을 방해하지 마시오. CEMETERY EXIT 1KM. 묘지는 네시에 폐쇄됨. 그녀는 한참을 걷는다. 길을 찾는 것인지, 길을 잃은 것인지, 그저 산책하는 것인지. 표정만으로 알 수 없다. 공원은 넓고 태양은 힘이 세다. 여자가 조금 속도를 내는 바람에 꽃잎들이 떨어져 바닥으로 흩어진다. 소리 없이. 나뭇잎들이 날아다닌다. 나뭇잎들은 상승한다. 묘지 곳곳에는 그녀를 곁눈질하는 조각상들이 숨을 죽이고 있다. 그중 몇몇은 눈물을 흘린다. 죽은 자들이 조각상에 침입한다.

영화가 끝나면 영화가 시작된다. 영화는 항상 네시에 시작한다는 것을 잊으면 안 됩니다. 그 속에는 영원히 바깥을 향해 걷는 사람이 있을 것입니다. 그 얼굴이 무엇이든 상관없이. 벽에 기대선 누군가가 몇시입니까? 하고 물었다. 몇, 시, 입니까? 그는 입 모양을 제대로 보여주어야 할 필요를 느낀 듯 자세를 바로 고치고 또박또박 재차 발음해준다. 그는 한참 동안 시간을 느끼지 못했다. 누구에게서도 원하는 대답을 듣지 못했던 것이다. 최사해는 중간부터 시작한 영화를 보듯 어중간한 곳에서 길을 잃어버렸다. 그는 어린아이처럼 흐느끼고 싶은 충동을 느낀다. 혹은 그런 모습을 언뜻 상상한다. 이어서 하나의 의미로 수렴되는 몇 가지 단어들이 파편적으로 그의 머릿속에 떠올랐다가 흩어진다. 밤과 끝, 고요와 정적, 몰락과 붕괴, 환영과 환각, 무너진, 그리고 펼쳐진 극장……
그는 자신의 두 손을 내려다본다. 시간과 공간이 뒤죽박죽으로 엉켜 있다. 그는 간신히 어떤 패턴을 찾아내고야 만다. 접을 수 있고, *휘어질 수 있고, 통과할 수도 있는. 기억의 물결들.* 그것은 일종의 움직임이면서도 제자리를 벗어나지 않으며, 빠르게 형질을 달리하면서 동시에 그 무게를 일정히 유지하는 어떤 물리적인 현상과도 같았다.

  그날, 그는 졸면서 꿈을 꾸었다. 극장에 아무도 오지 않은 첫번째 날이었다. 노트가 하나 더 필요할 것 같다고 그는 생각했다. 꿈을 기록할 만한 노트가. 그는 거기에 '최의 사례'라는 이름을 붙여줄 것이다.

* 이십삼 년간의 잠에서 깨어난 스물셋의 몽유병자 모티브는 〈칼리가리 박사의 밀실〉(로베르트 비네, 1920)에 나오는 인물 '체사레(Cesare)'에게서 얻은 것이다. 『축음기, 영화, 타자기』(프리드리히 키틀러, 유현주 · 김남시 옮김, 문학과지성사, 2019)에서는 다음과 같이 영화의 줄거리를 소개하고 있다. "주인공은 (……) 자신의 도구인 몽유병 환자와 함께 등장한다. 이 몽유병자는 칼리가리에게 돈을 지불한 사람들의 미래를 예견해준다. (……) 그들의 보는 행위는 목격될 것이고, 그들의 최면 상태는 원격 조정될 것이다."

* 『페스트』(알베르 카뮈, 김화영 옮김, 민음사, 2011)의 문장은 〈모임Gathering〉(박찬경 개인전, 국립현대미술관 서울, 2019. 10. 26.~2020. 2. 23.) 전시 도록 서문 「둘, 모임」(임대근 · 성용희)에서 재인용했다.

* 소설 속 영화 제목 '나는 마스크를 쓴 채 전진한다'는 『어느 미술애호가의 방』(조르주 페렉, 김호영 옮김, 문학동네, 2012) 부록에 실린 작가 연보에서 차용했다. 자세한 내용은 다음과 같다. "1961 자서전적 글인 『나는 마스크를 쓴 채 전진한다J'avance masque』를 집필했으나 (……) 출간을 거절당함. 이 원고는 이후 (……) 다시 재구성되나 분실됨."

* 259~260쪽 이탤릭체로 표기한 문장의 원문은 다음과 같다. "영화는 접을 수 있고, 휘어질 수 있고, 통과할 수도 있는 부드러운 스크린이다." 〈부드러운 스크린Soft Screen〉(전하영 개인전, 신한갤러리 광화문, 2015. 6. 16.~7. 25.) 전시 서문 작가의 말을 인용했다.

당신의 밝은 미래 — 현대미술 작가로 살아남기

쓰레기 산에 대하여……

*

　당신이 바라보는 곳은 원래 쓰레기 산이었다. 도시에서 버려진 모든 것들이 날마다 쓰레기 산으로 집결되었다. 한때 그 도시는 산기슭에 자리한 작은 읍내에 불과했지만 뉴 노멀 생활거점지구로 선정된 후 기존의 시스템으로는 감당할 수 없을 정도로 규모가 비대해졌다. 시의 경계는 쓰레기 산을 마주한 외곽 동네로까지 확장되었다. 거센 저항. 쓰레기 산에는 쓰레기로 먹고사는 사람들이 오래전부터 살고 있었다. 그들이 미처 뭘 해보기도 전에 사업은 통과되었다. 곧바로 쓰레기 산 코앞까지 아파트가 건설되었다. 밀려난 사람들은 주거지를 빼앗겼고, 저항하던 이들은 쥐도 새도 모르게 사라졌다. 거대한 옹벽과 8차선 도로가 쓰레기 산과 아파트 숲 사이를 가로지르게 되었다. 사실 그 지역은 강이 보이는 고급한 전망이었기 때문에 얼마 지나지 않아 땅값은 수직 상승했다. 그곳이 예전에 쓰레기 산 옆에 있는 빈민촌이었다는 사실은 모두가 잊은 듯하다. 대규모 아파트 단지의 입주 대상은 결혼해서 아이를 재생산할 수 있는 신흥 중산층에 한한다. 그들에게 보급되기 위해 주거지는 서둘러 단장되어야만 했다. 새로 포장된 깨끗한 아스팔트 거리는 젊은 이주민들의 마음을 들뜨게 했다. 행복의 시간은 길지 않았다. 비가 오거나 바람의 방향이 바뀔 때마다 아파트촌 일대에 고약한 악취가 진동했다. 아셨어요? 이곳이 어떤 역사를 갖고 있는지? 사람이 죽고 죽었답니다. 원한이 맺힌 곳이에요. 기운이 나빠요. 이상한 것들이 자꾸 붙네요.

보이지 않는 것에 대한 두려움도 무시할 수 없었지만 집값이 떨어지는 꼴을 사람들은 가장 견딜 수 없어했다. 그들은 아파트 단지 옆의 그 흉측한 쓰레기 산을 없애버리기로 뜻을 모았다. 제일 빠르게 해결할 수 있는 방법이 무엇입니까? 쓰레기 산을 진짜 산으로 만드는 것이죠. 흙으로 쓰레기 더미를 덮어 매립하고 그 위에 풀과 나무를 심으면 인공 산이 조성됩니다. 이 얼마나 경제적이고 과학적인 해결책입니까. 모든 과정은 '친환경 도시 설비 구축을 위한 아름다운 녹색연대'라는 타이틀로 진행되었다. 얼핏 고대에 건설된 무덤처럼 보이기도 하는 네 개의 광대한 동산에는 각각 소리가 예쁜 이름이 붙여졌다. 얼마 지나지 않아 정말로 쓰레기 산은 훌륭한 공원이 되었다. 악취는 사라졌다.

쓰레기 산이 시민들을 위한 문화공간으로 자리잡는 데에는 창작 레지던시—예술가 거주 프로그램—도 한몫했다. 예술가들을 데려와라. 무료로 일할 수 있는 건 예술가들뿐이지. 자기 이름이 붙은 방 하나를 약속하면 어디든 알아서 몰려올 테니까. 그건 사실 아주 틀린 말은 아니었다. 수많은 작가들이 이곳을 선망했다. 경력을 쌓으려는 젊은 작가는 넘쳐났다. 작업실 임대료를 아낄 수 있는데다가 레지던시 소속 작가라는 타이틀까지 주어지니 그들에게는 절대 놓칠 수 없는 기회로 여겨졌다. 하지만 쓰레기 산 조성 사업이 미처 마무리되기 전에 급조된 레지던시 시설 근방에서는 군데군데 지하에 고인 메탄가스가 새어나왔고, 종종 정체를 알 수 없는 검은 웅덩이가 발견되었으며, 땅 위에는 영문 모를 쓰레기 더미가 불쑥 솟아나와 한낮의 좀비처럼 길을 가로막곤 했다. 날것의 쓰레기와 마주친 입주 작가들은 크게 기뻐하며 그것들을 주워와 설치 작업의 한 귀퉁이를 완성시켰다. 그건 정말 바람직한 일이라고, 시장이 몸소 방문해 작가들을 격려했고, 엉터리 로봇 같은 쓰레기 조각 옆으로 모두를 불러모아 악수하고 사진 찍고 시청 SNS 계정에 올려 수만 개의 라이크를 받았다. 쓰레기 산에서는 매일 어디선가 새로운 쓰레기가 발굴되었고, 그런 풍요로움은 젊은 예술가들에게 더할 나위 없이 좋은 환경을 제공해주었다. 모두가 단번에 행복해지는 아름다운 그림이었다.

*

레지던시 건물 바로 옆에 자리한 송전탑은 못생긴 에펠탑처럼 앞마당을 내려다보고 있었다. 가끔씩 멍청한 새들이 송전탑에 걸려 전기 구이처럼 시커멓게 타버렸고, 새들의 사체는 바람의 방향을 따라 강변으로 쓸려와 검은 황무지 같은 주차장 먼지들 사이로 이리저리 굴러다니곤 했다. 붉은 두부처럼 보이는 두 동의 콘크리트 건물 너머로는 대규모 폐기물 소각시설이 그 웅장한 위용을 드러내고 있었고, 광범위하게 노출된 철근골조는 황량하고 인더스트리얼한 풍경을 더욱 심화시켰다. 레지던시의 방문자들은 가본 적도 없는 동베를린의 외곽 지역에라도 떨어진 기분으로 멍하니 높다란 굴뚝을 올려다보곤 했다. 굴뚝에서는 시커먼 연기가 밤새도록 뿜어져나왔다. 밤샘 작업을 마치고 건물 밖으로 나올 때마다 당신은 녹슨 기둥 사이에 놓인 낡은 소파에 앉아 새벽이슬 같은 위스키를 홀짝였다. 이대로 세상이 망해버려도 괜찮을 것 같았다.

매해 이곳에서는 치열한 경쟁에서 살아남은 예술가들이 다양한 전시와 프로젝트를 진행한다. 올해만 하더라도 모집 공고를 보고 몰려든 천여 명의 작가들 중 단 열 명에게만 입주가 허락됐을 뿐이다. 마치 심사위원 중 누군가가 실수라도 한 것처럼 당신은 가장 이질적인 모습으로 다른 입주 작가들 틈에 껴 있었다. 이례적일 만큼 최연소 입주 작가였기 때문에 당신이 레지던시에 들어갔다는 소식은 많은 사람들의 입에 오르내렸다. 그들은 당신을 몹시도 궁금해한다. 특히 당신처럼 빨리 명성을 얻고 싶은 아이들이 봄에 있었던 오픈 스튜디오에 몰려들어 행사는 성황을 이루었다.

다른 작가들이 분주히 자신의 공간을 단장하는 동안, 당신은 아무것도 하지 못한다. 아니 너무 많은 것들을 하고 있다. 어쩐 일인지 불안한 마음이 들어 도무지 작업에 집중할 수가 없기 때문이다. 매일 새로운 계획을 세우고 다음날 그 계획을 취소했다. 행사 당일까지도 그것을 반복하던 당신은 결국 예전 작업을 다시 보여줄 수밖에 없다고 체념한다. 어차피 다들 자기가 아는 걸 확인하고 싶어할 뿐이다. 당신의 신작을 당신만큼 궁금해하는 사람은 아무도 없을 것이었다.

당신은 작업실 한구석에 서서 관람객을 맞이한다. 이것 또한 매우 중요한 비즈니스다. 당신은 당신을 팔아야 한다. 백화점의 판매원이 된 기분으로 당신은 매번 똑같은 어휘로 당신의 작업을 소개한다. 판매원은 월급을 받지만 나는 무얼 받지? 그런 상념에 빠져들었다가도 이내 새로 들이닥친 관람객에게 친절한 미소를 짓는다. 당신은 프로다. 돈을 벌지는 못해도 프로는 프로다. 얼마 전까지만 해도 당신은 저 사람들과 마찬가지의 입장이었다. 다양한 행사에 빠짐없이 참석하며 예술가 커뮤니티의 일원이 되기를 갈망했었다. 언젠가 당신 역시 이곳에 '합격'하리라 믿어 의심치 않으며. 당신은 당신의 재능을 믿는다. 일어날 일은 일어난다. 간절히 바라는 사람만이 무언가를 이루어낼 수 있다. 당신은 그렇게 생각한다. 거의 믿음에 가까운 생각이다.

쓰레기 산 입구 맞은편에는 독재자 X를 기리는 기념관이 세워져 있었다. 건축비로만 몇백억원의 세금이 소요될 것이라고 한때 뉴스에서 크게 떠들어댔었다. 논쟁은 금세 잊혔다. 아파트 주민들은 그런 데에 큰 관심이 없었다. X를 기리는 기념관은 동네 주민들의 공중화장실로 쓰이는 것 외에는 딱히 기능을 찾아볼 수 없는 시설이었다. 브루탈리즘 양식으로 지어진 그 건물은 육중한 모습으로 쓰레기 산의 입구를 지키고 있다. 쓰레기 산으로 들어가기 위해서는 반드시 그 건물을 지나야만 했다. 어느 날인가 당신은 기념관의 외벽이 너무나도 비어 있다는 생각을 한다. 물리적으로도, 개념적으로도 그 공간은 비어 있었다. 그것은 의미를 기다리는 일종의 텅 빈 스크린 같았다. 당신은 그 위에 독재자를 희화화하는 유머러스한 영상과 문구를 프로젝터로 쏘아 미디어 파사드를 만들었다. 아무도 보는 이가 없다고 생각했으나 어느 유튜버가 우연히 그것을 포착해 방송으로 내보내는 바람에 이 작업은 널리 알려지게 된다. 끝없이 인용에 인용을 거듭하며 영상은 일파만파로 퍼졌다. 당신은 미술의 영역을 쉽게 건너뛰었다. 이런 짓—국가 지도자를 욕보이는 것—은 그때나 지금이나 공분을 불러일으켰고 예술가의 소위 '발칙한' 시도 정도로 가볍게 넘어가지 않았다. 당시로 말하자면 죽은 X의 아내가 남편의 뒤를 이어 최고 지도자로 군림하던 엄중한 시기였으므로 당신의 도발적인 작업은 많은 이들에게 통쾌함과 서늘함을 안겨주기도 했다. 며칠에 불과했지만 영상 때문에 온 나라가 들썩였다. 당신은 인지도를 얻었다. 이 작업으로 인해 당신은 쓰레기 산의 레지던시에 들어갈 자격을 얻게 되었다. 그건 몇몇 미술 전문가들이 수군거리던 것처럼 실수나 우연이 아니었다. 당신은 진정성 있는 예술가의 모습을 제대로 연기할 수 있다. 그러나 동시에 그것은 '스타일의 문제'로 비하될 것이다. 모든 성공에는 논란이 따른다. 당신의 작업은 하나의 해프닝이자 상징적인 저항 작업으로 기억될 것이다. 그것이 당신의 생각이다. 어느새 당신은 바로 얼마 전까지의 당신 모습이라 할 수 있는 미술 꿈나무들의 롤 모델이 된다. 여기까지는 대체로 모든 것이 수월하다.

작업실을 오갈 때 당신은 오래된 버릇처럼 기념관 앞에서 발걸음을 멈춘다. 텅 빈 벽을 한동안 바라보며 무슨 일이 벌어졌는지 이해하려 애쓴다. 그러다가 당신은 당신이 독재자에 대해 별로 알고 있는 바가 없다는 생각을 한다. 무언가를 제대로 깨닫기 전에 행동해버리는 경향. 어떤 성격적 결함 같은 것으로 진단 내리고 싶어진다. 하지만 현재로선 모든 것이 종료되었으니까. 우연처럼 다가온 행운을 운명처럼 받아들여라. 얻을 바를 얻었을 뿐, 이제 와서 무지를 인정한들 그게 무엇을 바꿀 것인가. 사람들이 무언가를 제대로 알고 행동하리라는 기대는 현대의 미신에 불과하다. '진정한 예술가'는 상상의 영역에만 존재하는 환상이다. 진정성이란 대세에 지장 없는, 그다지 상관없는 문제. 당신은 그렇게 변명하며 다시 쓰레기 산으로 향한다. 쓰레기 산의 중심부로. 레지던시 안에 있는 당신의 하얗고 커다란 방으로.

*

에어컨을 녹여버릴 기세로 무더웠던 그 계절에, 당신은 남자와 함께 떠난다. 촬영을 위해. 철원이나 양양, 파주. 익히 들어봤지만 관심 없던 지명들, 그리고 더 낯선 이름의 읍과 면 소재지…… 촬영을 가기 전에 당신은 몇 번의 클릭으로 목적지에 위치한 숙박업체를 알아본다. 단지 상호를 체크할 뿐, 무언가를 미리 준비할 수는 없는 상황이다. 대부분은 예약을 받지 않는 업체이기 때문이다. 시스템이 없는 곳. 낙후된. 행여 누군가가 호기심으로 그곳을 찾게 된다면, 포털 사이트에 전화번호가 등록된 것이 신기할 정도로 낡은 건물 앞에 서 있게 될 것이다. 당신이 원하는 숙소는 야놀자에 나올 법한 판에 박힌 러브호텔이 아니고, 에어비앤비 풍의 스테이도 아니다. 되도록 허름하고, 오래되고, 촌스럽게 느껴질 정도로 순박한, 한글 혹은 한자로 된 이름을 가진 여관이어야 할 것이다. 태양, 명성, 낙원, 평화…… 당신은 아마도 그런 이름들이 좀더 미학적이라고 생각해왔을 것이다.

당신이 돈을 지불할 것이므로 숙소를 정하는 데 특별히 남자들의 동의를 구할 필요는 없다. 여관의 청결 상태에 대해 그들이 불만을 가지는 것처럼 보이지는 않는다. 다만 입구에서 멈춰 섰을 때, 남자들은 작은 탄식과도 같은 숨을 내뱉으며 저도 모르게 실망한 기색을 내보일 것이다. 무엇을 기대한 것일까? 왜 다 알면서도 실망하는 것일까. 그때 당신은 문득 그렇게 생각했을지도 모른다. 하지만 다시 한번 말하건대 그들은 불만을 갖지 않고, 그저 실망할 뿐이다. 아주 인간적인 반응이다. 자연스러운.

괜찮으신가요?

당신은 조이 디비전 티셔츠를 입고 있는 남자에게 묻는다. 땀에 젖은 옷의 등과 겨드랑이 부근이 다크서클처럼 푹 내려앉아 있다. 그것을 볼 때마다 당신은 거슬린다는 생각을 한다. 턱이 잘생기고 보기 좋게 마른 남자의 몸 때문에 그 정도는 눈감아줄 수 있다고도 생각했던 것 같다. 남자는 하루종일 흐르는 땀을 닦기 위해 자주 안경을 벗곤 한다. 안경은 귀에 거는 다리 부분의 팁이 초록색으로 마감되어 있어서 그에게 말을 걸 때마다 매번 당신도 모르게 그쪽으로 눈길이 가닿는다. 남자는 평범해 보이지만 어딘가 좀 튀는 취향을 가진 듯해서, 그 점이 평생토록 그 사람을 괴롭혀왔을지도 모르겠다고 당신은 추측해본다.

당신과 남자는 이제 반나절을 함께 보냈고 조금은 친구가 된 것 같은 기분에 취해 있지만, 여관 앞에서 갑자기 몸이 얼어붙은 듯 남자는 걸음을 주저하고 멈춰 선다. 왜? 당신은 냉소적인 마음을 숨기고 친절한 태도로, 남자의 팔꿈치 부근을 가볍게 치며 예의바른 미소를 보인다. 동시에 당신의 미소에는 어떤 직업적인 뉘앙스가 담기는데, 당신은 그 사실을 새삼 알아차리고 남몰래 기쁨을 느낀다. 이상한 여자. 당신은 당신 자신을 그렇게 생각한다. 이 상황이 익명적인 것으로 남게 되는 것이 안타까울 지경이지만 그에 대해 소리 내어 언급하지는 않는다. 누가 제발, 이 순간을 기록해주세요. 단지 속으로 그렇게 외쳐보지만 그 기록자는 바로 당신이 되어야 한다는 현실을 곧 깨닫는다.

이 일은 아무래도 당신에게 더 중요할 것이기 때문에 당신은 남자를 보면서 책임감을 느낀다. 참 아이 같다, 아이 같애. 허둥대는 남자를 리드하며 당신은 수줍고 귀엽지 않은 아이를 둔 엄마가 된 기분이 든다. 오늘 그리고 내일, 남자는 당신의 의견을 순순히 따를 것이고, 이 여정이 끝날 때까지 그것이 계약의 일부분임을 지속적으로 상기할 것이다. 규칙을 정해줬을 때 그들이 얼마나 온순해질 수 있는지, 아, 정말 놀라울 따름이야, 라고 당신은 중얼거린다.

사람들은 당신의 작업을, 작업의 디테일한 과정을 몹시도 궁금해했다. 특히 남자 평론가들이. 당신이 남자들과 함께하는 동안, 그 낡은 여관에서 정말, 진짜로 아무 일도 일어나지 않았는지를. 여기서 '일'이라 함은, 어떤 '사고'라 부를 만한 행위나 결과를 말한다. 사고, 문제, 상처, 책임, 죄와 벌, 논란거리가 될 만한, 누군가가 주목되는 사건. 주목을 불러일으키는 결과의 시발점.

거듭,

시발하는 지점.

당신은 원하는 타입의 동행자를 찾기 위해 한동안 틴더에 당신의 프로필을 활성화시켰다. 사진은 쓰레기 산의 풍경으로, 내용은 아주 간단명료하게. 시각예술가. 다음 프로젝트 출연자 구함. 군필. 예술에 관심 있으나 예술가는 아니신 분.

매칭되는 사람들에게 당신은 친절히 설명해줄 것이다. 그들이 복무했던 군부대 지역을 작가와 함께 방문할 예정이며, 출연자는 그 과정에서 우연히 떠오르는 기억을 가감 없이 작가에게 제공해야 함. 촬영/녹음되는 인터뷰는 작품의 일부로 포함될 예정이며, 소정의 출연료가 사례비로 지급됨. 결과물의 저작권은 온전히 작가에게 속함.

예상과 달리 메시지 창에는 지원자들이 한가득이다. 그들 중 많은 이가 직업, 이름, 나이뿐만 아니라 몸무게, 키 등의 신체 사이즈, 애인의 유무 등 요구하지도 않은 개인정보를 제공하며 열정적으로 당신 '작업'의 일부가 되고자 어필한다. 열렬한 반응에 사뭇 당황하지만, 당신은 그들을 가볍게 비웃으며 골라내는 작업을 시작한다. 더 흥미롭거나 덜 흥미로운 사람들. 당신은 이들 중 안전해 보이는 눈을 가진 몇몇 사람에게만 다정한 답장을 보낸다.

(비평 워크숍으로의 장면 전환)

한 중년의 남자 평론가는 틴더에서 낯선 남자를 만나고 다니는 젊고 뻔뻔한 여자의 이미지를 극복하는 데 오랜 시간을 할애했다. 그건 극복이 필요한 이미지였다. 일단 틴더인가 텐더인가 그게 뭐죠? 그럼 그 데이팅 앱에서 처음 만난 남자와 단둘이 촬영을 다녔다고요? 아니, 그런데 거기서 인터뷰만 했다고요? 그게 다예요? 정말?

한밤중 밀폐된 공간에서, 혹여 남자들에게 돌발적인 위협을 받진 않았는지, 아니면 적어도 그들의 과도한 성적 흥분으로 인해 곤란하고 어색한 상황에 처하지는 않았는지, 평론가는 되풀이해 묻는다. 대부분의 사람들처럼 그는 모르는 남녀가 단둘이 모텔 방에 들어갔을 때 일어날 수 있는, 그런 뻔하고 무시무시한 이야기를 듣고 싶어 견딜 수 없어한다. 그것은 당신이 몰랐던 상식이다. 그렇지만 당신은 담담한 얼굴로 그들의 말을 경청하며 적어도 이 순간만큼은 순진한 여학생처럼 보여야 한다는 사실을 깨닫는다.

아무 일도 일어나지 않았어요.

당신은 다만 기록했다. 말과 말을. 당신이 본 것과 발견한 것을.

당신은 무슨 말인가를 하려다가 입을 닫는다. 어쩐지 부당한 대우를 받는다는 생각이 들었지만, 그들의 인정을 받고 싶은 욕망이 더 강했기 때문에 반론하지 않기로 한다. 머릿속에서는 분한 감정이 떠나지 않는다. 이 자리에 앉아 있는 이들 중 가장 열심히 일했으나 단 한 푼의 사례비도 받지 못한 유일한 사람은 당신뿐이다. 당신은 돈 대신 관심을 받는다. 그것이 이곳의 룰이다.

비평 워크숍을 위한 인터뷰가 끝난 후, 평론가는 맥주를 마시자더니 술자리에서 또 한번 묻는다. 장난스럽게, 그러나 추궁하듯 당신을 윽박지른다. 자기가 머리 굴리는 타입은 아니잖아. 난 자기가 좀더 솔직했으면 좋겠어. 그날 찍힌 걸 보니까 말이야, 뒤가 다 파진 홀터톱을 입고 있던데. 그런 세팅이라면 거기서 뭔가 더 나왔어야 하지 않을까? 정말 어색해. 결정적인 순간이 없다고.

아니 그러니까, 저를요, 왜 믿지를 않으실까.

당신은 반복해서 말해야만 한다.

아무 일도 일어나지 않았다니까요. (신경질적인 톤으로)

당신은 그가 원하는 대답을 해줄 수 없다. 곰곰이 기억을 되짚어보지만 딱히 도드라지는 해프닝이 떠오르지 않는다. 대개의 경우 세상은 안전하다. 아무 일도 일어나지 않는다. 그래, 아무 일도 없었지. 왜냐하면 아무 일도 없어야만 했으므로. 아슬아슬하게 경계를 넘나들다가도 대부분은 무사히 돌아오니까.

당신이 아는 한 작가들이란 선을 들락거리는 부류다. 위태로울

수록 작업의 힘이 세지니까 자꾸 그쪽으로 들어가도록 격려받는다. 그것이 자신의 의지이기라도 한 양 중독이 되어버려서. 그들은 세상이 편하게 흐르도록 내버려두지 않는 방식으로 길의 방향을 낸다. 이를테면 웨딩드레스를 입고 히치하이킹을 하며 예루살렘까지 이동하는 평화 퍼포먼스를 하던 (중에 길에서 강간 살해당한) 예술가, 홀로 초소형 보트를 타고 대서양을 항해하려던 (그러나 이내 바다 한가운데에서 홀연히 증발해버린) 개념미술가. 상당히 쓸 만한 아이디어이지만 섬뜩한 결과를 불러일으켰던 작업들, 모험들. 낯선 남자와의 동행은 그 정도로 위험한 일인가. 당신의 작업을 다른 두 명의 비극적인 사례와 비교하는 평론가의 리뷰를 읽으며 당신은 생각한다. 그는 '위험에 대한 부주의함'이 당신 작업의 주목할 만한 특성이라고 강조한다. 사람들은 작업의 이면에 낙인찍힌 불발된 저주를, 그 가능성만을 반복적으로 더듬는다. 그것이 일어나지 않아서 유감이라는 듯이. 운이 좋았다면 '성공'할 수도 있었다는 듯이. 안타깝습니다. 이번에도 살아남으셨군요. 다음을 기대하겠습니다. 곧 당신도 서서히 깨닫는다. 세상 사람들이 예술가에게 원하는 것은 그런 종류의 이벤트임을. 또한 자신의 영역을 침범하지 않는 선에서 어쩌면 그들은 불행을 진심으로 바라며, 오직 그런 일에만 흥분한다는 것도.

*

　당신은 조이 디비전과 함께 국경지대의 민간인 통제구역으로 들어간다. 그가 알고 지내던 농협 직원이 전화 몇 통을 넣어주어 아주 쉽게 들어갈 수 있었다. 한적한 갓길에 차를 세우고, 그 옆에 삼각대를 설치하고, 세심하게 카메라의 위치를 잡는다. 완벽한 프레임을 찾아내기 위해 한쪽 눈을 찡그렸다 몸을 굽혔다 폈다 하며 분주히 움직거린다. 여기는 고대 로마의 유적지 같아. 당신은 혼자 생각한다. 당신은 많은 생각을 하지만 대개는 말로 꺼내지 않는다. 카메라 렌즈는 뼈만 앙상한 건물의 잔해가 드문드문 흩어져 있는 풀밭을 향하고 있다. 한때는 은행이었고, 얼음 창고였고, 농산물 검사소였던 부스러진 콘크리트 더미들. 이제는 아무도 찾지 않는 쓸모없어진 것들, 처참해서 더 아름다운 폐허들.

　도시가 사라질 수 있다는 게 놀랍지 않나요? 몇만 명이 도시와 함께 사라져버린 것도.

　그 사람들 다 어디로 갔을까요?

　다들 죽었겠죠.

　어딘가에 묻혀 있겠네요.

　너무 많아서 멀리 못 갔을 거예요.

　이 근처에 다들.

　아마도……

죽으면 사람도 일종의 쓰레기가 되는 거예요. 좀 끔찍한 생각이 지만.

사람이라고 별수 있나요.

당신은 풍경을 눈에 담는다. 구글 어스에서 본 납작한 풍경이 아닌, 진짜 풍경. 진짜 3D 이미지가 눈앞에 있다. 꽤 오랜 기간 사람의 발길이 닿지 않은 누렇고 시커먼 땅, 그 흙더미 밑에 깔려 있을 수십 년 된 전쟁 쓰레기들을 상상한다. 갑자기 호기심이 일어 작은 돌 하나를 집어 수풀 너머로 던져본다. 돌은 생각보다 멀리 나아가지만 금세 넓적한 몸통을 동동거리며 멈춘다. 이번엔 좀더 무거운 돌을 집어 더 먼 곳으로 던진다. 남자는 당신의 행동을 이해하지 못한 채 차에 몸을 비스듬히 기대고 지켜보고 있다. 그날 내내 남자는 의미 있는 기억을 떠올리지 못했다. 촬영이나 인터뷰에도 관심이 없는 듯해서 당신은 꽤 실망한 상태이다. 이번 프로젝트는 폭망. 당신은 속으로 중얼거리며 남자를 탓한다. 그는 이 무의미한 행동이 어서 끝나기를 바라고 있다. 밤에 대한 기대감 속에서. 아니, 그건 미래에서 전달된 오해고 실제로 그 남자는 낯을 가리는 타입이었다. 그는 출연자가 된 걸 후회하고 있다. 왜 이런 일을 하죠? 그 역시 당신이 이상한 여자라는 것을 눈치채가는 중이다. 그는 묻고 싶은 것이 많지만 스스로 알아내려 애쓰고 있다. 사례비를 받기 전까진 자신에게도 선택권이 있다고 생각하니까.

그는 주머니에서 담배를 꺼내 입에 물고, 불을 붙이지는 않고,

그저 몇 번 잇자국을 낸 뒤 입술에 대충 얹은 모양새로 멍하니 서 있는다. 길가에 선 남자를 뒤로하고 당신은 '지뢰'라는 팻말이 달린 낡고 녹슨 철조망을 넘어간다. 즉흥적인 행동이었다고 당신은 이 순간을 기억한다. 외줄 타기를 하는 것처럼, 한 걸음을 내디딜 때마다 일이 초 정도는 숨을 골라야만 했다. 막상 걸어가려니 좀 겁이 났다. 여긴 그야말로 지뢰밭이라고. 당신은 당신이 뭘 하고 있는지 도통 모르겠다고 생각하면서도 동시에 정말로 중요한 일을 하고 있는 걸지도 모른다고 생각한다. 그리고 다시 앞을 보고 열 걸음쯤을 더 걸어간다. 천천히 걸어간다. 여기서 지뢰가 터지면 뉴스에 나오게 되겠군. 터질 것이 터졌다는 말이 갑자기 머릿속에서 맴돌아 그것을 지워버리기 위해 노력한다. 멈춰 선 자리에서 무언가를 해야겠다는 생각이 들었고 더 좋은 생각이 나지 않아 그냥 주머니에 있던 영수증을 꺼내 땅에 묻기로 한다. 묻는다기보다는 대충 흙을 파서 덮어놓는다. 남자는 무심히 한 손으로 턱을 괴고 당신을 보고 있다가 아연한 표정이 되어 그 광경을 끝까지 지켜본다. 당신은 뒤돌아서 가벼운 발걸음으로 역삼각형 팻말을 다시 넘어온다. 이번에도 당신은 안전하다. 동시에, 카메라의 녹화 버튼을 누르지 않았다는 사실을 깨닫고 만다. 이것은 일어나지 않은 일이다. 그런데도 기억하고 있다면, 그건 어디서부터 잘못된 걸까.

밤. 밤이 되었다.

남자는 땀을 너무 많이 흘려서 우는 것처럼 보였다. 아니, 우는 것을 땀 흘린다고 착각한 쪽이었는지 잘 기억나지 않는다. 에어컨이 고장나버려서 당신과 남자 모두에게 고된 시간이 지나간다. 남자는 쑥스러운 듯 거의 말이 없고, 더위 때문에, 남자의 낯가림 때문에, 당신은 짜증이 나서 오른 다리를 달달 떨고 있다.

남자는 말을 더듬었던가…… (중요하지 않은 문제)

그는 한참의 침묵 끝에 두루미 생각이 난다고 말한다. 십여 년 전, 호숫가의 초소에서 본 어느 풍광 속의 두루미. 단 한 마리가 호수에, 그게 아니라면 아무튼 물가에, 온종일 혼자 가만히 서 있었는데, 전날 밤의 추위로 물이 단단히 얼어버려서 스스로 다리를 빼낼 수 없는 것처럼 보였다고 말한다. 거대하고 투명한 덫에 걸려 한 발자국도 내디딜 수 없게 되었던 것이다.

잊었던 기억이네요. 이곳에 와야만 생각해낼 수 있는.

남자는 낮은 목소리로 중얼거린다. 적당한 연기를 하고 있는 것 같다.

두루미. 당신은 두루미에 대해 깊이 생각해본 적이 한 번도 없었다. 당신은 좀더 폭력적이고 사회적인 기억을 찾고 있었다. 그런 중요한 일. 그러니까 사람과 사람 사이의 일. 사람과 공동체가 훼손되었던 일. 예술가의 관심이 시급한, 날것의 경험들. 남자는 천천히 자기 이야기를 계속한다. 두루미는 잘 때 한쪽 발로 몸을 지탱하거든요. 남자는 초소에 서서 멍하니 새를 지켜보았다. 멸종 위기에 처한 아주 커다란 동물을.

그러니까, 두루미라고요?

본 적 있어요?

두루미는 아니지만 죽은 참새를 본 적은 있어요.

참새요?

죽은 참새가 귀여웠어요.

귀엽다고요? 아아, 가엽다고요.

가는 다리가 갈고리 모양으로 뻗어 있었어요.

다리를 봤군요.

두 다리가 허공으로 나란히요. 이렇게, 평행으로. 사람처럼.

그럼 그건 뭐라고 해야 할까……

죽은 다리의 평행 상태?

남자를 잊었을 즈음, 아니, 그의 얼굴 생김새나 목소리를 까맣게 잊어버리고 그저 당신 작업의 일부로서만 기억하게 되었을 때, 갑자기 남자가 꾸었다는 꿈이 떠오른다. 그는 말한다. 새를 본 뒤 다리 하나가 없어지는 꿈을 꾸곤 합니다. 그 다리는 어디로 간 것일까요. 당신은 하나의 이미지에 사로잡힌 낯선 남자의 얼굴을 물끄러미 바라본다. 그와 당신 사이에 놓인 공간이 무한히 늘어나는 상상을 한다. 그건 아무 이유 없이도 당신이 자주 하곤 하는 상상이다.

그때 그의 말을 흘려들으며 열심히 듣는 척하며 문득 팔 없는 여자가 나오는 영화를 본 적이 있다고 생각한다. 아주 젊은 여자가 교통사고로 팔 하나를 잃고서 절망감에 빠진 나머지, 죽겠다고 철로 한가운데 서서 눈을 질끈 감고 있다. 다행인지 불행인지 기관사가 너무 늦지 않은 시점에 여자를 발견하고, 기차는 여자에게서 겨우 한 발짝 떨어진 곳에 멈춰 선다. 여자는 자살에 실패한다. 그 순간 그녀는 살고 싶다는 자신의 마음을 깨닫고 운다. 살게 된 것이 원망스러워 동물처럼 울부짖는다.

(그 영화는 〈영자의 전성시대〉가 아니냐고, 당신의 말을 끊고 남자가 묻는다. 그의 어머니가 초반부에 스치듯 등장하는 엑스트라 중 한 명이라는 얘기는 하지 않고.)

팔 잃는 사고를 당한 다음 신부터, 주연배우는 한쪽 팔을 옷 속 옆구리에 찰싹 붙이고, 한눈에도 불룩해진 어색하고 기만적인 차림새를 한 채 '외팔이' 여자를 연기한다.

(〈의리의 사나이 외팔이〉 보셨어요? 주인공 검객이 한쪽 팔을 잃자마자 어디선가 웬 여인이 나타나서 지극정성으로 돌봐주잖아요. 그리고 그 여인의 도움을 받아 스승의 원수를 물리치고 영웅이 돼버리죠. 그런데 그 여자⋯⋯)

그 여자—영자는 한쪽 팔을 잃은 후에도 끊임없이 남자들의 추근거림을 감당해야 한다. 그런 짓을 견디는 게 그녀의 숙명이라도 되는 것처럼. 당신은 종종 눈살을 찌푸리면서도 배우가 너무 매력적이어서 영화를 계속 보았다. 옷 속에 감춰진 팔은 단 한 번도 거슬리지 않은 적이 없었다. CG 기술이 발전하기 전이라 그런 부자연스러움은 상상력에 의해 용서됐을 것이다. 팔은 거기 있지만 또 거기 없다. 영자를 사랑하던 남자는 세월이 흘러 사라졌던 영자의 행방을 우연히 알게 된다. 그녀는 다리가 불편한 다른 남자와 가정을 꾸리고 잘 살고 있었다. 자기보다 아주 조금만 덜 불행한 사람을 만나는 게 좋다는 교훈. 그것은 해피 엔딩이었는가.

그런데 지금 당신이 기억하려고 애쓰는 건 팔 잃은 여자 따위가 아니고, 철원에서 본 새가 어쩌고 하며 중얼거리던 마르고 땀흘리는 남자이다. 이제 자기 자신으로서보다는 당신의 작품 속 목소리로 존재감이 더 커져버린 인물이다. 그는 거의 당신의 일부가 되어버릴 지경이다. 아무리 애를 써도 그의 눈 코 입 등의 형태는 기억나지 않았고, 당신의 생각은 자꾸 팔 없는 여자에게로 옮겨간다. 다리를 잃거나 팔을 잃은 꿈을 꾸는 사람에 관한 꿈을 꾸는 것, 그것이야말로 당신이 해야 하는 일이 아닌가. 당신은 일종의 책임감을 느낀다. 그 누구도 요구하지 않은 책임감이다.

*

당신은 하나이고, 둘이고, 또 셋입니다.

*

　이십대 초반인 당신은 국공립 미술관의 주요 전시에 참여할 수 있었다. 잘 알다시피 그런 작가는 결코 흔하지 않다. 아직 당신은 그것이 그리 대단치 않은 경력이라는 것을 알지 못한다. 우월감은 아주 자연스럽게 기본값으로 설정되어 당신의 세계를 움직인다. 당신은 누구보다도 진지하고, 당신의 작업에서 다뤄지는 문제가 곧 미술사의 문제라고 여길 정도로 오만하다.

　오프닝 거지가 당신을 부추긴다. 결국 그를 탓하게 될지도 모른다. 오프닝 거지는 작가들에 관해서라면 경쟁적으로 서열을 매기는 데 몰두했다. 그렇게 하면 자신이 더 중요한 사람으로 여겨질 거라 확신했기 때문이고, 그럼으로써 실제로 그는 점차 더 중요한 사람이 되어가고 있었다. 그는 매년 자신의 블로그에 올해의 작가 1위부터 10위까지 순위를 매겨 올렸고, 작가뿐만 아니라 올해의 영화와 전시와 음반과 레스토랑과 그 밖에 많은 것에도 베스트 목록을 만들어 자신의 감식안을 자랑하고 싶어했다. 본인의 기준에서 벗어나는 작업들은 '그것은 미술이 아니다'라는 말로 일갈한다. 그는 항상 하이데거를 인용하는 버릇이 있었는데, 석사 때 공부한 하이데거 말고는 별다른 지식이 없었고, 또 실은 한나 아렌트같이 총명하고 충성스러운, 나이 어린 애인을 만나고 싶다는 비밀스러운 소망을 지니고 있었기 때문이었다. 그가 여자 작가들에게만 조언을 늘어놓는 이유였다. 이러쿵저러쿵 작가들을 평가하고 조롱했지만 정작 그는 자신이 오프닝 거지라는 별명으로 불리는 줄은 전혀 몰랐다. 오프닝 거지는 주요 전시의 오프닝이라면 초대장을 받지 않아도 빠짐없이 참석했고 매번 그 자리에서 너무 많은 음식을 축내고 다녔기 때문에 오프닝 거지라고 불렸다. 당신은 그의 별명을 듣고서 누구의 것인지 모를 작명 센스에 경의를 표하며 한순간 웃음을 터뜨렸지만, 오프닝 거지가 당신에게 관심을 보이자 이내 그를 진지하게 생각하기 시작한다. 속으로는 여전히 그의 볼품없는 외양과 경박한 어휘력을 경멸하면서도 끊임없이 이어지는 그의 말들이 모두 옳은 방향을 향하고 있다고 믿고 싶어진다. 그는 이른 나이에 명성을 얻은 작가를 믿지 않는다고 말한 적이 있었는데, 그건 바로 당신을 두고 한 말이었다. 하지만 트렌드에 민감한 그 남자는 당신에 대한 리뷰들이 심상치 않음을 눈치채고, 잽싸게 당신을 올해의 작가로 선정한다. 아무도 인정하지 않지만 모두가 참고하는 올해의 작가 베스트 10 목록에. 당신은 기꺼이 그의 관심을 누린다. 당신이 얻을 것을 고려하면, 가끔씩 그가 지껄이는 헛소리 정도는 참아줄 수 있었다.

그의 예고대로 당신은 점점 더 주목받는 젊은 작가가 된다. 이십대의 거장이 되는 것이 당신의 목표이다. 회화를 전공했지만 주로 영상 작업을 하던 당신에게 퍼포먼스나 설치, 가상현실 같은 온갖 것들을 뒤섞은 복합 장르를 지향해야 한다고 조언한 것도 바로 오프닝 거지다. 그저 그런 싱글채널비디오로는 오래 살아남을 수 없다. 미디어는 이제 한물갔다. 데이터의 시대다. 당분간 구글 어스는 미술영상에 금지되어야 한다. 그것은 너무나도 범람하고 있다. 오프닝 거지는 어느 공모전 심사에 심사위원으로 참석했는데 체감상 영상 작품의 칠십 퍼센트가 구글 어스를 이용했더라고 과장되게 넌더리를 냈다. 그쪽보다는 실감형 VR이나 인공지능, 게임 엔진을 활용한 인터랙티브한 융복합 설치를 지향할 것. 그쪽은 다들 실력이 고만고만하니까 기술적인 면을 강조하기보단 PC하고 도발적인 주제로. 오프닝 거지와 어울리면서 당신도 작가들의 서열을 따지기 시작한다. 특히 나이 많은 작가들을 무시한다. 그들은 촌스러운 꼰대이고 그들에게 남은 것은 야망밖에 없는 텅 빈 뇌와 가련한 영혼뿐이다. 당신은 이미 열 살이나 많은 작가들보다 더 탄탄한 경력을 쌓아가고 있다. 당신은 사람들이 이십대 작가에게 관대하다는 점을 애써 무시한다. '젊은 작가'의 나이는 시간이 지날수록 폭이 넓어져 이제는 삼십대 후반에서 사십대 초반에 이르기까지도 '젊은 작가'로 묶인다. 우스운 일이었다. 누군가 행정적으로 청년의 나이가 삼십구 세로 연장되었음을 상기시켜준다. 그것은 지원금을 받을 수 있는지의 여부, 즉 작가 생명이 연장될 수 있을지 아닐지를 결정짓는 중요한 문제이다. 다른 이가 언젠가는 사십오 세, 사십구 세까지 연장되리라고 말하자 다들 남의 일처럼 따라 웃는다. 당신은 외따로 떨어져 이 모든 대화가 참

허무하고 쓸쓸하다고 생각한다. 당신은 자유롭다. 당신은 진실로 젊은 작가였기 때문에 여론은 당신의 작업에 더 호감을 보인다. 곧 당신에게서 사라질 그 무엇에 대한 애정을 당신은 당신 자신과 분리하지 못한다. 현재는 영원히 계속될 것처럼 생생하고 끝없다.

이 작가는 자기가 젊은 여자라는 것을 효과적으로 이용할 줄 알거든요. 사람들로 하여금 자기가 모욕당할 만한 상황을 상상하도록 만드는 능력이 있는 거죠. 나쁘지 않은 전략이에요. 어쨌건 시선을 끌잖아요. 오프닝 거지는 당신이 없는 자리에서 마음껏 지껄인다. 모두가 그의 말을 들었지만 그것이 당신의 귀에까지 들어가지는 않는다.

당신은 당신의 '전략'이라는 것이 무엇인지 알지 못한다. 아니, 어쩌면 능숙하게 모르는 척하는 모양새가 몹시 효과적이었을 수도 있다. 평론가는 당신의 앞날을 논하며, 당신의 작업 방식이 청년기를 벗어나면 힘을 잃고 말, 본질적으로 허약한 토대에 기반하고 있다고 지적한다. 모두들 동의하듯 고개를 끄덕거린다. 비평 워크숍에서 그들은 당신을 앞에 두고 마치 당신이 그 자리에 없다는 듯이 당신에 대해서 마구 떠들어댄다. 어쩌면 당신이 있어서 더 신이 나는 걸지도 모른다. 그중 한 사람이 아주 큰 목소리로 "이런 작업은 작가가 요절하지 않는 한, 생명력이 조만간 끝나버릴 것"이라고 말한다. 당신은 그 말이 대단한 조언이라도 되는 양 노트에 받아 적는다.

요절하지 않는 한, 한계에 다다를 것임.

그들은 마지못해 자비를 베푸는 사람처럼 무지막지하게 결론으로 향해가고, 당신은 노트에 쓴 단어들에 무의미한 동그라미를 쳐대다가 그 옆에 무언가를 덧붙여 끄적거린다.

필요하다면 그것도 해줄 수 있음.

당신과 함께 작업을 시작했던 이들은 여전히 허들—당신이 그토록 쉽게 넘어온—앞에서 끊임없이 넘어지고 좌절한다. 당신은 자신도 모르게 그들의 애씀을 조롱하다가 많지도 않은 친구마저 잃어버린다. 그게 당신의 잘못만은 아니다. 왜냐하면 당신은 정말로 그 허들을 넘는 것이 어렵지 않았으므로. 단지 진지하게만 생각해서는 넘을 수 없다. 당신이 진지하게 임할수록 벽은 더 높아질 것이다. 아주 조금만 무모해지면 된다는 걸, 당신은 잘 알고 있다. 조금은 위험하게, 자신을 덜 사랑할 것, 마구 굴릴 것, 저주할 것. 단지 조언해주고 싶을 뿐인데 쉽게 오해받는다. 어쩌면 당신은 정말로 남다른 예술적 감각을 타고났을지도 모른다. 당신은 어떤 면에서는 예민하지만 어떤 면에서는 극히 둔하다. 앞으로 나아가고 있다는 느낌에 예민하고, 타인과 함께 어우러지는 것에 둔감하다. 더 나아갈 수 없다는 생각을 하면 숨이 막히고 두려워진다. 당신의 의무는 전진이다. 당신은 당신에게 닥친 행운 비슷한 것을 당연한 운명이라고 느낀다.

오래된 이야기를 하나 만들어본다. 당신이 태어난 내륙 지방을 배경으로 하는 이야기이다. 그곳은 바다도 강도 없는 조용한 마을이었다. 바다나 강이 보이지 않는다고 물이 흐르지 않는 것은 아니다. 그곳에서도 샘들은 커다란 나무의 뿌리처럼 지하 깊숙한 곳에서 서로 연결되어 있다. 그것을 알아차린 이들은 대대로 소수에 불과했다. 물의 네트워크는 땅속에 호수를 이루고 있다. 그 호수는 밤새 참은 기침을 쏟아내듯 새벽마다 짙은 안개를 땅 위로 뿜어댄다. 이른아침 논두렁을 걸어갈 때면 어린 당신은 발아래 땅이 미세하게 출렁인다는 사실을 알아챈다. 당신이 선 땅이 거대한 유람선처럼 지층으로부터 분리되어 있음을. 오직 당신만이 그 사실을 알고 있다. 난파선에서 홀로 살아남은 사람처럼 불안을 간직한 채, 당신은 언젠가 이곳을 탈출하리라 수차례 다짐한다.

당신이 예술가가 되겠다고 선언하자 가족들은 다들 어쩔 줄 몰라한다. 그러나 그들은 반대도 하지 않는다. 대부분 그게 무슨 의미인지 잘 알지 못했기 때문이다.

결심의 시작은 칭찬이었다. 기억 속에서, 얼굴이 뭉개진 젊은 여자가 당신에게 말을 건넨다. 그 여자는 자기가 무슨 말을 하는지 알지 못한다. 어쩌면 전날 본 미국 영화에 등장한 어느 교육자 캐릭터를 흉내냈던 걸지도 모른다. 뭔지는 모르겠는데 너에게는 너만이 낼 수 있는 빛이 있어. 아주 간절하게 자신을 드러내고자 하는 그런 빛. 간절함. 그게 네 그림을 특별하게 만들어준다.

당신의 마음은 일렁거린다. 호의로 건넨 가벼운 말이 당신의 마음속을 잔잔히, 오랫동안 흔들어놓는다. 무언가가 건드려진다. 진심 없이 발화된 그런 말들은 잘못 흩어진 씨앗처럼 당신의 머릿속에 깊숙이 자리잡기 시작한다. 어떤 몰입의 마음, 사건의 시작. 당신은 당신 안에 없는 것을 있는 것으로 바꾸려 한다. 어쩌면 그건 없는 것으로 없는 것을 만들어내려는 행위라 할 수 있을지도 모른다.

그런데. 그러니까. 간절히 원한다는 건 절대 자연스러운 일이 아니야. 그건 뭔가가 완전히 잘못됐다는 의미거든. 돌이킬 수 없게 삑사리가 났다는 뜻이지. 한마디로 구제불능. 오프닝 거지가 지나가듯 당신에게 말한다. 그는 전반적으로 불쾌한 사람이지만 최소한 한 가지 정도는 제대로 알고 있었던 셈이다.

*

잊지 마세요.
쓰레기 산에 있다고 다 쓰레기인 것은 아닙니다.

*

그림을 그려야 할까. 미디어나 설치는 사주질 않잖아. 돈. 돈이 필요해. 계속 알바로 살 순 없다고. 언젠가 당신은 물 탄 위스키를 소진하며 누군가에게 호소한다. 소장품 구입 공모에서 연달아 탈락한 것이 당신을 속상하게 했다. 당신은 아직 거절에 익숙하지 않다. 사람들은 당신이 승승장구한다고만 생각하지 그 밑에 깔린 수많은 실패에 대해 알지 못한다. 망하지 않을 수 있을까. 살아남을 수 있을까. 원했던 것보다 더 멀리 왔지만 당신은 그것 때문에 점점 괴로워진다. 너무 깊이, 좁게 들어왔다. 한 발자국만 잘못 디디면 낭떠러지로 떨어질 것만 같다. 사실 모두들 그것을 기다리는 것 같다. 누군가 떨어져나가기를. 그것이 자신이지 않기만을 바라면서. 당신은 이제 조금 지친 기분이 든다. 당신 자신보다 더 거대한 자아를 만들고 그의 명예를 위해 분투하는 일. 의미 없는 것을 의미 있는 것으로 바꾸기 위해 이것저것 신기술을 덧붙이는 일. 유령 같은 실체 없는 이미지를 전시장 가득 채워넣는 일. 당신은 다시 과거로, 당신이 잘하던 것으로 회귀하기로 결심한다. 절대 퇴행이 아님을 강조하며.

다시 인물로. 앞으로 천 명의 사람을 그릴 것이다. 천 명의 여자와 남자를. 아니, 여자도 남자도 아닌 피조물들을. 사물에 가까운 덩어리들을. 한 번에 들어 옮길 수 없고 캔버스를 둘둘 말아 여러 사람이 힘겹게 맞들어야 할 정도로 크고 무거운 그림을. 모든 스케치가 교향곡처럼 어우러지는 아주 웅장한 그림을. 손으로 만질 수 있고 미술관에 팔 수도 있는 진짜 스크린.

당신은 실행하고 당신은 비난받는다.

시간이 흐른다.

당신은 아직도 평범한 예술가처럼 낯을 가리지만 그림을 그릴 때만큼은 사람들의 눈을 정면으로 바라볼 수 있다. 침묵 속에서. 무시간성 안에서. 대화할 필요가 없을 때 다른 사람들이 당신을 바라보는 그 순간을 좋아한다. 모델들에게 주문한 것은 단 한 가지다. 당신의 눈을 볼 것. 당신이 그들을 보고 있지 않을 때조차 당신의 눈을 계속 응시할 것. 그들과 당신이 동기화될 수 있게. 당신은 통제력을 갖는다. 당신은 신이 된 것 같다. 그런 느낌이 당신을 기쁘게 한다. 그러나 그 시간은 지속되지 않는다. 밀폐된 공간에서 모델과 단둘이 있을 때 당신은 그들의 대담성에 깜짝 놀라곤 한다. 스케치에 응한 사람들 중 몇몇은 옷을 벗고 싶어한다.

누드를 그리시는 줄 알았어요. 작가님은 원래 센 거 하시잖아요.

제가요?

네. 작가님은요, 그런 사람이잖아요.

……

저는요, 알 것 같아요.

좋아요. 그렇다면 팔 하나가 없는 당신을 그려도 될까요?

또라이들. 당신은 웃는다. 옷을 벗고 싶어하는 이들은 당신의 목표 따위에 관심이 없다. 그들 또한 관심을 받고 싶어 오랫동안 이런 순간을 기다려왔기 때문이다. 아마 평생 기다려왔는지도 모른다. 누군가에게 기억되는 일. 그게 그냥 '누군가'에 불과할지라도…… 당신은 놀라지 않는다. 사실 당신이 하는 일도 그와 크게 다르지 않다고 생각할 뿐이다. 작가님, 여기 있는 제 만다라 타투가 잘 보였으면 좋겠어요. 제 마음 아시겠죠? 당신은 당신이 그리려고 하는 것은 얼굴뿐이라고 그들에게 친절하게 알려준다. 가슴 아래로는 아무것도 그리지 않을 작정입니다. (어쨌든 만다라 타투가 새겨진 팔 하나가 없는 얼굴을 그리는 중)

몇 달 동안 당신은 매일 쉬지 않고 그림을 그린다. 마지막에는 당신 자신을 그린다. 사람들은 그것을 자화상이라고 부르는데, 당신은 그 그림에 '모르는 여자'라고 제목을 붙인다. 천 명의 얼굴을 그렸지만, 그들은 다 한 사람같이 보인다. 죄다 모르는 여자를 닮았다. 당신은 한 사람밖에 그리지 못하는 작가다. 사람들이 그것을 알게 될까봐 두렵다.

*

그러나 당신은 복수입니다. 당신은 혼자가 아닙니다. 당신은 동시에 존재합니다.

*

언젠가 그 시간을 하나하나 곱씹을 것이다. 그런 시간이 다가올 것이다. 과연 이번에는 무슨 일이 일어났던가. 역시 아무 일도 일어나지 않았던가. 텅 빈 작업실의 암흑 속에서, 캔버스에 깊숙이 스며든 침묵 속에서, 얇은 종이 인형같이 멍한 얼굴들 사이에서. 구조 없이 무너지는 선들, 새기지 못한 표정들, 팔이 없고 다리가 없는 얼굴 모양의 형상들. 그 끝없이 무의미한 평면들…… 다시 망한 건가. 또다시 비난하겠지. 당신은 비난받을 것이다. 미디어와 회화를 오가며 시류에 편승한다고. 당신은 감정의 쓰레기통이다. 공공재이다. 당신은 어떤 결핍을 채워넣기 위해 밤마다 쓰레기 산으로 간다. 회귀하고 마는 나쁜 버릇을 버리지 못한 것처럼 다시 재료들을 찾기 시작한다. 당신은 쓰레기 산에 무수한 구멍을 내며 사물들을 채집한다. 종교적인 의식을 치르는 것 같다는 생각을 한다. 허락 없이 쓰레기를 발굴하지 말라는 주의사항은 잊었다. 재봉틀과 우산, 부서진 의자와 폐타이어, 찢어진 커튼, 찌그러진 옷걸이, 짝이 맞지 않는 운동화들, 문 없는 냉장고, 박살난 모니터, 한때 자전거이고 오토바이였던 고철더미들, 멀쩡한 플라스틱과 전생을 추측할 수 없는 온갖 썩은 것들……

그것들이 당신을 구원할 것이다.

쓰레기 산은 정말 풍요의 상징이다. 쓰레기 산은 예술가들의 낙원이다. 쓰레기 만세. 만세, 쓰레기여! 당신은 술에 취한 채 아무렇게나 쓰레기 예찬론을 펼치며 흥겹게 스스로를 쓰레기주의자라고 이름 붙인다. 그리고 아무도 모르게, 조용히 비밀스럽게, 그것들을 작업실로 전시실로 소중하게 옮겨둔다. 그것. 그 쓰레기들. 당신의 정신을 완성시켜줄 완벽한 어시스턴트. 아주 망하라는 법은 없는 법. 이번에는 무슨 일인가 일어나고 있다는 확신이 든다.

당신은 전시장을 예약한다. 이미 너무 늦었다. 많이 늦었다. 당신은 경험이 부족하다는 타박을 듣는다. 당신은 그해가 가기 전에 성과를 내야만 한다. 그나마 선택할 수 있는 옵션 중 가장 층고가 높은 정방형의 화이트 큐브가 낙점된다. 계약이 이루어진다. 아직은 실체감 있는 당신의 유명세가 조금은 도움이 된다. 혹여, 불미스러운 일(성난 익명의 출연자/모델이 등장해 난장판을 벌임)이 생기더라도 괜찮을 것이다. 기획된 퍼포먼스라고 여겨질 수도 있다. 이번에는 반드시 공공기금을 받게 될 것이다. 해당 기금을 받은 최연소 작가로 기록될 것이다. 국공립 미술관에 당신을 추천한 학예연구사 출신의 교수가 〈모르는 여자〉에 대해 당신 대신 그럴듯한 말을 붙여줄 것이다. 약속된 비평 용어를 능숙하게 구사하며 정교한 찬사를 늘어놓을 것이다. 탁월함 탁월함 탁월함. 그가 당신의 작업을 좋아하든 말든, 작가로서의 당신을 치켜세우면 응당 자신에게도 이득이 주어질 것이므로. 애초에 그가 당신에게 주목한 이유 또한 당신이 그의 세계관의 자장 아래 있기 때문이었다.

이 세계가 간절함으로 이루어져 있다는 착각은 순전히 아마추어
적이다.

당신은 종종 '미래'라는 이름을 가진 여자에 대해서 생각한다.
미래라는 이름을 가졌던, 개명한 과거의 미래를. 미래완료의 미
래를. 그녀는 당신의 모델 중 한 명이었는데, 그녀의 형상을 다른
이들로부터 구별해낼 수가 없다. 미래는 '지연A'와 '지연B' 사이
에, 그래, 그 어딘가에 섞여 있다. 이번에도 당신은 더 많은 사람
들을 잃게 될 것이다. 그러나 걱정할 필요는 없다. 당신은 비평적
으로도, 상업적으로도 성공한 작가로 남을 것이다. 당신은 계속해
서 앞으로 나아갈 거라고 다짐한다. 당신은 그런 것에 예민한 사
람이니까. 우연히 거머쥔 행운이 이전에 알지 못했던 곳으로 당신
을 데려가고, 그로부터 매번 새로운 고통을 부여받는 일을, 실은
꽤나 즐기기 때문이다.

*

쓰레기 산에 대하여 더 많은 말을 했어야 했다. 쓰레기 산 아래
서 부글대던 메탄가스가 결국 폭발할 것이라고 미리 경고했어야
했다. 언젠가, 마침내, 드디어 축적된 힘이 보란듯이 아주 세차게
기세를 떨치리라고 예측했어야 했다. 누군가는 그것에 주목했어
야만 했다.

(하지만 사건이라는 것은 항상 급작스레, 말도 안 되는 방식으로 우리 앞에 던져지는 것 아니었던가요? 한쪽 팔을 잃은 여자를 잊지 마세요.)

어쨌든 터질 것은 터지고야 만다. 모두가 알고 있지만 아무도 몰랐다는 듯이 사태가 벌어지면 다 함께 놀라버린다. 그런 면에서 우리 모두는 평등하다.

멀리서 폭발음이 들린다. 동시에 기념관에서는 독재자의 '명예'를 되찾고자 하는 지지자들의 모임이 열리고 있다. 그들이 내는 폭죽 소리와 폭발음이 한데 뒤섞인다. 아파트촌의 주민들이 성난 민원을 제출하기 시작한다.

당신도 폭발음을 들었다. 축제의 전조 같은 소리를 들었다. 이제 곧, 서서히 의식을 잃어갈 때 당신은 문득 한 사람의 이야기를 기억해내려고 애쓰게 될 것이다. 그건 어쩌면 그 남자의 이야기가 아닐지도 모른다. 당신 자신이 만들어낸 망상에 불과할지도 모른다. 당신은 물가에 서서, 얼어버린 호수에 갇힌 새를 보고 있다. 그 장면을 더 또렷이 보려고 눈을 한껏 찡그리며 집중한다. 시야가 흐리다. 하지만 눈을 비비려고 주머니에 넣은 손을 꺼내고 싶지는 않다. 저항감. 또는 게으름. 실은 중독. 당신은 그대로 멍하니 서 있기만 한다. 새는 잠을 자는 것처럼 처연히 눈을 감고 있다. 깨어날 수 없다면 스스로 생을 포기하겠다는 듯 고요하게. 이미 죽었나보다 단념하고 뒤돌아서려는데, 새가 날개를 한 번 푸드

덕거린다. 날개가 너무 커서 나무 하나를, 아니 호수 전체를 다 뒤
덮을 정도이다. 그것이 웬일인지 좀 슬프게 느껴졌고, 사진을 찍
어놓으면 언젠가 써먹을 수 있겠다 생각하지만, 그저 생각만 할
뿐이다. 이런 꿈을 예전에도 꾼 적이 있는데, 하면서.

철원에서, 조이 디비전은 한적하고 아담한 조류 박물관으로 당
신을 안내한다. 회랑 가운데에는 커다란 원통 모양의 유리관 속에
박제된 두루미 한 마리가 전시되어 있다. 완벽하게 복원되긴 했지
만 부러진 다리에 접합된 흔적이 선명하게 남아 있다. 얼음 아래
와 얼음 위, 두 개의 분리된 세계. 새는 날개를 펼친 채로 멈춰 서
있다. 살아 있던 모습으로. 살아 있던 가장 아름다운 모습으로. 당
신은 그 새를 더 자세히 관찰하려고 천천히 유리관 쪽으로 몇 걸
음 다가간다. 고개를 내밀고 박제된 두루미를 쳐다보려는데, 두루
미 대신 그만 유리에 비친 당신의 얼굴을, 당신의 투명한 그림자
가 우연히 새의 하얀 깃털 위로 중첩되는 이미지를 한동안 물끄러
미 바라본다.
남자가 말한다.
죽으면 다 쓰레기가 된다고 했죠. 그런데 쓰레기조차 될 수 없
다면, 어쩌면 그게 더 슬픈 일 아닐까요.

당신은 서서히 아주 긴 잠 속으로, 하나의 길로 수렴된 당신의

미래로 조금씩 미끄러져 들어간다. 시간이 원래보다 조금 느리게 흐르는 것처럼 느껴진다. 천둥소리가 몇 번 들리는가 싶더니 어느 순간부터 밖에는 쓰레기 비가 내리고 있다. 수십 년이나 땅에 갇혀 있던 온갖 사물들이 세상 밖으로 세차게 몸을 내던지고 있다. 쓰레기 박물관이라도 만들겠다는 각오인가. 이건 전쟁이다. 아니, 축제다. 불규칙한 패턴의 폭죽이 땅에서 하늘로 내쳐지는 것 같다. 어디가 위고 어디가 아래인지? 쓰레기 산은 광포한 매너로 응답하는 중이다. 누구에게? 무엇에 대하여? 아직 완성되지 않은 유실물들의 남은 운명에 대하여.

이제는 꽤 가까운 곳에서 굉음이 들려온다. 점점 세게. 점점 세게는 크레센도. 난데없이 멀미가 일어 헛구역질을 한다. 거대한 악취가, 쓰레기의 파도가 밀려오고 있다. 쓰레기 산이 요동치는 이상한 꿈을 꾸고 있다는 생각이 든다. 그런 이야기를 들은 적 있었다. 한순간 섬광처럼 모든 미래를 다 볼 수 있는 때가 있다고. 당신은 마지막으로 아주 힘겹게 눈을 떴다가 감는다. 꿈이 아니다. 꿈이다. 아니, 꿈이 아니다. 아무래도 상관없다고 당신은 생각한다. 복수심에 불타는 쓰레기라니. 우습다. 당신은 소리를 내어 웃으려 하지만, 간신히 입술만 달싹일 수 있다.

아, 저 쓰레기를 어떻게 해야 할까. 저 귀한 것을. 저것들을……

당신은 얼어붙은 듯 작업실 구석에서 꼼짝하지 않는다. 이 순간을 기록해야 한다고 생각하면서, 그러나 내일로 미루며, 잠 속으로, 잠 속으로 빠져든다. 두 눈을 감고 가만히 귀 기울이며. 이 세상의 가장 작은 소리라도 들으려는 듯이. 온 힘을 다해, 듣고 또 듣는다. 당신 인생의 가장 밝은 날이 다가오는 소리를.

* 박이소의 설치 작품 〈당신의 밝은 미래〉(2002)에서 제목을 빌려왔다.

JHY를 위한 짧은 기록

여행을 할 때 우리가 상대하게 되는 것이 불확실한 실제 장소들이 아니라, 무한한 표상들 전체에서 추출된 임의적인 주관적 이미지들이라는 사실…… 그것은 이 소설에 등장하는 도서관 사서가 이용한 방법으로, 그는 자신의 도서관과 나아가서는 책들 전체에 관한 전반적인 시각을 갖기 위해 어떤 책도 절대 펼쳐보지 않으며 단지 카탈로그들만 읽을 뿐이다.
—피에르 바야르, 『여행하지 않은 곳에 대해 말하는 법』

1

나는 JHY의 부탁으로 어느 호텔에서 하루를 묵었다. 약 한 달 후 철거될 운명인 5성급의 고급 호텔이었다. 한 달 후라고요? 나는 되물을 수밖에 없었다. 멀쩡한 호텔을 부수고 새로운 건물을 짓는다니, 하루이틀 듣는 뉴스도 아닌데 매번 놀라게 되었다. 호텔은 겨우 사십 년간 영업했을 뿐이었다. 인간으로 치더라도 요절이었다.

원래 JHY는 단편소설을 쓰기 위한 자료 조사 차원에서 그 호텔을 예약했는데, 투숙할 날짜를 불과 얼마 남기지 않고 의도치 않게 감염병에 걸려버렸고 일주일간 집안에 혼자 격리되어야만 했다. 1인 가구인 JHY에게 혼자인 것은 어차피 기본 세팅이므로 아무런 문제가 되지 않았지만, 그 시점만은 공교로웠다. 그가 구입한 숙박권은 취소가 불가능한, 환불이 전혀 되지 않는 최저가 예약 상품이었기 때문에 가만히 앉아서 생돈을 날리게 된 상황이었다. 본인이 방문할 수 없다면 누구든 간에 그곳에 가서 하루 정도 머물며 호텔 룸을 오염시키는 편이 어쩐지 더 효율적이고 정의로운 일이라고 JHY는 판단한 모양이었다. 자신을 대신해서 하룻밤을 보내달라는 그의 제안이 조금 당황스러웠지만 싫지 않았다. 내가 거절하더라도 기쁜 마음으로 자원할 사람이 곧바로 나타나리라는 생각에 약간 조바심이 났던 것도 같다. 집에서 오매불망 나만을 기다릴 내 늙은 고양이의 얼굴이 잠시 스쳐지나갔으나, 하룻밤 정도는 혼자 두어도 무리가 없을 터였고, 무엇보다 좀처럼 생기지 않을 듯한 이 우연한 여행의 수혜자가 다름 아닌 내가 되었다는 이 뜻밖의 상황에 이미 설레어버린 참이었다. 그러자 문득 궁금해졌다. 왜 하필 나인지. JHY와 내가 서로 호감을 가지고 존중하는 사이이긴 하나, 그다지 친밀한 관계가 아니라는 사실은 솔직히 인정해야 했으므로. 나는 호기심이 일었다. 혹시 내게 묻기에 앞서 몇몇 이들에게 거절당한 것은 아닌지. 미처 말하지 못한 사연이 숨겨져 있지는 않은지…… JHY에게 물어보자 그는 잠시 침묵했다가 입을 열었다. 일전에 당신이 '호캉스'라는 단어를 싫어한다고 말한 적이 있는데 그걸 기억하느냐고. 나는 테스트인가 싫어 조금 머뭇거리다가 그런 기억은 없는데, 하고 말끝을 흐리며 대답했다. 물론 나는 기억하고 있었다. 그것도 꽤 또렷이. '호캉스'라는 단어가 싫어. 그땐 정말 그 단어가 마음에 안 들었다기보다는 나의 어떤 스탠스를 보여주기 위해 그런 말을 굳이 했던 것 같다. 실은 그게 좋든 싫든 나에게는 아무런 상관이 없고 관심도 없었던 게 분명했다. 그건 그렇다 치고 왜 호텔을 좋아하지 않는 사람에게 이런 부탁을 합니까? 내가 의아해하자 JHY는 당연하다는 듯 대답했다. 당신이라면 '호캉스'가 이번이 처음일 것이기 때문이죠. 아무런 편견 없이 사물과 장소를 관찰할 수 있지 않겠습니까? 그는 내가 자기 소설의 정보원으로서 안성맞춤이라고 은근히 추켜세웠다. 정보원이라고요? 이것이 일종의 아르바이트 제안임을 그 순간 나는 깨달았다. JHY는 호텔에 머무는 동안 소설에 쓰일 만한 요소들을 사진으로 찍어달라고 부탁했다. 단, 그의 상상력을 방해하지 않는 선에서, 전경이 담기지 않도록 광각렌즈 사용을 피하며, 세부 사항을 묘사하는 데 도움이 될 법한 사소한 사물들의 리스트를 원했다. 그것들에서 받은 순간적인 인상을 메모해주면 더욱 도움이 되리라 덧붙이면서. 그러니까 나는 그의 머릿속에 있는 가상의 호텔이 현실과의 연결고리를 잃지 않도록 일종의 소품 담당 스태프로 임시 고용되는 셈이었다. 그 작은 역할이 나는 마음에 들었다. 어떤 소설입니까? 당신이 구상하는 것은. 나는 JHY에게 물었다. JHY는 대답했다. 오랜 비밀을 공유한 사람들이 함께 하루를 보내는 내용입니다. 두 사람의 비밀은 호텔과 관련이 있지만 이제 그 건물이 사라진다면 그들을 난처하게 했던 그 비밀 또한 사라지게 되는 것이죠. 그런 이야기로군요. 아무도 보고 있지 않았지만 나는 고개를 끄덕거리며 대답했다. 어쩌면 나는 이제부터라도 '호캉스'를 좋아하게 될지 모른다는 생각이 들었다. 그 말의 뜻과 소리와 본질적인 의미 모두를 말이다. 그러다가 결국은 나라는 사람 자체가 완전히 다른 개체로 변화할 가능성도 상상해볼 수 있었다. 어쨌든 우리 인간이라는 종은 무언가를 좋아하거나 좋아하지 않는 부류로 나뉠 수 있지 않은가.

나는 JHY가 파놓은 유쾌한 함정에 기꺼이 빠져들기로 결심했다. 그리하여 비성수기 평일 오후에 의도치 않게 소위 '호캉스'라는 것을 가게 되었는데, 그것도 내가 사는 집에서 단 이십 분 정도밖에 떨어지지 않은 도심 한가운데로……

2

다음은 JHY를 위해 갈무리한 이미지들과 나의 짧은 감상이다. (47개 항목, 50장의 사진, 가나다순)

계단(문)
수상한 통로.

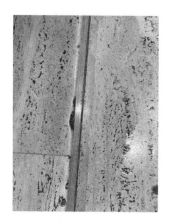

계단(파인 곳)
걸려 넘어지기 좋은.

공중전화

높낮이가 다른 두 개의 공중전화. 그 옆에는 하우스 폰.

국제전화 요금

영국으로 걸어 오 분간 통화하면 20,724원을 지불해야 한다.

금고
아래쪽에는 이머전시 키트. 잘 눈에 띄지 않음.

독서등
간접조명이 아니라 벽에서 수평으로 빛이 뻗어나오는 게 특징.
일찍 취침하여 독서등은 전혀 사용하지 않음.

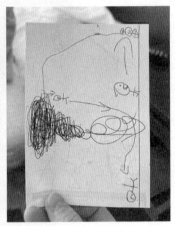

메모(양면)
성경에 꽂힌 그림 메모를 발견. "도와줘!"
부디 이 아이가 무사하기를 바란다.

모형 마을(결혼식)

상업 시설이 들어선 이층 복도에는 모형 마을이 전시되어 있다. 언뜻 보기에 미국의 콜로라도주를 모델로 삼은 듯했다. 콜로라도를 방문한 적은 없지만 어쩐지 그런 인상이었다. 제임스 설터의 『그때 그곳에서』라는 책에는 콜로라도주에 대한 언급이 자주 나온다. 내가 이 사실을 기억하는 이유는 책장을 대충 넘겨보다가 콜로라도 사람들이 잘생겼다는 문장을 스치듯 보았기 때문이다. 그 문장을 찾으려고 다시 책을 뒤적거렸는데 찾을 수 없었다. 착각? 결혼식장의 시간은 네시 오십이분이다. 하객은 서른 명 정도.

모형 마을(공룡)
한 인물이 양손을 머리에 얹고
'맙소사'라는 제스처를 취하고 있다.

모형 마을(엠마의 집)
일층 노란 옷을 입은 여자. 삼층 다락방 지붕 위에
'Emma's House' 스티커, 어쩐지 disturbing.

문고리
사용되지 않는.

바퀴 달린 사물
정체를 알 수 없는.

벽 후크

어째서 이런 위치에? 몸싸움 끝에 밀쳐지면

의도치 않은 부상을 입을 수 있음.

비단잉어

가까이 서면 밥을 주리라고 예상하는지 다가와서 뻐끔거렸다.

유독 까만색 잉어 한 마리가 간절한 듯 오래 입을 벌렸다.

비둘기

　육층 엘리베이터 옆에서 내려다본 본관 건물 지붕. '죽은 비둘기'라고 인덱스 제목을 달았다가 '비둘기'로 수정함. 사후 어느 정도 시간이 흐른 듯하나 사체가 주변의 돌멩이 색과 비슷해서 관리원에게 발견되지 않은 것으로 추정됨. 거리가 있어서 클로즈업 촬영 불가. (참고: 리스트에서 맨 처음 작성한 항목)

샹들리에
지금은 구할 수 없을 듯한 빈티지.
사진을 찍는 내 팔이 프레임 안으로 조금 들어와 있다.

서랍
비어 있는.

석등

정원 산책중 발견. 서로에게 비밀 메모를 남기는
주인공들을 상상했다. 중년의 연인들.

성당

체크아웃을 하고 가까운 성당에 들러 기도했다.
누군가 방귀를 뀌었는데 소리가 너무 크게 울렸다.

수영장
왼쪽 가운데, 한 사람이 등을 보이고 물속에 떠 있다.

숨은 공간(책상 뒤)
벽 속에서 발견된 시체가 나오는
한혜연의 단편만화를 즐겁게 봤던 기억이 있다.
손목에 걸린 사물은 마스크.

아이스 버켓
1983~2016.

안내판(물이 없는 분수)
"고객님의 소중한 희망"은 번역되지 않았다.

안내판(미용실)

안내판(숙녀, 신사)

순정만화 풍의 그림체.

다소 어울리지 않는 프레임.

안내판(헬스클럽)

안내판(화장실)
왼쪽 아래 방향으로 비스듬한 화살표.

안락의자
중고로 판다면 살 의향이 있다.

애쉬트레이
1983~2016(실내에서 흡연이 가능했던 기간).

액자(욕실)
한옥 마당에 개 한 마리가 납작 엎드려 있음.
유리에 보조 거울이 반사되어 보인다.

양복점
호텔의 전성기가 1990년대였음을 알게 해준다.
이곳을 방문한 이들은 루치아노 파바로티, 셀린 디옹,
스티븐 시걸, 매직 존슨, 그리고 보이즈 투 맨……

여자들
칠십대의 두 여자. 이들이
소설의 주인공이라면 어떨까 생각해보았다.

와이어 빨랫줄
화재경보기인 줄 알았던 와이어 빨랫줄.
아직도 화재경보기였으면 하는 마음이 좀 있다.

외시경

볼룸의 밝은 테이블이 찍혔다. 직원이 안으로
들어가며 나를 흘깃 보았으나 제지당하지 않음.
곧 문을 닫기 때문일까? 어쩐지 관대한 분위기.

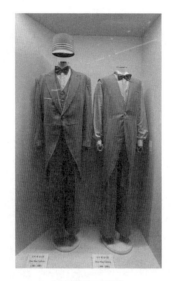

유니폼(도어맨)

왼쪽: 1983~1989, 오른쪽: 1990~2008.

유리창

호텔 맞은편에 작은 동산이 있었다. 조식을 먹고 소화도 시킬 겸 산책하면서 동산으로 향했다. 중간쯤 올랐을 때 구부러진 코너 너머에서 살인자가 내려와 갑작스러운 결투가 벌어지는 장면을 상상했다. 그때 실제로 한 사람이 모자를 푹 눌러쓰고 내려와 흠 칫했지만 키가 클 뿐 비쩍 마른 몸매의 노인이었다. 그는 낮게 노 랫가락을 흥얼거리며 내 앞을 지나갔다. 한국어 노래가 아니고 엔 카 풍의 가락이었다. 멀어지는 노인의 모습을 시선으로 좇으며 뒤 로 걷다가 무심코 아까 내가 있었을 법한 호텔 룸을 바라보았다. 동산 위쪽이어서 높이가 대충 엇비슷했다. 누군가 불 꺼진 어두운 방을 뒤로하고 창가에 서 있다가 나에게 알은척 손짓했다. 아침의 나인가? 오전의 나는 생각했다. 나도 그에게 인사를 돌려주었다. 아주 작은 실루엣이었지만 그 사람이 검은색 셔츠와 진녹색 바지 차림이라는 것은 알아볼 수 있었다. 얼굴을 구별할 수 있는 거리 가 아니어서 표정은 살필 수 없었다. 문득 저 사람이 나를 바라보 고 있었기 때문에 겨우 죽음의 위기를 모면했다는 생각이 들었다. 노인은 나를 죽일 작정이었는지도 모른다. JHY의 소설에 도움이 될 것 같아서 노인이 시야에서 사라진 것을 확인한 후 빠르게 호 텔 룸으로 돌아와 내 느낌을 메모로 남겼다.

전기 코드

소파 뒤에서 발견. 낡았지만 고풍스러운 느낌.

누군가 감전사하여 증거 사진으로 찍히면 잘 어울릴 듯하다.

작은 핏방울이 발견되어도 흥미로울 듯.

전화기(룸)

수화기가 달린 전화기를 오랜만에 보았다.

예전에는 고급이었을지도.

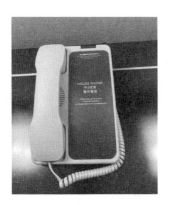

전화기(복도)
하우스 폰은 'Magic Centre'와 연결된다는 안내문이 인상적.

전화기(욕실)
비상용? 초기 인테리어 설비로 추정.

조식
첫번째 플레이트. 커피는 한 잔만.

종교 서적

두 권의 종교 서적. 그중 한 권을 펼쳐보았다.
301페이지에는 다음과 같은 문장이 적혀 있다.

"공중에 물감으로 수채화를 그리려 해도 사물의 모습을 그려 낼 수 없고, 마른풀로 만들어 불을 붙인 횃불로는 거대한 강의 물을 말려 없애지 못하며, 잘 무두질한 두 조각 가죽은 아무리 맞대고 비벼 문질러도 까칠까칠한 깨지는 소리가 나지 않듯이, 그 어떤 이야기를 들어도 쉽게 마음이 변하지 않도록 마음을 키워가야만 한다."

코트룸
어두운 안쪽 방. 무언가 사건이 벌어지기 좋은 장소.

테이블 장식
거꾸로 반사된 내 모습이 작게 보인다.

티슈 케이스

범죄 증거물 같다. 누군가의 머리를 박살낼 수 있을 듯.

(메이드 인 인도네시아)

포토폰

이렇게나 많은 전화기들.

회전문

3

집에 돌아오자 내 늙은 고양이가 나를 반겼다. 넉넉히 주었던 사료를 애초에 다 먹어치운 듯 배가 고프다고 칭얼거렸다. 고양이와 한동안 시간을 보내고 소파에 앉아 SNS를 확인했다. 근래 자주 보이던 광고 하나가 눈에 띄었다. 그다지 눈길이 가지 않던 책 광고였는데 '호텔'이라는 단어가 시선을 붙잡았다. 장르는 소설이고, 몇 달 후 문을 닫는 가상의 호텔을 배경으로 하는 이야기였다. 아름다운 호텔 안에는 거대해지기 위해 더 약한 것들을 잡아먹는 어떤 괴물을 피하고자 사람들이 한데 모여 있었다. 깜짝 놀란 나는 온라인으로 급히 책을 주문했다. 이 책의 존재에 대해 JHY도 알 필요가 있어 보였다. 지금쯤 그의 병은 다 나았을까. 몸 상태가 어떤지 먼저 확인해야겠다. 그리고 나는 JHY에게 물어볼 것이다. 혹시 오늘 아침 아무도 몰래 잠시 호텔 룸에 들렀던 것은 아닌지. 내가 본 것이 어쩌면 당신이 아니었는지를. 소파에서 몸을 일으켜서 JHY에게 전화를 해야지 생각하다가 그만 스르르 잠이 들고 말았다. 그러는 동안에 나는 서서히 깨달았다. 단지 내가 의식하지 못했을 뿐 호텔을 배경으로 하는 소설이 이 세상에 얼마나 많았는지를. 또한 내가 맡은 작은 역할에 집중하는 그 짧은 순간에조차 이 세계의 어느 한 부분이 까마득히, 어쩌면 완전히 삭제되어 없어져버렸을지 모른다는 것을.

* 제사는 피에르 바야르의 『여행하지 않은 곳에 대해 말하는 법』(김병욱 옮김, 여름언덕, 2012, 57쪽)에서 인용했다.
* 인용된 종교 서적은 『한영 대역 불교성전』(불교전도협회, 2005)이다.

낭만과 환멸이 지나간 후에

예술가소설의 여성주의적 재구성

　전하영의 소설에는 빠짐없이 예술가가 등장한다. 그런데 이들 대부분은 예술가의 오래된 전형에서 약간 비껴나 "문학의 변두리"(「숙희가 만든 실험영화」, 142쪽)에 서 있다. 여기서 예술가의 전형이라고 하면, 멀리는 독일 교양소설, 좀더 가까이는 20세기 영미 모더니즘 소설, 한국에서는 20세기 초 김동인의 예술지상주의 계열의 소설, 이후 이청준, 최인훈으로 이어지는 지식인/예술가소설의 너른 계보를 거쳐 구축된 예술가상을 떠올려볼 수 있겠다. 이러한 소설들과 마찬가지로 전하영 소설도 예술가를 주인공으로 내세우며 예술(가)의 본질에 관한 물음을 다루거나 예술가적

자의식을 드러내지만, 이 계보에 반듯이 안착하지는 않는 듯하다. 이는 일차적으로 그의 소설에 등장하는 인물이 대부분 여성 예술가라는 점 때문일 것이다. 그렇지만 단지 이것 때문만은 아니다. 전하영 소설은 예술가소설 주인공의 성별을 단순히 역전하는 데 그치지 않고 고유한 변별점을 만들어내면서 기존의 예술가소설과는 또다른 위상을 지닌다.

먼저 최근작 「검은 일기」부터 읽어보도록 하자. 소설은 남성 소설가로 등장하는 화자에게 한 문학평론가가 찾아와 "어느 한 사람의 일기를 소설로 써달라"(9쪽)고 청탁하는 장면으로 시작된다. 화자는 도망치듯 도시 생활을 접고 어느 시골에 머물고 있었는데, 그가 구하게 된 집은 "혼자 살기엔 너무 크고, 너무 역겨운 히스토리를 갖고 있다는 이유"로 "그로스 맨션"(21쪽)이라 이름 붙여진 곳이다. 이 집은 마치 인격을 가진 생명체처럼 묘사되고 집안에 존재하는 사람 수에 따라 크기가 변하는 것처럼 느껴지며, 화자는 이 집에서 길을 잃고 헤매거나 방문객이 사고로 익사하는 일 등을 겪기도 했다. 화자는 거절할 수 없는 조건—높은 원고료—을 제시하는 문학평론가를 집안에 들여 대화를 나눈 끝에 청탁을 받아들이고, 문학평론가는 화자에게 "정말 기억을 못 하시는군요"(37쪽)라는 미스터리한 말을 남기고 떠난다.

비밀스러운 저택을 둘러싸고 벌어지는 사건을 다루는 이 고딕풍 소설의 미스터리한 분위기는 집에 대한 묘사에서만 기인하는 것이 아니다. 이 소설은 안과 밖, 나와 타자, 현실과 환상의 대립 항이 무화될 때 발생하는 혼란으로 가득하다. 누군가의 인격이 덧 씌워진 것 같은 이 집의 진짜 주인은 누구인가? 거주 공간의 성격 이 곧 그곳에 거주하는 존재의 성격과 동일시된다면("그가 평론 가여서 방을 둘러보는 것만으로도 내 영혼에 대한 평가가 내려지는 기분", 28~29쪽), 화자 역시도 누군가의 공간에 침입해 잠시 머 물게 된 방문객에 지나지 않는 것이 아닐까? 뫼비우스의 띠와 같 이 안에 있으면서 밖에 있다는 데에서 발생하는 이 혼란은 소설의 마지막 부분에서 결정적으로 가중된다. 마지막 부분에는 청탁받 은 소설 혹은 그 소설을 쓰기 위한 작업 노트에 해당하는 글이 부 기되어 있는데, 이 글에서 화자는 "한 사람이 두 사람으로 쪼개진 것"(38쪽)처럼 밀접한 관계였던 사촌 엘리슨에 관해 쓴다. 미시간 호수 근처, 유령이 나오는 것으로 악명 높은 집에서 사는 엘리슨 과 현재의 저택에서 사는 화자가 겹쳐 그려지고, 화자는 엘리슨의 집이면서 자기 집이기도 한, 둘이면서 하나인 이 '집'에서 출발하 는 소설을 쓰기 시작한다.

　이 소설이 취하고 있는 안과 밖, 나와 타자, 현실과 환상의 겹 구조는 소설의 핵심 사건인 소설쓰기와도 연관되어 있다. 이 점 이 흥미로운 이유는 이를 통해 전하영 작가의 소설가로서의 자의 식을 유추해볼 수 있기 때문이다. 소설가인 화자에게 들어온 청탁 의 내용은 죽은 젊은 여성 작가의 일기를 소설로 써달라는 것이다. 다른 이의 일기를 소재로 한 소설은 사실(에 가까운 진술들)을 재구성한 결과물로, 사실과 허구의 경계면에 자리한다. 앞서 '집의 진짜 주인이 누구인가'라는 물음은 여기서 '이 소설의 진짜 주인이 누구인가'라는 형태로 변주되어 반복되는 것이다. 이같이 사실과 허구, 나와 타자, 현실과 환상의 경계를 흐리며 소설가로서의 소설쓰기 과정을 전면화하는 메타픽션 형식은 "픽션과 리얼리티와의 관계에 의문을 제기하기 위해 가공물로서의 그 위상에 자의적이고 체계적으로 관심을 갖는 허구적인 글쓰기"[1]에 해당하는 것이기도 하다. 특히 포스트모더니즘 예술가소설에서 메타픽션 형식은 리얼리티에 대한 회의나 재현 불가능성에 대한 작가의 자의식을 드러내는 데 주로 활용되어왔다.

그런데 이 소설에서 눈여겨보게 되는 지점은 조금 독특하다. 재현의 대상이 왜 하필 죽은 여자의 일기여야 할까. 또한 전하영은 왜 작가로서의 자의식을 이 '죽은 여자'가 아니라 '죽은 여자'의 일기를 재구성해 창작하는 소설가에 투영한 것일까. 이쯤에서 2010년대 중후반 한국 문단에서 페미니즘 리부트와 함께 조명되었던 장르가 자기 서사 및 1인칭 서사였다는 맥락을 떠올려보면 어떨까. 여성들이 자신의 젠더화된 경험을 발화하거나 쓰는 일은 여성으로서의 '나'의 언어를 되찾아 젠더화된 현실이나 인식론,

---

1) 퍼트리샤 워, 『메타픽션』, 김상구 옮김, 열음사, 1989, 16쪽.

감각 구조를 드러내거나 이에 저항하는 일로 여겨져왔다. 그런데 한편으로 일부 창작자들에게 이러한 상황은 자신이 직접 겪은 내밀한 경험을 작품 안에서 고백한 것으로 여겨지거나 이를 통해 그 젠더화된 경험이 대중에게 비난거리나 가십거리로 소모될 가능성을 만들며 부담으로 작용하기도 했다.[2] 이 대목에서 '일기'가 1인 칭 글쓰기의 대표적인 장르라는 점, 「검은 일기」의 화자가 쓰는 글이 '일기'가 아니라 이를 바탕으로 한 '소설'인 설정은 위와 같은 맥락을 고려할 때 그 의미의 일단이 밝혀진다. 전하영이 한 인터뷰에서 "성별과 직업군이 비슷하기 때문인지 소설 속 이야기를 작가 본인의 개인사 그 자체로 보는 경향"[3]을 느낀다며 소설 속 인물이 작가 자신으로 읽히지 않도록 설정한다고 말한 것까지 함께 고려해보면, 전하영이 소설의 메타픽션적 설정을 여성 작가의 글쓰기가 읽히는 사회적 맥락과 조건에 대한 문제의식과 결합시키고 있음을 알 수 있다.

「검은 일기」에서 일기의 내용은 알려지지 않고, 화자는 죽은 여자가 어떤 사람이고 어떠한 연유로 죽었는지에 대해서도 알지 못

---

2) 여성 작가의 1인칭 글쓰기가 읽히는 맥락 자체를 문제화해 다룬 소설로 조남주의 「오기」(『우리가 쓴 것』, 민음사, 2021), 박서련의 「그 소설」(『당신 엄마가 당신보다 잘하는 게임』, 민음사, 2022), 이미상의 「이중 작가 초롱」(『이중 작가 초롱』, 문학동네, 2022) 등이 있다.

3) 「인터뷰—전하영×소유정」, 『소설 보다: 가을 2023』, 문학과지성사, 2023, 163쪽.

한 채 청탁을 수락하고 소설을 쓰게 된다. 더구나 화자가 쓴 소설(혹은 작업 노트)의 일부로 제시된 부분에서도 죽은 여자가 아닌 사촌 엘리슨과 화자의 집에 관한 이야기가 서술된다. 이를 작가의 소설쓰기의 유비로 읽으면, 전하영은 소설이 여성 작가의 실제 경험을 그대로 반영하는 것이 아닐뿐더러 자신 혹은 타자의 '진실한 목소리'를 복원하는 것과는 거리가 멀다고 생각하는 듯하다. 이 소설에서 화자가 쓰게 된 소설의 '진짜 주인'이 단일한 개인이 아니라 "한 사람이 두 사람으로 쪼개진" 것 같은 인물들이라는 점은 1인칭 '나'가 자기 동일성을 지닌 단일한 개체가 아니라 타자와의 관계라는 조건을 통해 창출되는 존재로 인식되고 있음을 보여준다. 이러한 관점에서 '나'의 글쓰기는 언제나 이미 "한 사람"이자 "두 사람"이 쓰는 일이다. 따라서 전하영의 소설들이 동시대 여성의 현실을 재현한다고 할 때 그 재현된 현실이 한 개인(즉 작가 자신)에게 귀속되는 것으로 읽기를 경계해야 할 필요성이 생긴다. 그의 소설들은 리얼리티가 사실적 묘사나 고백적 진정성을 통해 창출되는 것이 아니라 오히려 공동의 현존이라는 조건을 통해 드러난다는 것을 보여주며 기존의 리얼리티 개념에 대한 회의를 표현한다. 이처럼 「검은 일기」의 메타픽션적 설정이 재현 불가능성이라는 추상적인 주제로 비약하지 않을 수 있는 것은 동시대 예술의 변화에 작가가 누구보다 기민하게 감각하고 반응하고 있기 때문일 것이다.

예술의 탈낭만화

전하영 소설에서 2010년대 중후반 한국 문화예술계에 일어난 변화를 읽는 일은 어렵지 않다. 기실 2010년대 중후반 문화예술계 전반의 미투 운동과 더불어 예술인 권리 보장을 위한 집단적 움직임, 예술인권리보장법의 시행 등 지난 몇 년 사이 한국 문화예술계는 말 그대로 커다란 지각변동을 겪었다. 이러한 변화는 문학과 예술에 대한 관념의 변화를 동반하는 것이기도 했다. 요컨대 문화예술계 내에서 버젓이 자행되어온 젠더화된 폭력이나 위계적 구조, 부당한 관행 등이 예술에 대한 낭만주의적이거나 신화화된 아우라에 의해, 혹은 예술이 시장이나 정치 현실과는 독립적인 영역에 속한다는 자율성 논리에 의해 은폐되거나 정당화된 것은 아닌가 하는 반성이 거세게 이루어졌고, 그렇게 예술의 자율성이 의심의 대상이 되며 예술과 삶의 관계가 근본적으로 재편되는 시기를 통과해왔다. 2019년에 발표된 등단작 「영향」부터 꾸준히 동시대 예술가의 삶을 재현해온 전하영의 소설에는 문학과 예술을 감싸고 있던 아우라가 벗겨진 후의 실상이, 이러한 깨어짐 전후의 시차가 새겨져 있다. 예술의 자율성이라는 이념의 유효성이 크게 흔들린 시대에 예술가소설이 씨름하는 새로운 화두들은 무엇일까.

전하영 소설의 예술가들이 낭만주의적 신화에 속지 않는 건 이들이 여성 예술가로서 생존 자체를 위협받는 경험을 축적해왔기 때문이다. 이들은 "일정한 직업도 소속도 없이, 언제든 영화 속에서 본 산발의 미친 여자, '혐오스런 마츠코'가 될 수 있다는 공포"에 시달리고(「영향」, 인용은 85쪽), 돈이 많아 생계 걱정 없이 예술계에 남아 있을 수 있는 어떤 여자는 결혼과 출산, 양육 등을 힘겹게 병행하면서 이러한 돌봄 노동에 파묻혀버리면 "자기 자신을 잃어버리기라도 할 것처럼 조바심"을 내며 매일 일터로 나선다(「시차와 시대착오」, 인용은 185쪽). 한국에서 여성 예술가로 안정적인 밥벌이를 하기가 더욱 힘들어지는 상황에서 누군가는 더 많은 상징자본을 획득하기 위해 박사학위를 따기도 하는데, 운좋게 외국에서 자리를 잡게 된 경우에도 "한국에 돌아오고 싶어하지만, 이곳에서 그녀의 박사학위는 무용지물"이라는 사실에 불안을 느끼고 콤플렉스에 빠지기도 한다(「영향」, 인용은 100쪽). 어떤 여자는 자기가 쓴 시나리오가 "여자가 주인공이라는 점이 '치명적인 문제'로 지적되"어 주인공의 성별을 바꾸어야만 했고, 예술에 대한 확신에 차 있던 시절 "재능 비슷한 것을 낭비하는 동안 친구들은 내가 모르는 어른의 삶 속으로 하나둘 사라졌"으며 이제 자신 또한 예술 판에서 내쫓기듯 떠나야 할 차례일지 모른다고 예감한다(「남쪽에서」, 인용은 46, 58쪽). 전하영의 소설은 예술계 안팎에서 예술과 접점을 가진 다양한 여성들의 모습을 그리면서, 제각각 위치나 상황의 차이가 있음에도 모두 불안과 우울, 자기 불신에 시달리고 있는 모습을 그린다.

그의 소설에 가장 빈번히 등장하는 인물 유형은 대체로 비혼의 여성 예술가이다. 「시차와 시대착오」는 이명식과 딸 미루의 서사를 병치해 부녀 간의 세대·젠더적 차이를 갈등의 축으로 삼는다. 1980년대 한국의 경제 호황기에 자본을 축적하고, 정치적 격랑과는 거리를 두며 "앞장서서 강한 쪽의 입장을 옹호하고 스스로를 그와 동일시"(172쪽)해온 이명식은 보수적인 중산층 중년 남성의 전형이다. 그는 생긴 지 얼마 안 된 첫아이를 잃었는데, 이 아이가 아들이었을 것이라고 확신하며 자기의 뒤를 이을 아들이 없다는 사실에 한탄하는 남아 선호와 가부장적 사고방식에 갇혀 있다. 반면 미루는 사회적 생애주기를 따르지 않고 비혼으로 고양이 호밀이와 함께 사는 여성 예술가다. 미루는 유학을 다녀온 뒤에도 최저임금을 받으며 갤러리에서 근무하고 있다. 근무 조건이나 환경이 썩 만족스럽지 않을뿐더러 개인 작업을 할 여유가 거의 없지만, 소속 없는 프리랜서 예술가로서 여러 아르바이트를 전전하는 편보다는 건강보험과 퇴직금까지 보장되는 현 직장에 붙어 있는 편이 낫다고 판단하며 직장생활을 이어간다. 미루의 모습은 프레카리아트화하는 예술가의 현실을 보여주는 한편으로, 이러한 현상에 젠더의 요인이 맞물려 있음을 드러낸다. '비정규직의 여성화'는 예술 현장에서도 자명하게 일어나고 있는 것이다("미루가 예술계 주변부에서 고군분투하는 사이 같은 시기에 예술학교를 다녔던, 그녀가 별 볼 일 없는 인간들이라고 무시했던 소수의 남자 동기들은 무슨 연줄인지 경력도 없이 대학에 출강하고 기관에 정규직으로 취직하며 위로, 더 위로 올라갔다", 184쪽).

미루와 명식의 갈등도 미루의 정체성을 중심으로 벌어진다. 우선 명식은 정상 가족 생애주기를 따르지 않고 고양이와 사는 미루가 영 탐탁지 않다. 그는 미루가 예술을 전공하기 위해 유학을 가겠다고 했을 때 그런 미루를 이해하지 못하면서도 경제적으로 지원해주고 미루에게 기특함을 느끼기도 했지만, "미루가 아들이었다면 상황은 무척 다르게 전개됐을 것"(173~174쪽)이며 아들이 예술을 하도록 두지는 않았을 것이라 생각한다. 딸이 예술가가 된 것이 "자기가 치러야 하는 인생의 대가"(174쪽)일지도 모른다고 생각할 정도로 '예술 하는 딸'은 그에게 인생의 치부로 여겨진다. 미루는 아버지로부터 경제적인 지원을 받으며 공부를 이어갈 수 있었지만, 일찍이 "여자아이들이란 존재하지도 않는 남자 형제와도 차별받을 수 있다는 사실"을 깨달은 결과 "남자아이만큼, 혹은 그 이상을 해낼 수 있다는 것을 증명하고자 하는"(192쪽) 뿌리 깊은 열등감과 인정 욕망을 가지고 있다. 사실 미루는 "거의 언제나 아버지가 생각하는 것보다 유능"(207쪽)하지만 명식은 그것을 알 리가 없고, 명식이 나이들어 부동산 일에 딸의 도움을 받지 않을 수 없는 때가 되어서야 둘 간의 관계는 약간의 균형을 찾는다.

미루와 엄마의 관계는 어떨까. 미루의 예술가로서의 기질은 그의 엄마로부터 물려받은 것으로 그려지는데, 갑갑한 현실에서 벗어난 먼 곳에서의 삶을 동경했지만 "저택에 갇혀버린 미친 여자"(204쪽)나 다름없게 되어버린 엄마라는 존재는 미루가 부정하고 싶은 세계이자 동시에 동질감을 느끼는 세계의 원천이다. 이 소설에서 여성 예술가는 비합리성과 광기의 표상이다. 남성 예술가가 등장하는 한국소설에서 보통 여성 가족이 생계유지를 도맡거나 예술에는 무지한 속물로 그려져왔던 것과 달리, 이 소설은 어머니로부터 예술가로서의 기질을 물려받고 아버지에게 빚진 가난한 여성 예술가의 현실과 노동 조건을 형상화하며 세속성/예술성이라는 기존의 이분법적이고 젠더화된 구도를 비튼다.

　젠더화된 대립 구도를 통해 강화된 예술의 낭만성을 허무는 작업은 연애/사랑의 탈낭만화와도 이어져 있다. 「숙희가 만든 실험영화」에서 '아줌마'라 분류되는 나이에 접어든 미혼의 여성 작가 숙희는 연하 남성 찬영과 연애중이다. 숙희는 세간에서 "열몇 살이나 어린 남자를 애인으로 둔, 정신 나간 아줌마"(136쪽)라고 비난할 것을 의식하며 찬영과의 관계를 숨기려 한다. 이러한 "자기혐오와 자기 객관화"(144쪽)는 곧 나이 어린 파트너를 가진 중년 남자와 자신을 비교하는 일로 이어진다. 나이 어린 여자와 나이 많은 남자의 연애는 더 많은 자원을 가진 남자가 어린 여자를 보호하며 지배하는 관계의 전형적 사례로, 가부장제 사회에 강화된 낭만적 사랑의 흔한 각본 중 하나다. 이러한 각본에서 나이와 같은 사회적 조건의 차이는 사랑의 진정성을 증명하기 위해 극복되며 그러한 방식으로 사랑의 진정성을 강화한다. 이와 달리 숙희에게 연애/사랑은 자신의 사회적 위치와 파트너와의 관계를 끊임없이 객관화하는 응시의 과정이나 다름없다. 임신 가능성 및 젊음이라는 매력자본을 기준으로 가차없이 감가상각되는 여성의 현실을 체감하고 인식하는 그는 낭만적 사랑에 속지 않는(못한)다. 찬영과 헤어질 결심을 하며 숙희는 자신과 달리 "기꺼이 속는 것이야말로 젊은 사람들의 표식"(150쪽)이라 생각한다. 숙희는 사랑을 (불)가능하게 하는 조건에 눈감으며 낭만적 사랑에 속기보다 사랑의 조건을 응시하는 방식으로 사랑하(지 않)기를 택한다.

이때 그의 소설에서 낭만적 사랑에 속지 않는 것이 사랑이나 관계 자체에 대한 냉소나 불신을 의미하는 것은 아니다. 숙희는 나중에 노년 여성 친구들끼리 꾸릴 수도 있을 돌봄 공동체를 상상하기도 하고, 친구 윤미를 보러 간 곳에서 만난 윤미의 손녀 제인이를 품에 안으며 예상치 못한 감격과 기쁨을 느끼기도 한다. 짧게 삽입된 대목이지만 어릴 적 자기 집 파출부였던 천호동 아줌마의 사랑을 받고 싶었던 기억을 떠올리는 것 역시 의미심장하다. 숙희는 자신이 "결혼해서 어머니가 될 기회를 놓친 미혼 이모"로서 "우스우면서도 불쌍한 사람 취급"(141쪽)을 받게 되는 상황을 의식하는 모습을 보여주지만, 동시에 "아무것도 되고 싶지 않으면서도 누군가에게 의미 있는 기억으로 남고 싶은 마음"(143쪽)을 가지고 있다. 숙희는 나이들어가는 비혼 여성에게 가해지는 사회적

압력을 예민하게 의식하면서도 그것에 짓눌리지 않으며 다양한 관계에 유연하고 충실하게 응한다. 이 소설에서 '낭만적 사랑'의 조건을 응시하는 일은 사랑을 하지 않겠다는 의지가 아니라, 제도적 승인을 받지 못한다는 이유로 적절한 이름을 부여받지 못하는 다양한 사랑에 고유한 질감과 이야기를 부여하는 일로 이어진다.

이처럼 전하영의 소설에서 여성 인물은 더이상 남성 예술가가 중심이 된 이성애 로맨스 각본의 조연이 아니다. 세속적 가치를 체현하며 남성 예술가의 예술적 열정에 대한 몰이해를 보여줌으로써 그 열정의 낭만성이나 비극성을 강조하는 역할 또한 맡지 않는다. 종래의 예술가소설에서 예술은 청년기의 열정과 낭만의 상징이자, 세속화된 현실에 끝내 적응하지 못하는 우울과 환멸이 고이는 공간을 의미했다. 이때 낭만은 환멸과 한 쌍이다.[4] 그런데 전하영 소설 속 여성 예술가들이 예술에 대한 아우라에서 풀려나는 과정은 이와는 다른 양상으로 그려진다. 예술성과 세속성을 대비시키며 전자를 낭만화하는 전통적인 예술가소설의 구도에서 젠더 그리고 (예술)노동이라는 문제가 비가시화되는 경향이 있던 것과 달리 전하영의 소설에서는 바로 이 두 가지 현실을 마주하는 경험

---

4) 루카치가 설명했던 것처럼 "삶이 영혼에 제공할 수 있는 운명들보다 영혼이 더 넓고 더 크게 구상되어 있는 데에서 생기는 불균형"이 환멸의 낭만주의라는 형식을 출현시킨다.(게오르그 루카치, 『소설의 이론』, 김경식 옮김, 문예출판사, 2007, 132쪽)

이 예술가에게 중요한 사건으로 작용하는 것이다. 그의 소설들은 여성들이 예술가가 되거나 예술가 되기에 실패하게 하는 사회적 조건들에 주목하며 이 시대 여성 예술가의 초상을 그린다.

이중 구속

「영향」에는 「시차와 시대착오」의 미루와 닮은꼴인 삼십대 후반의 여성 예술가 난희가 등장한다. 난희의 엄마는 둘째 남편에게서 상속받은 작은 건물에서 나오는 월세로 딸을 지원하며 난희를 미국 유학까지 보냈지만, 난희가 한국에 돌아와서 여전히 돈을 벌지 않고 결혼도 하지 않는 것을 보며 "항상 자랑거리였던 첫째가 어느새 흠 있는 (것 같은) 여자가 되어버린 상황"(83쪽)을 쉽게 납득하지 못한다. 한국사회에서 결혼 적령기라 불리는 시기를 지난 비혼 여성 예술가가 '흠 있는 여자'로 분류되는 것은 이례적인 일이 아니다. 작업한 영화가 작은 독립영화제에 초청되어 참석한 감독 파티에서 자기소개를 마친 난희가 "그럼 이제 더 팔 게 없겠네요"(81쪽)라는 모욕적인 말을 듣게 되는 상황은 지위 고하를 막론하고 여성에게 가장 중요한 자본으로 여겨지는 것은 젊은 몸임을 보여준다. 예술에 대한 열정과 확신에 차 있던 난희조차 이러한 사회적 압박에서 완전히 초연하기란 어렵다. 난희는 "일정한 직업도 소속도 없이, 언제든 영화 속에서 본 산발의 미친 여자"(85쪽)가 될 수 있다는 공포를 느낀다. "총명했던 선후배들이 영화 현장에서 젊음을 마냥 흘려보내고, 제때 어른의 삶으로 옮겨가지 못해 인생을 망쳤다는 패턴"(100쪽)의 흔한 이야기 속 주인공이 내가 되지 않을까 하는 불안. 전하영의 소설에서 여성 예술가들이 공통적으로 느끼는 불안의 요체다.

여기서 말하는 '어른'의 삶이란 안정된 직장을 갖고 이성애 연애와 결혼, 임신, 출산, 육아에 이르는 사회적 생애주기에 안착한 삶을 가리킨다. 예술계 내에서도 비정규직이나 저임금, 무임금 노동을 담당하는 층이 상당 부분 젊은 여성들로 채워져 성별 분업화되어 있을뿐더러 돌봄 노동이 여성의 몫으로 전가되는 경우가 많은 성차별적인 구조에서 여성 예술가가 느끼는 위와 같은 불안은 분명 젠더화되어 있다. 이 불안이 단지 ('돈이냐 예술이냐'라는 질문과 같이) 세속성과 예술성의 대립에서 발생하는 문제가 아니라 자본주의, 이성애 중심주의, 정상 가족 이데올로기, 가부장제 등 사회적인 정상성을 구성하는 규범과의 갈등과 협상 과정에서 발생하는 것임은 주목될 필요가 있다. 이를 고려할 때 전하영 소설이 세속성과 예술성의 대립에 근거해 구축되는 예술관을 재생산하지 않는다는 것은 예술이 자본주의 체제에 대한 저항력을 상실한 데 대한 무기력한 승인을 의미하지 않는다. 차라리 그러한 대립 구도에 의해 비가시화되었던 문제들을 가시화하는 시도로 읽힌다.

「당신의 밝은 미래」에는 시의 골칫거리이던 쓰레기 산을 매립하고 그 위에 급조한 창작 레지던시 시설에 입주하게 된 젊은 여성 예술가가 등장한다. 2인칭 '당신'으로 지칭되는 그는 독재자를 희화화한 작품으로 우연한 주목을 받고 인지도를 얻어 레지던시에 입주하는 기회를 얻었으나 자기 재능을 불신하며 불안해한다. 그가 머물게 된 곳은 조성사업이 졸속으로 진행된 탓에 지하에서 메탄가스가 새어나오거나 땅 위로 쓰레기들이 튀어나와 있는 등 다소 기괴한 공간이지만, 이마저 누군가의 예술 작업의 일부로 활용되며 미화된다. 자본주의 시스템은 체제에 대한 저항까지도 빠르게 상품화시키는 방식으로 예술작품의 저항력을 흡수해왔다. 이러한 공간에서 "'진정한 예술가'는 상상의 영역에만 존재하는 환상"(272쪽)이며 진정성 대신 "당신은 당신을 팔아야 한다"(269쪽)는 명령에 지배받는다는 것이 동시대 사회, 그리고 예술이 처한 현실이다.

「당신의 밝은 미래」에서 '당신'이 준비하는 프로젝트는 군복무 경험이 있는 남자를 데이팅 앱인 틴더를 통해 구하고, 그가 복무했던 군부대 지역을 함께 방문해 그곳에 관한 남자의 기억을 기록하는 작업이다. 그런데 참여 의사를 밝히는 사람부터 평론가들까지 이 작업에서 성적인 뉘앙스를 읽어내고 싶어한다. 젊은 여성 예술가의 작업은 성애화된 존재인 '여성'의 작업으로 먼저 해석된다. 이십대 초라는 이른 나이에 국공립 미술관의 주요 전시에 참여하며 주목받아온 '당신'은 나이 어린 애인을 만나고 싶다는 소망에 여자 작가들에게만 평점을 매기는 낯 뜨거운 평론가의 관심을 받기도 한다. 평론가는 '당신'에 대해 "자기가 젊은 여자라는 것을 효과적으로 이용할 줄" 알며 "사람들로 하여금 자기가 모욕당할 만한 상황을 상상하도록 만드는 능력"(289쪽)이 있다고 평가한다. 여성 예술가에게 '팔아야 하는 것'은 바로 그 자신의 성으로 여겨지는 데서 "당신은 당신을 팔아야 한다"는 명령은 신자유주의적 명령이자 젠더화된 명령으로서 여성 예술가를 이중으로 구속한다는 것을 알 수 있다.

트렌드가 삽시간에 바뀌고 '젊은 작가'들이 계속해서 유입되는 문화예술계에서 '당신'은 자신에게 쏟아진 관심이 시들고 금세 다른 이에게로 향할 수 있다는 것을 안다. 따라서 '당신'은 "이십대의 거장이 되는 것"(287쪽)을 목표로, 더 실험적이고 도발적이고 잘 팔릴 만한 작업을 하고자 한다. 하지만 그뒤로 공모전에서 연달아 탈락하면서 이 무한 경쟁과 인정투쟁의 장에서 살아남을 수 있을지 고민이 닥치고, "의미 없는 것을 의미 있는 것으로 바꾸기 위해 이것저것 신기술을 덧붙이는 일. 유령 같은 실체 없는 이미지를 전시장 가득 채워넣는 일"(293쪽)에 지쳐 결국 본래 자신이 잘하던 장르인 회화로 돌아가기로 결심한다. 개인의 창의성과 개성, 자아실현의 가능성이 더 보장된다고 여겨지는 문화예술계 역시 "당신은 당신을 팔아야 한다"는 식의 자기 셀링과 경영, 자발적인 착취의 굴레에서 자유롭지 못하다는 것은 사실 더이상 새로운 진단이 아니다. 소설은 예술을 노동과 무관한 활동처럼 인식시키는 낭만화된 상이 이러한 현실을 직시하지 못하는 데 기여했을 수 있다는 점을 생각해보도록 이끈다.

'당신'의 새 작업은 인물의 얼굴 수백 개를 그린 것이다. 마지막에는 자신의 자화상을 그리고 작품에 '모르는 여자'라는 제목을 붙인다. "미디어와 회화를 오가며 시류에 편승한다"(296쪽)는 비난을 예감하고 자기 불신과 불안에 시달린다. '당신'은 자신의 이러한 모습과 작업에서 임시 거주중인 쓰레기 산과의 유사성을 발견한다. 무의미하고 버려지고 고장나고 쓸모없는 사물들로 채워진 세계. 하지만 그럴듯한 말로 금세 포장되어 번지르르한 화이트 큐브의 세계에 전시되고 값이 매겨지는 상품의 세계. 기실 이 두 세계는 하나다. '당신'의 작품 제목 '모르는 여자'가 뜻하는 바는 결국 "비평적으로도, 상업적으로도 성공한 작가로 남을 것"(298쪽)이라는 자기기만과 착취의 최면에 기꺼이 속고 "실체 없는 이미지"들을 생산하며 결국 자기 자신으로부터 소외되는 '당신' 자신일 것이다. '당신'은 쓰레기 산에 매립된 쓰레기들이 세상 밖으로 솟구쳐 나와 넘쳐흐르는 것을 보며 묻는다. "아, 저 쓰레기를 어떻게 해야 할까. 저 귀한 것을. 저것들을……"(301쪽)

한편 「시차와 시대착오」에서 미루는 주식이나 코인 이야기를 일삼는 속물들을 보면 "대단한 타락이라도 한 것처럼 속으로 혀를 끌끌 차며 '손절'한 적"(187쪽)이 많았지만 코로나 시국을 통과하며 시류의 급격한 변화를 느낀다. 동시대 예술계에서도 "가상화폐 투자, NFT, 빅 데이터, 인공지능, 대체 현실 등 메타버스와 관련된 '첨단' 이슈들을 앞다투어 다루"(188쪽)는 것이 예삿일이 되었다. 미루 역시 시류를 따라 주식에 발을 들였다가 돈을 잃고 난 후 자신도 자기가 경멸했던 속물들과 다를 바 없다는 것을 깨닫는다. 이러한 장면은 일면 어느 인물이 중장년기에 이르러, 청년 시절 가졌었던 순수한 꿈이나 열정의 상실이나 변절을 마주하는 '환멸'의 서사의 일반적인 구도를 따르고 있는 것으로 보인다. 그런데 그러한 환멸의 서사가 과거의 열정을 잃어버린 자기 자신에 대한 알리바이로 기능하는 경우가 많았던 것에 비해 전하영의 소설에는 자기변명이나 정당화가 들어서지 않는다. 그 대신 소설은 여성 예술가들을 이중으로 구속하고 소진시키는 현실을 담담하게 응시한다.

경로 이탈

이 소설집에서 가장 환상성이 짙은 「경로 이탈」은 예술계에 종사하는 인물을 알레고리적으로 형상화한다. 이십삼 년간의 긴 잠에서 깨어난 몽유병자 최사해는 이전의 기억을 잃고 어딘가로 가야 한다는 일념으로 자동인형처럼 걷고 있다. 그가 향하는 곳은 극장이 있는 미술관으로, 그는 자신이 미술관에 물품과 우편물을 배송하는 일을 하고 있으며 지금 영화 한 편이 담긴 외장하드를 들고 가는 중이라는 것을 깨닫는다. 미술관 안의 퇴락한 분위기를 풍기는 극장에서는 매일 오후 네시에 영화가 상영되며 이곳을 찾는 관객들은 모두 "영화 관람이라는 시대착오적인 취미"(225쪽)를 지닌 사람들이다. (이십삼 년의 시간을 뛰어넘어 깨어났다는 설정 자체에서도 드러나는바) 시간의 선형적인 흐름에서 벗어난 기이한 극장/미술관이라는 공간은 사회적 정상성이라는 기준에서 '어른'이 되지 않은/못한 이들의 시간이 저당잡혀 박제된 곳이다. 이때 최사해는 언제나 극장/미술관 '밖'에서 깨어나 목적지로 출발한다. 그러다 산책중 방문한 미술관 카페에서 마주친 여자와의 대화에서 최사해가 로봇이라는 사실이 밝혀지기도 한다. 그가 깨어나는 것은 꺼져 있던 전원이 켜지는 것을 뜻하고, 그는 전원이 켜지고 나면 극장의 사무실로 가서 영화가 상영될 수 있도록 하는 일을 반복해 수행한다.

이 같은 최사해의 노동은 예술계의 주변부에서 예술계를 떠받치고 있지만 비가시화되기 쉬우며 '노동'으로 셈해지지 않(기에 무임금/저임금으로 이루어지)는 온갖 미세 노동과 예술활동에 대한 알레고리로 읽힌다. 최사해를 비롯해 영사기사나 직원 등 미술관 안팎의 노동자들은 영혼 없이 "자동적으로 깨어나 변하지 않을 움직임을 반복"(241쪽)하는 자동 기계장치처럼 노동을 수행한다. 그런데 그것뿐만은 아니다. 예컨대 그가 근무중에 중간중간 산책을 즐기며 다양한 조합의 루트를 만들어내는 데 기쁨을 느끼는 장면은 의미심장하다. 이러한 걷기는 시스템상 "오류"(247쪽)로 판명되는 "경로 이탈"(246쪽)에 해당하는 것으로 서술된다. 그가 가지고 다니던 노트에는 프랑시스 피카비아의 다음과 같은 문장이 메모되어 있기도 하다. "나는 무작정 걷기를 좋아한다. 거리의 이름들은 별로 중요하지 않다"(232쪽). 어쩐 일인지 이 소설에서 '무작정 걷기'는 자동적이고 무반성적이며 자기 착취적인 노동의 알레고리로만 읽히지는 않는다. 이 "수상한 반복"(233쪽)을 어떻게 이해하면 좋을까?

이 질문에 답해보기 위해 「남쪽에서」와 「영향」의 한 대목씩을 경유해보자. 「남쪽에서」에서 화자가 예전에 썼던 시나리오의 영화화는 결국 이번에도 무산되고 만다. 그리고 소설이 진행되면서 화자가 한 헌책방을 방문해 우연히 자신과 생일이 같은 여자 작가의 소설집을 발견하고 이를 구매해 읽게 되는 장면이 그려진다. 그가 읽는 소설은 젊은 여자와 나이든 여자가 별 의미 없는 대화를 나누는 내용이다. 화자는 이렇게 말한다. "이런 이야기를 쓰는 여자가 있었다."(75쪽) 화자는 여자가 주인공이라는 이유로 세상에 태어나지도 못했던 자기의 시나리오와 같은 이야기를 쓴 여자가 있다는 사실을, 사라져버릴 것일지언정 무언가를 기록하기를 멈추지 않았던 여자들을 마주한다. "나는 눈을 감고 한 사람이 무언가를 쓰고 있는 장면을 상상했다. 사십 년이 넘도록, 아니 평생에 걸쳐 쓰는 삶에 대해서. 보이지 않아도 쓰이는 어떤 삶을. 어딘가에 존재하는 질서를. 그 깊고 어두운 세계를."(76쪽) 이는 곧 화자가 미래의 자기 자신과 마주하는 일로 읽힌다.

두번째로는 「영향」의 마지막 대목을 살펴볼 필요가 있다. 이 소설은 예술가로서도 살 길이 요원해 보이고 제때 '어른'의 경로를 밟지 못해 불안해하던 난희가 유학 시절 연인이었던 연하 남성 제이미의 연락을 받는 에피소드를 그린다. 난희에게 제이미로부터의 연락은 그와의 관계를 재개하여 삶에 변화를 줄 수 있을지 기대하게 하는 요인이 된다. 하지만 제이미는 이후 다시 연락해와 난희를 보러 가지 못하게 되었다고 통보하는데, 그가 보낸 메일에는 그가 기혼자라는 사실이 드러나 있다. 이 연락으로 난희는 자신이 두려워하는 미래, "내 멋대로 살다가" 미치거나 "죽은 여자"(114쪽)가 되는 미래에 가까워진 것은 아닌지 실감한다. 하지만 소설은 그렇게 끝나지 않는다. 난희는 이렇게 생각한다. "내일은 카메라를 들고 산책을 할 것이다. 산책하면서, 내게도 뭔가 팔 게 있을지 생각해봐야지."(115쪽)

난희의 담담한 결심을 어떻게 이해하면 좋을까? 내가 팔 수 있는 것이 무엇이 있을지 고민하는 것은 결국 "그럼 이제 더 팔 게

없겠네요"라는 말이나 "당신은 당신을 팔아야 한다"는 말로 요약
되는 현실에 승복하고 이에 따를 수밖에 없다는 체념과 환멸을 보
여주는 것일까? 그런데 흥미롭게도 이 문장은 「경로 이탈」 속 최
사해의 "무작정 걷기"와 유사하게 읽힌다. 이 두 어구가 표면적인
의미로만 읽히지는 않는다는 점에서 그러하다. 요컨대 최사해의
"무작정 걷기"가 시스템의 굴레에 갇힌 무반성적인 삶의 양태로
만 읽히지 않는다면, "내게도 뭔가 팔 게 있을지 생각해봐야지"라
는 문장도 다르게 해석될 여지가 있는 것이 아닐까.

　이쯤에서 조금 전 「남쪽에서」의 화자가 마주했던 어떤 여자,
"평생에 걸쳐 쓰는 삶"을 사는 여자를 떠올려보고 싶다. 전하영
소설에서 세속성과 예술성의 대비가 나타나지 않는다는 점은 그
가 그리는 여성 예술가들이 생활과 노동, 예술이 질적으로 구분되
지 않는 삶을 사는 예술노동자의 형상을 보여준다는 데에서도 확
인되는 것 같다. 이들의 예술활동은 비노동이나 비경제적인 활동
으로 낭만화되지도 않으며, 그렇다고 재화를 생산하거나 경제적
인 수익을 창출하는 노동으로만 환원될 수 있는 것도 아니다. 매
일 네시에 영화를 상영하기 위해 길을 나서는 삶. 이러한 행위는
노동인가 예술인가? 최사해의 반복되는 경로에 언제나 '이탈'의
가능성이 잠재되어 있는 것처럼, 어쩌면 "사십 년이 넘도록, 아니
평생에 걸쳐 쓰는 삶"과 같이 전하영 소설에서 예술가들이 보여주
는 고집스러운 성실성은 "보이지 않아도 쓰이는 어떤 삶을""어

딘가에 존재하는 질서를" 기록해나가는 힘이기도 하지 않을까. 이 성실한 쓰기, 중단 없는 산책, 고요하고 반항적인 행위를 보라. 전 하영의 소설은 그렇게 낭만도 환멸도 없이 예술을 통해 꿈꾸는 법을, 사라지지 않고도 다른 삶의 경로를 만들어나가는 법을 가르쳐 준다.

그는 확신을 가진다. 오늘의 일정은 내부로의 실험적인 산책. 반항적인 산책. 있어서는 안 되는 시간에 그곳에 있기. 비어 있는 극장, 혼자 울리는 전화벨, 투덜거리는 영사기사, 넘어지는 찻잔, 쓰러짐 깨짐, 혼자 남음. 아무도 제자리에 있지 않음. 영화는 네시에 시작합니다.(「경로 이탈」, 238쪽)

작가의 말

어렸을 때 동생과 함께 인형 놀이를 자주 했다. 우리 자매에게는 꽤 많은 숫자의 '미미 인형'이 있었고, 금발과 흑발의 남자 인형 둘과 '번즈'라 불리던—주로 덩치 크고 터프한 남자 역할을 맡았던—갈색 토끼 인형이 하나 있었다. 사람이 아닌 인형은 그 밖에도 더 있었을 텐데 선명히 기억나는 것은 이상하게도 번즈뿐이다. 우리가 함께 쓰던 작은 방에는 노란 삼단 책장을 옆으로 길게 누이고 그 위에 이층짜리 인형의 집을 얹은, 꽤 복잡하고 그럴듯한 무대가 있었다. 사실 그 무대는 상설 무대였다. 동생과 나는 각자 여러 역할을 번갈아 맡으며 매일 즉흥극을 연기했고 종종 그것은 로맨스나 코미디가 되었다가 때로는 모험극이나 미스터리극, 심지어 뮤지컬이 되기도 했다. 거의 단 하루도 빼놓지 않고 우리는 인형 놀이를 즐겼다.

그리고 속절없이 삼십여 년이 흐른다……

현재의 나는 우리의 영혼을 대변하던 그 인형들에 대한 기억을 제대로 떠올릴 수 없다. 하지만 한 가지 아이디어가 희미하게 그 존재감을 드러내며 나를 따스하게 감싸주는 듯한 기분을 느낀다. 그러니까, 어쩌면 나는 그때부터, 그 작은 방에서부터 소설을 써왔던 건 아니었을까. 왜 하필 소설인가, 라는 질문에 그것은 언제나 소설이었다는 대답. 어릴 적 그 방에서 시작한 이야기의 씨앗을 키우기 위해 지난 수십여 년을 살아온 건 아닐까 하는 생각이 문득 든다. 그렇다면 내가 했던 성과 없는 허무한 모험들에도 다 제각각의 의미가 있었을지도 모르겠다. 끊임없이 이야기를 지어대는 작은 여자아이들의 방은 이제 내 마음속에 있다. 여행 끝에 도착한 곳은 소설이었다. 그 세계는 거대하지만 단 한 권의 책에 들어갈 수 있을 만큼 작기도 하다. 나는 이 세계를 사랑한다. 그렇다.

이 책은 수많은 이들의 사랑과 도움에 힘입어 세상에 나올 수 있었다. 뜨겁고 다정한 응원을 보내주신 박민정 작가님과 정홍수 선생님께 고개 숙여 감사드린다. 김보경 평론가님의 꿰뚫는 듯한 해설로 소설집을 마무리할 수 있어서 무척 기쁘다. 여덟 편의 소설을 엮으면서 무엇보다 정은진 편집자님의 빛나는 재능과 센스와 인내심에 커다란 빚을 졌다. 그와 함께 첫 책을 펴내는 행운을 누릴 수 있음에 감사하다. 내가 어느 소설에서 '한 사람이 두 사람으로 쪼개진 것 같았다'라는 표현을 쓸 수 있었던 건 사랑하는 동생 E 덕분이다. 언니가 된다는 것, 그리고 이모가 된다는 것. 그건 정말 멋지고 놀라운 경험이다.

2024년의 초입에서

전하영

| 수록 작품 발표 지면 |

검은 일기 …… 『문학과사회』 2023년 가을호

남쪽에서 …… 『현대문학』 2019년 12월호

영향 …… 『문학동네』 2019년 가을호

숙희가 만든 실험영화 …… 『릿터』 2023년 6/7월호

시차와 시대착오 …… 『구도가 만든 숲』(안온북스, 2022)

경로 이탈 …… 문장 웹진 2021년 5월호(발표 당시 제목은 '21년 5월 1일, 스프링클러 씨에게')

당신의 밝은 미래―현대미술 작가로 살아남기 …… 『황해문화』 2020년 가을호

JHY를 위한 짧은 기록 …… 무빙 이미지 2023년 제2호(www.a-amp.org/moving-image)

문학동네 소설집

시차와 시대착오

ⓒ전하영 2024

1판 1쇄 2024년 2월 7일
1판 2쇄 2024년 2월 27일

지은이 전하영
책임편집 정은진 | 편집 정민교
디자인 김유진 이원경 | 저작권 박지영 형소진 최은진 서연주 오서영
마케팅 정민호 서지화 한민아 이민경 안남영 왕지경 황승현 김혜원 김하연 김예진
브랜딩 함유지 함근아 고보미 박민재 김희숙 박다솔 조다현 정승민 배진성
제작 강신은 김동욱 이순호 | 제작처 한영문화사

펴낸곳 (주)문학동네 | 펴낸이 김소영
출판등록 1993년 10월 22일 제2003-000045호
주소 10881 경기도 파주시 회동길 210
전자우편 editor@munhak.com | 대표전화 031) 955-8888 | 팩스 031) 955-8855
문의전화 031) 955-2696(마케팅) 031) 955-1906(편집)
문학동네카페 http://cafe.naver.com/mhdn
인스타그램 @munhakdongne | 트위터 @munhakdongne
북클럽문학동네 http://bookclubmunhak.com

ISBN 978-89-546-9899-3 03810

www.munhak.com